Lucy van Tessel

Traum von Amsterdam

W0318337

Lucy van Tessel

Traum von Amsterdam

Roman

© 2013 by

édition el!es

Internet: www.elles.de

E-Mail: info@elles.de

Umschlaggestaltung und Satz: graphik.text Antje Küchler

Umschlagfoto: © Scott Frangos – Fotolia.com

ISBN 978-3-941598-44-7

Kapitel I

Dilettantisch hatte man sie genannt.

Nichtskönnerin.

Möchtegern-Malerin.

Lenka drehte ihr Weinglas am Stiel hin und her und sah geistesabwesend dabei zu, wie der Inhalt zuerst in sanfte und dann in immer heftigere Bewegung geriet. Der Wein hatte eine helle, zartgrüne Farbe, die je nach Lichteinfall auch mal ein bisschen ins Gelbliche spielte. Lenka betrachtete Glas und Flüssigkeit mit kundigem Auge. Vielleicht, dachte sie, sollte sie sich in Zukunft lieber auf einfache Motive beschränken. Auf ein Weinglas wie dieses hier. Nur so als Beispiel.

Doch dann ging ihr auf, dass die Sache gar nicht so einfach war, wie man auf den ersten Blick annehmen konnte. Vielmehr war ein volles Weinglas eine echte Herausforderung: die Farbe, das Licht, der Brechungswinkel, die Spiegelungen …

Das würde sie nie hinkriegen, so viel war sicher.

Neues Motiv.

Gleicher Anspruch.

Dieselbe Sache im neuen Gewand.

Nein, dachte Lenka. Das löste ihr Problem auch nicht.

Also packte sie das Glas und leerte es in einem Zug. Wobei sie dachte: Und das hier, das erst recht nicht. Alkohol hatte noch nie ein Problem gelöst, und jeder vernünftige Mensch wusste das auch. Aber sei's drum. Heute war Lenka nicht nach Vernunft. Heute war ihr danach, sich im Selbstmitleid zu suhlen.

Sie winkte den Mann hinter der Bar heran, schob ihm das leere Glas zu und verlangte: »Noch einen!« Kaum eine Sekunde später bereute sie es schon wieder. Da saß sie direkt an der Bar, gebärdete sich wie ein rauer Cowboy – und bekam dann ein zierliches Weinglas serviert. Das war kein Stilbruch im Sinne eines exzentrischen Auftritts, den man sich als Künstlerin leisten konnte, ja, der sogar von ihr als Vertreterin der kreativen Zunft erwartet wurde. Nein: Das hier, gestand Lenka sich ein, war einfach nur peinlich.

Sie zog das Glas heran, nahm diesmal nur einen kleinen Schluck und versuchte, unsichtbar zu werden. Was ihr natürlich auch nicht gelang. Aber wenigstens war die Kneipe voll genug und der Barkeeper viel zu beschäftigt, als dass irgendjemand der großen, mageren und ganz offensichtlich richtig mies gelaunten Frau an der Bar mehr Aufmerksamkeit als nötig geschenkt hätte.

Trotzdem – schlechte Laune hin oder her: Lenka liebte diesen Laden. Er trug den verheißungsvollen Namen *Touchdown,* war eine Mischung aus Pub und Hardrock-Café und setzte dementsprechend eher auf ein alternatives Publikum. Ja, er verweigerte sich sogar ziemlich vehement allem, was man als trendy und stylisch bezeichnen konnte: Wuchtige Eichentische und eine allgemein eher in dunklen Farben gehaltene Einrichtung erzeugten auf zwei Stockwerken eine urige Atmosphäre. Oben gab es eine kleine Galerie, von der aus man ins Erdgeschoss hinunterblicken konnte. Und hinter der Bar führte eine Wendeltreppe nach mehreren Umdrehungen in den Toilettenbereich unten im Keller.

Lenka fühlte sich hier uneingeschränkt wohl. Ebenso wie sie das *Touchdown* liebte, so hasste sie diese sogenannten Lounge-Bars, in denen es eine eigene Cocktail-Karte gab und hippe Studenten und Jungunternehmer – oder solche, die es gern noch wären – angetan mit der aktuellsten H&M-Mode auf weißen Ledermöbeln herumlungerten und die Börsenkurse diskutierten, während lauschige Musik eine noch viel lauschigere Stimmung verbreitete. Im *Touchdown* fuhr die Musik zwar eine etwas härtere Gangart – bevorzugt AC/DC und Guano Apes – und spielte auch nicht gerade auf Zimmerlautstärke. Doch wer hier den Mund aufmachte, der hatte in der Regel auch etwas zu sagen.

Den heutigen Abend verbrachte Lenka allerdings weitgehend stumm. Was nicht zuletzt daran lag, dass es niemanden gab, der ihr zugehört hätte. Sie war zum ersten Mal allein hier. Und das war, angesichts der Umstände, keine wirklich angenehme Erfahrung.

Aus dem Augenwinkel bekam Lenka mit, wie die Frau neben ihr von ihrem Hocker glitt und ein allgemeines »Tschüss« in die Runde warf. Lenka murmelte eine Antwort, obwohl sie nicht wusste, ob sie überhaupt gemeint war. Anschließend versuchte sie zu verdrängen, dass der leere Stuhl neben ihr die Situation nun für jedermann noch offensichtlicher machte.

Mesdames et Messieurs, wir präsentieren: Lenka, mutterseelenallein in ihrer Lieblingskneipe, versucht ihren Kummer in Alkohol zu ertränken, und selbst dabei stellt sie sich blöde an.

Klischeehafter ging es wohl kaum noch.

Lenka nippte an ihrem Weißwein und spielte dann weiter am Stiel des Glases herum, drehte es wieder und wieder und wieder. Wenn sie nicht aufpasste, würde sie noch den Tresen zerkratzen. Aber wieso nicht? Auch zerstörerische Energie war schließlich eine Form von Energie. Und sogar Nägelkauen, so hatte ihr mal ein schlauer Mensch erzählt, sei letztendlich nichts anderes als ein Versuch, zumindest ein kleines Erfolgserlebnis zu erzielen.

Lenka neigte nicht zum Nägelkauen. Das hatte man ihr schon in frühester Kindheit abgewöhnt, wobei das Uralt-Buch »Der Struwwelpeter« eine nicht unerhebliche Rolle gespielt hatte. Die Geschichte vom Daumenlutscher, der auch nach mehrfacher Warnung nicht von seiner schlechten Gewohnheit ablassen konnte und dem am Ende vom Schneider mit der großen Schere beide Daumen abgeschnitten wurden, hatte bleibenden Eindruck hinterlassen. Und Nägelkauen, hatten ihre Eltern gesagt, sei praktisch dasselbe wie Daumenlutschen. Nur hätte der besagte Schneider am Ende eben ein klein wenig mehr zu tun, weil er ja mehr als zwei Finger abschneiden musste.

Lenka lächelte bei dem Gedanken. Besser gesagt: Ihre Lippen

zogen sich auseinander, während ihre Augen dabei völlig ausdruckslos blieben.

Wenn man einem Psychologen von der Struwwelpeter-Geschichte erzählte und welche Wirkung sie auf Lenka gehabt hatte, dann hätte der dazu bestimmt einiges zu sagen. Wahrscheinlich, spekulierte Lenka, lieferte ihr dann endlich jemand eine Erklärung für ihre gesamte verkorkste Existenz.

Wobei man einen kleinen Psychoknacks ja so ziemlich jedem Künstler nachsagte, auch den erfolgreichen. Denen sogar noch am allermeisten.

Aber wie man es auch drehte und wendete: Wenn es in diesem Universum einen Punkt namens »Erfolgserlebnis« gab, dann befand sich Lenka genau am entgegengesetzten Ende des Universums, also so weit vom Erfolg entfernt wie nur möglich. Sie lag sogar noch hinter denen zurück, die vielleicht genauso verkorkst waren wie sie, die aber dafür nie den Struwwelpeter hatten lesen müssen.

Denn denen – blieb ja immerhin noch das Nägelkauen.

»Tschuldigung? Hey, du! Ich rede mit dir!«

Lenka schreckte hoch, als sich eine Hand auf ihre Schulter legte und sie damit unvermittelt aus ihren Gedanken gerissen wurde. Sie hob den Blick und schaute in ein schmales Gesicht, umrahmt von haselnussbraunen Haaren.

»Was …?«, fragte sie verwirrt.

»Ich hab gefragt, ob der Hocker neben dir noch frei ist«, wiederholte die junge Frau vor ihr. Eigentlich war sie fast noch ein Mädchen. Gerade mal dem Teenageralter entwachsen, wenn überhaupt.

Sie war zierlich.

Zerbrechlich.

Und derart süß, dass einem ganz schlecht davon werden konnte.

Die, dachte Lenka grimmig, war bestimmt ein echtes Glückskind: bildhübsch, blutjung und obendrein garantiert total erfolgsverwöhnt.

»Also?« Eine schmale Braue schoss in die Höhe, die dunklen Augen unter einem dichten Wimpernkranz fixierten Lenka, schlanke Finger trommelten ungeduldig auf den Tresen. »Frei oder nicht frei?«

»Mensch, was fragst du denn so blöd?«, schnappte Lenka ungnädig und kanalisierte in diesem Moment alles, was sich in ihr aufgestaut hatte, auf dieses niedliche Mädchen. »Setz dich!«, fuhr sie im selben Tonfall fort und klopfte auf den Hocker. »Breite dich aus! Mach, was du willst, Kleine, ist mir doch egal! Aber wenn du dich unbedingt schon hierhersetzen musst, dann tu mir bitte den Gefallen und quatsch mich nicht voll, okay?«

»Wow!« Der jungen Frau klappte die Kinnlade herunter. »Wie bist du denn drauf? Besten Dank, die Sache hat sich erledigt.« Sie drehte sich brüsk um. Ihre langen Haarsträhnen flogen dabei wie dünne Peitschen durch die Luft und verfehlten nur knapp Lenkas Nasenspitze. Das wirkte wie ein Weckruf, und Lenka ging auf, dass ihr Benehmen ziemlich daneben gewesen war.

»Hey!«, rief sie dem Mädchen nach und streckte die Hand aus, um das junge Ding an der Schulter festzuhalten. »Jetzt warte doch mal, das war nicht so –« ... *gemeint,* hatte sie noch hinzufügen wollen. Doch just in diesem Moment glitt ihr nicht nur das Mädchen unter der Hand weg, sondern sie stieß auch noch mit dem Ellbogen unglücklich gegen ihr Weinglas. Das fing an zu schwanken – und kippte dann um. Der Stiel brach genau in der Mitte durch, klare Flüssigkeit ergoss sich über die gesamte Bar, und weil diese ziemlich abschüssig war, landete ein guter Teil davon in Lenkas Schoß.

»Scheiße!«, fluchte sie und sprang auf.

Der Barkeeper, der die gesamte Szene inklusive des hitzigen Wortwechsels aus dem Augenwinkel beobachtet hatte, seufzte leise, zog ein paar Servietten hervor und reichte sie wortlos an Lenka weiter. Dann ging er in die Küche, um noch ein paar Lappen zu holen.

Derweil hatte das Mädchen sich natürlich prompt noch mal umgedreht: gerade rechtzeitig, um Lenkas Missgeschick mitzubekommen, live aus allernächster Nähe.

»Na, schau einer an«, bemerkte sie, und ihr Mundwinkel zuckte spöttisch. »Das hab ich auch noch nicht erlebt, dass eine Frau so schnell ein feuchtes Höschen kriegt, wenn ich nur in ihre Nähe komme.« Dann lächelte sie Lenka an, boshaft und honigsüß. »Tut mir echt leid, Schätzchen. Du hattest deine Chance.« Sie musterte, schon halb im Weggehen, das zerbrochene Weinglas. »Tja, Scherben bringen wohl nicht immer Glück, was?«

Scheint so, dachte Lenka. Seufzend machte sie sich an die Schadensbegrenzung.

Auf der Toilette im Kellergeschoss riss Lenka gleich einen ganzen Stoß Wegwerfhandtücher aus dem Spender neben dem Waschbecken und rieb damit an ihrer nassen Jeans herum. Wahrscheinlich konnte sie von Glück reden, dass es nur Weißwein gewesen war; so würden wenigstens keine Verfärbungen zurückbleiben. Trotzdem hatte sie auf dem Weg zum Damenklo so manchen neugierig-amüsierten Blick aufgefangen. Immerhin sah es glatt so aus, als handle es sich bei ihrem Malheur nicht um verschütteten Wein, sondern – nun, um das Phänomen, das ein Mediziner als Inkontinenz bezeichnet hätte.

Verdammt, heute war wirklich nicht ihr Tag.

Lenka stützte sich auf das Waschbecken und musterte ihr Spiegelbild. Die hellen Haare hingen ihr in schlappen Strähnen über die Schultern und machten ihr Gesicht noch blasser als sonst. Sie hatte schon tausendmal daran gedacht, eine dunklere Tönung auszuprobieren, war aber irgendwie nie über den bloßen Gedanken hinausgekommen. Außerdem würde sie in Brünett wahrscheinlich noch viel mehr aussehen wie eine Leiche auf Freigang, als es jetzt schon der Fall war. Ihr Gesicht wirkte eingefallen, sie hatte Augenringe so blau wie der Ozean (und mindestens auch genauso tief), und die ohnehin hohen Wangenknochen traten deutlicher hervor als sonst. Und auch ihr Outfit war nicht unbedingt ein Glanzstück: Der graue Pulli schlackerte formlos um ihren mageren Oberkörper – Brüste praktisch nicht vorhanden –, ihre halbhohen Stiefeletten hatten ganz dringend mal wieder eine Ladung Schuhcreme nötig, und darüber trug Lenka eine Schlabberjeans, die jetzt obendrein noch bekleckert war. Boyfriend-Jeans nannte sich dieser Stil. Das war an sich zwar eine witzige Idee, aber nicht konsequent zu Ende gedacht. Der Clou an diesen Hosen war ja, dass es sich um Frauenhosen handelte, die aussehen sollten, als hätte die Trägerin sie ihrem

Freund stibitzt. Was zumindest in Lenkas Fall wenig glaubwürdig war, denn sie hatte keinen Boyfriend, den sie hätte beklauen können, und sie würde auch niemals einen haben. Eher würden die Flüsse aufwärts fließen und die Sonne im Westen aufgehen. Lenka ging deshalb zwar nicht so weit, der Modeindustrie Intoleranz und Diskriminierung vorzuwerfen und besagte Hosen vollständig zu boykottieren – dafür waren die Dinger einfach zu bequem –, aber sie nannte sie einfach Girlfriend-Jeans.

Doch ob nun Boyfriend, Girlfriend oder was auch immer: Im Moment konnte Lenka auf diesem Gebiet so oder so keinen Blumentopf gewinnen. Ihr Aussehen spiegelte ziemlich gut wider, wie sie sich gerade fühlte – nämlich wie ausgekotzt.

Sonst wäre sie das arme Mädchen von eben auch nicht so grob angegangen. Was platzte dieses Gör auch mitten in Lenkas wunderbar schlechte Laune und störte sie bei dem ungemein wichtigen Vorgang, sich selbst leidzutun?

Na ja – ein bisschen ärgerlich war es schon. Die Kleine war fraglos niedlich gewesen. Nur vielleicht nicht ganz Lenkas Typ und außerdem mindestens zehn Jahre zu jung.

Trotzdem niedlich.

Und geistreich. Wäre der Spruch mit dem feuchten Höschen nicht ein Scherz auf Lenkas Kosten gewesen, dann hätte sie ihn sogar ziemlich witzig gefunden.

Tja, die Kleine hatte es selbst gesagt: Lenka hatte ihre Chance gehabt. Und sie hatte sie gehörig vermasselt. Aber was sollte man machen? Wenn man auf jemanden sauer war und diese eigentlichen Schuldigen nicht zu packen bekam, dann ließ man den Frust eben an jemand anders aus. So lief das nun mal.

In Ordnung war das nicht, zugegeben. Aber menschlich.

Die eigentlichen Schuldigen, das waren immer noch diese Idioten, diese Möchtegernkritiker. Dilettantisch hatten sie Lenka genannt. Allein beim Gedanken daran kochte der Frust erneut in ihr hoch, und sie fing an, neue Einweghandtücher abzureißen und so heftig über Shirt und Jeans zu reiben, dass lauter kleine Papierkrümel an dem Stoff hängen blieben. Dass ihre Klamotten davon wirklich trockener wurden, bezweifelte sie zwar, doch das war ihr im Moment egal. Zerstörerische Energie war auch eine Energie. Und wenn dabei ein Papiertuch in Fetzen ging, dann war das wenigstens ein Teilerfolg.

Dilettantisch, hatten sie gesagt. Aber wer waren *sie* denn schon? Nur ein paar Mitglieder von *you.and.meART.com,* ein paar namenlose Leute in einer Internetcommunity für Hobbykünstler.

Im Grunde war *you.and.meART,* um es einfach auszudrücken, eine Seite für Leute mit zu viel Zeit und zu viel Kreativität. Für Leute mit Ambitionen im Kunstgewerbe, die noch keinen Agenten in ihren Diensten hielten und es noch nicht zu einer Vernissage gebracht hatten. Mit anderen Worten: Leute wie Lenka. Viel Talent (oder was immer sie dafür hielten), aber noch kein Publikum. Nicht die richtigen Kontakte. Keine Gönner, keine Sugar Daddys mit einer Menge Kohle. Wobei es in Lenkas Fall ja ohnehin niemals einen Sugar Daddy geben würde. Bestenfalls eine Sugar Mommy, und selbst die nur im äußersten Notfall. Lenka wollte es aus eigener Kraft schaffen, und zwar nicht nur mit Hilfe der richtigen Kontakte zu Leuten, die ebenfalls ... nun ja, Kontakte hatten. Dementsprechend beschränkte sich ihr Wirkungskreis bis auf Weiteres auf das häusliche Atelier, bestehend aus Skizzenblock, Laptop und Gehirnschmalz.

Und eben *you.and.meART:* eine Website, wo jeder seine Werke online stellen konnte. Egal ob in Form von Fotos, als Grafikdatei oder Photoshop-Bearbeitung. Die Musiker unter den Mitgliedern lieferten Klänge im MP3-Format. Hier bekam jeder ein Forum, egal, ob man Profi, semiprofessionell oder Laie war, egal, ob es sich um Musik, Bilder oder Konzeptkunst handelte.

Lenka selbst definierte ihre Werke als eine Mischung aus digitaler Pop-Art und Konzeptkunst. Doch eigentlich hatte sie gar keine Lust, sich in irgendeine Schublade stecken zu lassen.

Sie war Lenka, Künstlerin. Fertig.

Auf einer Website, wo jeder Kunstbegeisterte sich verewigen durfte, da durfte natürlich auch jedermann kritisieren. Auch dafür brauchte man lediglich ein Mitgliedsprofil. In der Regel hinterließ man die Kommentare einfach offen auf der Pinnwand, wo sie für jeden einsehbar waren. Hier konnte man nach Lust und Laune rezensieren, kritisieren, Verbesserungsvorschläge geben, über den grünen Klee loben oder auch mal nach Herzenslust herumnörgeln. Außerdem gab es noch die Mail-

Funktion, mittels derer die Mitglieder einander private Nachrichten zukommen lassen konnten: Da gab es dann Diskurse oder Streitgespräche (und manchmal Flirts) unter Ausschluss der Öffentlichkeit.

Natürlich war die Kritik der Mitglieder nicht gleichzusetzen mit der Meinung von echten Kennern. Doch es war die ehrliche, unverfälschte Meinung eines Publikums, das praktisch die ganze Welt repräsentierte. Nach Lenkas Ansicht war es sogar das einzige Publikum, auf das es am Ende tatsächlich ankam, wenn die Kunst nicht nur Berufung, sondern Beruf mit entsprechendem Einkommen sein sollte.

Deshalb stießen ihr die Reaktionen auf ihr letztes Projekt auch so übel auf. Die waren mehr als niederschmetternd gewesen. So etwas kam nicht oft vor: In der Regel war jede Kritik freundlich formuliert, und selbst harsche Wahrheiten wurden in den Deckmantel des Wohlwollens gekleidet und meist gekoppelt mit Vorschlägen, wie man es besser machen könnte. So war es auch in Lenkas Fall losgegangen.

Doch dann hatte ein Mitglied namens *Mia93* sich in die Diskussion eingeklinkt und gleich richtig losgelegt: Die Idee für Lenkas Bild sei nicht neu, sei vielmehr schon tausendfach da gewesen. Was an sich ja noch zu verzeihen wäre. Doch *Mia93* hielt sich nicht bloß bei dem Motiv auf. Das Problem, meinte sie, sei die Ausführung, die sei total dilettantisch. Die Konturen seien zu schwammig, die Pinselführung unsauber, die Farbcombo viel zu schrill und täte richtiggehend in den Augen weh. Besagtes Bild, so ihr Fazit, sei ganz offensichtlich das Werk eines Anfängers.

Als Lenka das las, hätte sie am liebsten den Laptop aus dem Fenster geworfen – und hatte eigentlich nur deshalb davon Abstand genommen, weil ihr das nötige Kleingeld fehlte, um sich einen neuen zu leisten.

Zugegeben: Bei ihrer Anmeldung auf *you.and.meART* war Lenka bewusst gewesen, was auf sie zukommen konnte. Wenn man seine Werke der Öffentlichkeit präsentierte, musste man mit Kritik rechnen. Lenka hatte auch nicht erwartet, mit Samthandschuhen angefasst zu werden. Und natürlich war ihr auch klar, dass – trotz des freundlichen Tenors bei *you.and.meART* – der

Ton in einem Internetforum ziemlich rau werden konnte. In der Anonymität des World Wide Web vergaß manch einer seine gute Kinderstube: Worte wie »Anfänger«, »Nichtskönner« oder »Tintenkleckser« schrieben sich nun mal leichter, als dass sie ausgesprochen wurden. *Mia93* hämmerte das Wort »Anfänger« eben viel lässiger in eine Tastatur, als ihr wahres Ich es Lenka direkt ins Gesicht gesagt hätte. Und vielleicht war sie auch nur deshalb so grob, weil sie gerade richtig schlecht drauf war und einen Sündenbock zum Abreagieren brauchte – genau wie Lenka die Kleine mit den haselnussbraunen Haaren als solchen missbraucht hatte.

Lenka wusste also, dass sie sich eigentlich keinen Kopf darüber machen sollte. *Mia93* war nicht das Maß aller Dinge. Nicht einmal *you.and.meART* war das Maß aller Dinge.

Und ganz davon abgesehen: Kunst polarisierte nun mal. Was der eine toll fand, das fand der andere abgrundtief schrecklich. Das war einfach so.

Und wenn sie jemals ein Bein auf den Boden der Kunstszene bekommen wollte, dann musste sie mit Kritik umgehen können. Mit positiver, konstruktiver – und auch mit dem, was man einen niederschmetternden Verriss nennen musste.

Außerdem war das hier ein freies Land. Hier durfte jeder seine Meinung haben. Und jeder durfte sie äußern.

Nur – und das war der Knackpunkt – hörte sich das, was diese Mia geschrieben hatte, allzu sehr nach dem an, was Lenka sich auch von Corinna hatte anhören dürfen.

Corinna, 31, Sprachtherapeutin, Exfreundin.

Corinna hatte praktisch dasselbe gesagt. Nicht wortwörtlich, aber sinngemäß. Sozusagen als Abschiedsgeschenk. Und auch wenn es mit an Sicherheit grenzender Wahrscheinlichkeit bloßer Zufall war, auch wenn sich Corinna und diese Mia nicht einmal kannten, sah Lenka doch jedes Mal, wenn sie Mias Worte las, Corinnas Gesicht vor sich und hörte ihre Stimme.

War es in Anbetracht dessen dann ein Wunder, dass Lenka jetzt so gereizt war? War es ein Wunder, dass sie sich nach diesem völlig missglückten Abend jetzt hier im Toilettenraum wiederfand, immer noch mit einer fürchterlichen Wut im Bauch, und sich anstatt mit Ruhm bloß mit Weißwein bekleckert hatte?

Sie schnitt ihrem Spiegelbild eine Grimasse.

Gestatten: Lenka, 29, Single wider Willen, Künstlerin ohne Kontakte und vielleicht auch ohne Talent.

Kein Sex mehr seit geschlagenen drei Monaten.

Und kaum ergab sich mal wieder eine Gelegenheit, kaum sprach sie unverhofft ein süßes Mädchen an, wodurch sich zumindest das Sexproblem hätte lösen lassen, wenigstens für heute Nacht – da hatte Lenka sie vergrault.

Gestatten: Lenka. Versagerin auf der ganzen Linie.

Sie streckte ihrem Spiegelbild erneut die Zunge heraus und ging wieder zu ihrem Platz zurück. Die Girlfriend-Jeans war zwar immer noch nicht ganz trocken, aber das war ihr jetzt auch egal.

Zu fortgeschrittener Stunde musste Lenka auch das ehrgeizige Vorhaben, ihren Kummer in Alkohol zu ertränken, endgültig als gescheitert betrachten. Als sie mit dem Inhalt ihres Portemonnaies an ihr Limit kam, war nämlich noch jede Menge schlechte Laune übrig. Dennoch saß sie noch eine Weile stumm da und schaute ins Leere, um den Moment des Nachhausegehens, vor allem aber den Augenblick des Heimkommens noch ein bisschen vor sich herzuschieben.

Was sollte sie denn zu Hause? Sie hatte keinen Job, der sie am nächsten Tag früh aus den Federn zwang. Und sie hatte auch niemanden mehr, der darauf wartete, ihren Schritt auf der Treppe zu hören, darauf, dass sie den Kopf durch die Tür steckte und leise rief: »Bin wieder da!«

Es gab nur noch ihr leeres Bett, ihren PC, ihre Skizzenblöcke und ihren iPod, dessen Kopfhörer sie sich in die Ohren steckte, um die Stille zu übertönen.

Als Corinna ausgezogen war, hatte sie einen guten Teil der Möbel mitgenommen. Seitdem hallten Lenkas Schritte viel lauter durch die Wohnung, eine stetige Erinnerung daran, dass es nur noch eine halbe Wohnung war, nur noch eine halbe Inneneinrichtung, bewohnt von der einen Hälfte eines Pärchens, die sich seit der Trennung auch nur noch wie ein halber Mensch fühlte.

Nachdem Lenka die Frage des Barkeepers, ob sie noch etwas

trinken wolle, zum zweiten Mal verneint hatte oder vielmehr aus Geldmangel hatte verneinen *müssen,* entschloss sie sich dennoch widerwillig, den Heimweg anzutreten.

Sie blickte nach der Uhr: halb zwei.

Früh oder spät – diese Begriffe waren relativ. Es war vielleicht spät, um eine Kneipe zu verlassen, noch dazu mitten in der Woche. Aber es war zugleich viel zu früh für eine leere Wohnung.

Doch was blieb ihr anderes übrig?

Während Lenka ihre Siebensachen zusammenpackte und ihre Jacke anzog, blickte sie zu dem Tisch drüben am Fenster. Dort hatte sich das Mädchen von vorhin niedergelassen, nachdem Lenka sie versehentlich, aber erfolgreich von der Bar vertrieben hatte. Lenka hatte die schmale Gestalt dort sitzen sehen, als sie von der Toilette zurückkam – und hatte seitdem aus unerfindlichen Gründen immer wieder zu ihr hingeschielt. Die Kleine hatte nichts weiter getan, als abwechselnd aus dem Fenster und in ihren Drink zu starren. In ziemlich viele Drinks sogar, wie Lenka im Laufe des Abends feststellte – was wiederum mit der Erkenntnis einherging, dass sie ziemlich oft zu dem Mädchen hinübersah.

Entschieden zu oft, hatte sie sich schließlich gesagt und beschlossen, diese heimlichen Blicke sein zu lassen. Doch irgendwie war ihr das nicht gelungen.

Ein, zwei Mal hatte Lenka sogar überlegt, ob sie noch mal zu der Kleinen hinübergehen sollte. Nicht, um sie auf ihren erhöhten Alkoholkonsum hinzuweisen, sondern um sich zu entschuldigen. Doch als sie die Sache aktiv angehen wollte, sogar schon im Begriff war, ihren Hintern vom Barhocker hochzuhieven, hatte das Mädchen den Blick gehoben und Lenka ihrerseits angesehen. Zufall oder nicht: Lenka spürte, wie ihr das Blut ins Gesicht schoss, woraufhin sie von ihrem Vorhaben – Mission Entschuldigung – wieder Abstand nahm.

Und irgendwann, als sie erneut hingesehen hatte, war der Tisch am Fenster plötzlich leer.

Eine leise Enttäuschung hatte sich in Lenka ausgebreitet, warum auch immer. Wahrscheinlich, weil jetzt die Chance, sich zu entschuldigen, definitiv vertan war.

Sich zu entschuldigen?

Oder um zu schauen, ob sie vielleicht doch eine zweite Chance bekam?

Ein bisschen Sex?

Ein kleiner Flirt?

Vielleicht auch nur ein winziges Quäntchen Aufmerksamkeit, das hätte ihr schon gereicht.

Doch jetzt war es müßig, weiter darüber nachzudenken. Lenka hatte es vermasselt. Zum zweiten Mal.

Also bezahlte sie, ohne Trinkgeld zu geben, und verließ die Kneipe. Draußen schlug ihr ein kalter Wind ins Gesicht, außerdem hatte es zu nieseln begonnen.

Na toll, das also auch noch. Lenka klappte den Mantelkragen hoch, zog den Kopf ein und machte sich zu Fuß auf den Heimweg. Ein Taxi konnte sie sich nicht mehr leisten.

Natürlich nicht.

Lenka war keine zehn Meter gelaufen, als sie das Mädchen entdeckte.

Um ein Haar hätte sie die Kleine übersehen. Sie hockte halb verborgen im Schatten eines Hauseingangs, hatte die Arme um die Knie geschlungen und den Kopf auf den Ellbogen gestützt. Die haselnussbraunen Haare fielen ihr übers Gesicht, so dass Lenka sie nicht sofort erkannte. Aber bei genauerem Hinsehen bestand kein Zweifel, immerhin hatte Lenka sie den ganzen Abend lang heimlich beobachtet: Das hier war das Mädchen aus der Kneipe. Irrtum ausgeschlossen.

»Hallo?« Lenka blieb in anderthalb Metern Abstand stehen.

Keine Reaktion.

Lenka sah sich um, zögerte kurz, trat dann aber entschlossen näher. Vor der reglosen Gestalt ging sie in die Hocke. »Hey! Alles okay mit dir?«

»Geh weg . . .!«

Diese Antwort erklärte so einiges, denn das Gelalle war kaum zu verstehen und obendrein begleitet von einer Schnapsfahne, die sich gewaschen hatte. Das Mädchen roch wie eine ganze Schankauslage. Lenka drehte angewidert den Kopf weg und musste sich zwingen, nicht zurückzuweichen.

Na toll. Da hatte sie selbst nicht einmal genügend Geld, um

sich einen gepflegten Schwips zu leisten – aber dafür nun eine Betrunkene am Hals. Das Leben war heute wirklich nicht fair zu ihr.

Jetzt hob das Mädchen den Kopf und versuchte ihrerseits, Lenka mit einem unsteten Blick zu fixieren. Ihr rechtes Auge wollte dabei nicht ganz so wie das linke, und einen Moment lang rollten ihre Augäpfel hilflos hin und her, bevor sie wieder einigermaßen geradeaus gucken konnte.

»Wie jetzt ...?«, fragte sie dann. »Du schon wieder?«

»Ja, ich schon wieder! Man sieht sich eben immer zweimal im Leben, hm?«

»Weiß nich' ...«, lallte die Kleine. »Is' mir auch egal.« Sie wedelte mit dem Arm, als wolle sie eine lästige Fliege verscheuchen. »Und jetzt zieh Leine! Hau ab! Jetzt will *ich* nämlich nix mehr von *dir* wissen, klar? Jetzt verscheuche *ich* dich!«

»Keine Ahnung, wovon du redest«, knurrte Lenka und fing den Arm ab, der – absichtlich oder nicht – nur haarscharf ihr Gesicht verfehlte.

Das Mädchen zappelte. »Lass mich los!«

»Du kannst hier nicht sitzen bleiben.«

»Kann ich wohl!«

»Von wegen!« Lenka sah sich erneut um, in der Hoffnung, dass irgendwo noch ein verspäteter Passant auftauchte. Was natürlich nicht der Fall war. Aber was erwartete man auch um zwei Uhr morgens? »Hör zu«, versuchte sie erneut an die Vernunft des Mädchens zu appellieren, besser gesagt an jeden Teil ihres Gehirns, den die Kleine noch nicht in Alkohol eingelegt hatte. »Es ist mitten in der Nacht, es ist schweinekalt, und es regnet. Wenn du hier sitzen bleibst, dann holst du dir eine Lungenentzündung. Willst du das?«

»Mir doch egal.« Das Mädchen verschränkte trotzig die Arme und schob die Unterlippe vor. »Mir is' alles egal ...!«

»Aber mir nicht! Und jetzt hoch mit dir!« Lenka überlegte kurz, wie es es am besten anstellen sollte. Dann schob sie ihren Arm unter die Achselhöhle des Mädchens und zog.

»Nein!«, quengelte die Kleine.

»Und ob!«, schnaubte Lenka. »Los jetzt. Hilf gefälligst ein bisschen mit!«

Es dauerte eine Weile, doch schließlich standen sie beide aufrecht. Das Mädchen schwankte und hielt sich immer wieder an Lenka fest. Ihre Stiefel mit den hohen Absätzen machten das Unterfangen nicht unbedingt einfacher.

»Na also«, murmelte Lenka in einem Moment, in dem sie gerade mal nicht ihrer beider Gewicht halten musste. »Tja, dann: Hallo erst mal!«

»Hallo noch mal«, versetzte das Mädchen – erstaunlich schlagfertig für jemanden, der voll war wie eine Haubitze. Lenka musste unwillkürlich grinsen.

»Ich bin Lenka«, stellte sie sich dann vor. »Und du?«

»Weiß nich' ... is' egal ...«

»Du meine Güte!« Lenka wusste nicht, ob sie lachen oder sich ernsthaft Sorgen machen sollte. Sie stieß das Mädchen an. »Jetzt mal im Ernst: Wie heißt du?«

Wanken.

Kopfschütteln.

»Naomi ...«, kam es schließlich halblaut zwischen den Haaren hervor, die ihr schon wieder ins Gesicht gefallen waren.

»Okay, Naomi«, erklärte Lenka. »Wir besorgen dir jetzt ein Taxi.« Sie selbst hatte zwar nur noch ein paar Centstücke im Portemonnaie, aber sie hatte ja auch nicht vor, die Taxe zu bezahlen. »Einverstanden, Naomi?«, fragte sie.

»Einverstanden ... Lena.«

»Lenka.«

»Hab ich doch gesagt!«

Gemeinsam schafften sie es die Gasse hinunter bis zur Hauptstraße. Lenka leistete dabei den Löwenanteil, während Naomi sich mehr oder weniger tragen ließ und nur gelegentlich und eher auf gut Glück die Füße aufsetzte. Zu Lenkas großer Erleichterung war sie klein und ein Fliegengewicht, sonst wäre das Ganze in ziemliche Schwerstarbeit ausgeartet.

Auf der Hauptstraße waren noch einige Autos unterwegs. Sie warteten eine Weile, bis Lenka schließlich ein Taxi heranwinken konnte. Der Wagen fuhr auf den Seitenstreifen, und ein müde aussehender Mann um die Vierzig kurbelte das Fenster herunter.

»Na, Mädels? Wo soll's hingehen?«

Lenka stieß ihre Begleiterin fragend an, woraufhin Naomis

Kopf ihr auf die Brust sackte. Dazu murmelte sie etwas Unverständliches.

Prompt veränderte sich der Gesichtsausdruck des Fahrers. »Vergesst es!«, erklärte er. »Die Kleine ist ja total dicht. Die kotzt mir am Ende noch den Wagen voll. Nee, nee, ihr Süßen, ihr geht mal schön brav zu Fuß.« Sprach's, kurbelte das Fenster hoch und brauste davon.

»Blödmann!«, rief Lenka ihm nach, und auch Naomi reckte die Faust.

»Genau! Blödmann!«, echote sie, wesentlich lauter als Lenka – und auf einmal funktionierte ihre Aussprache wieder erstaunlich gut. »Alles Blödmänner hier! Überall ...!«

»Hey!« Lenka schüttelte sie. »Bist du bescheuert? Du hetzt uns noch die Bullen auf den Hals.«

»Ist egal«, winselte Naomi. »Ist doch jetzt alles egal, verdammt! Gott, ist mir schlecht ...!«

Lenka seufzte. Dann ließ sie Naomi probehalber los, um zu schauen, ob diese aus eigener Kraft stehen konnte.

Sie konnte es nicht.

Doch immerhin begriff sie, was Lenka von ihr wollte, als diese ihr ein Pfefferminzkaugummi reichte. Sie wickelte es aus, wenn auch ein bisschen ungeschickt, steckte es in den Mund und begann, brav zu kauen. Das war bereits eine erhebliche Verbesserung, vor allem in Sachen Atemfrische.

»Danke«, murmelte sie und lächelte schwach. »Du bist anscheinend doch nicht so übel, wie ich dachte, Lena ...«

»Lenka.«

»Hab ich doch gesagt – oder nicht ...?«

Lenka blies die Wangen auf und ließ die Luft dann ganz langsam entweichen. »Und jetzt?«, fragte sie. »Was mache ich denn jetzt nur mit dir?«

»Kannst gehen«, kam die trotzige Antwort. »Sie is' auch gegangen. Is' einfach weggegangen und hat mich hier ganz allein gelassen.«

Sie, hm? Wer immer diese ominöse »sie« auch sein mochte.

Das klang beinahe auch nach einer Exfreundin – und würde möglicherweise erklären, warum Naomi sich heute Abend derart abgeschossen hatte.

Andererseits war es sinnlos, darüber zu spekulieren. Es ging Lenka nichts an. Und außerdem half es ihnen nicht weiter.

»Weißt du was?«, fragte Lenka. »Ich hab immer noch keinen blassen Schimmer, wovon du da redest. Aber dass ich dich hier einfach stehen lasse, damit du am nächsten Morgen mit der Nase im Rinnstein und vierzig Grad Fieber aufwachst, das kannst du gleich mal vergessen, klar?«

Naomi musterte sie misstrauisch. Doch dann sagte sie: »Klar.«

»Tja, dann ...« Lenka hob die Schultern. »Uns bleibt wohl nichts anderes übrig, als zu laufen.« Sie nahm Naomi am Arm. »Also? Wohin?«

Zwei große, rehbraune Augen starrten sie verständnislos an.

Lenka stöhnte. »Wo – wohnst – du?«, fragte sie langsam und deutlich, als spräche sie mit einem Kind.

In Naomis Gesicht arbeitete es. Ihre Hand deutete geradeaus.

»Da lang«, sagte sie, wenn auch ein bisschen unsicher.

»Okay.« Lenka hakte sie unter und führte sie in die entsprechende Richtung. »Also hier lang, ja? Ich hoffe, du weißt, was du tust, Kleine!«

Es war natürlich ein recht gewagtes Unterfangen, einfach auf gut Glück loszulaufen, mit einer betrunkenen jungen Frau im Arm, die immer noch ziemlich neben sich stand. Naomi stützte sich weiterhin mehr auf Lenka, als dass sie aus eigener Kraft lief, und steuerte nur gelegentlich ein »rechts« oder »links« bei, ab und zu auch ein: »Jetzt hier lang!«, gefolgt von einem »Nein, vielleicht doch lieber da drüben ...?« Ab und zu war Naomi auch felsenfest von einer bestimmten Richtung überzeugt, und Lenka konnte ihr nur mit Mühe klarmachen, dass der von ihr angestrebte Weg geradewegs in einen Kellerschacht führte.

Es grenzte fast an ein Wunder, doch irgendwann standen sie vor einem vierstöckigen Wohnhaus, und Naomi verkündete: »Hier wohne ich.« Das sagte sie nicht ohne einen gewissen Entdeckerstolz.

»Ist nicht wahr.« Lenka hatte schon fast nicht mehr daran geglaubt.

Nun war es noch mal ein ziemlicher Akt, Naomi in ihre Wohnung hinaufzubugsieren. Die natürlich im vierten Stock lag. Wo denn auch sonst ...?

»Ein Königreich für einen Fahrstuhl«, knurrte Lenka bereits nach der Hälfte.

»Wieso?«, fragte Naomi. »Bin ich dir etwa zu schwer?«

Himmel, Arsch und Zwirn, fluchte Lenka in Gedanken. Sturzbesoffen, aber nach wie vor in der Lage, nach Komplimenten zu fischen. Das musste der Kleinen erst mal einer nachmachen.

»Nein, du bist nicht zu schwer«, murrte sie. »Aber du könntest echt mal ein bisschen mithelfen.«

»Tu ich ja ...«

»Tust du nicht!«

»Hör mal, du musst das hier nicht machen. Kannst jederzeit gehen, ist schließlich –«

»– ein freies Land«, murmelte Lenka. »Ich weiß. Und außerdem ist das mein Spruch, klar?«

Sie waren beide erleichtert, als sie schließlich die Wohnung betraten – die Lenka persönlich hatte aufschließen müssen, denn einen Schlüssel ins passende Loch zu stecken, war in Naomis Zustand ebenfalls ein Ding der Unmöglichkeit. Gemeinsam schwankten sie in Naomis Schlafzimmer, wo diese sofort auf das Bett sank und wie ein Stein zur Seite kippte.

»Nichts da!«, erklärte Lenka und zog das Mädchen wieder hoch.

Sie waren zwar nicht direkt nass geworden, doch der Nieselregen hatte sich hartnäckig in ihren Mänteln festgesetzt und dort eine klamme Feuchtigkeit hinterlassen. So konnte Naomi auf keinen Fall liegen bleiben. Sonst fing sie sich am Ende doch noch etwas ein, wenn auch vielleicht keine Lungenentzündung, aber zumindest eine saftige Erkältung. Dann wiederum wären Lenkas Bemühungen umsonst gewesen – und das wäre angesichts der investierten Energie mehr als ärgerlich.

Und davon abgesehen: Man schlief einfach nicht in Klamotten ein. So was machte man nun mal nicht.

»Komm! Hoch mit dir! Ein letztes Mal noch, okay? Tu mir den Gefallen.«

»Okay ...« Naomi stemmte sich mühsam in die Höhe und

ließ artig zu, dass Lenka ihr den Mantel auszog. »Du?«, fragte sie plötzlich und mit unerwartet klarer Aussprache. »Kann ich dich mal was fragen?«

»Klar«, meinte Lenka und hockte sich hin, um sich an Naomis Stiefeln zu schaffen zu machen.

»Findest du mich hübsch?«

Lenkas Finger glitten von Naomis nassen Absätzen ab, und sie sah überrascht zu ihr auf. »Wie bitte?«

»Ich hab gefragt, ob du mich hübsch findest.« Naomi wackelte mit dem Fuß, als wolle sie verhindern, dass Lenka sich wieder über ihre Schuhe beugte und ihrem Blick auswich. »Ich meine: So schwer ist diese Frage doch nicht zu beantworten, oder?«

»Also, ich –«

Naomi stieß Lenka mit der Stiefelspitze vor die Brust: »Ja oder nein?«

»Ja«, sagte Lenka schnell.

Erstens, damit Naomi Ruhe gab.

Zweitens, weil es die Wahrheit war.

Naomi nickte. Nicht stolz, nicht auf eine eingebildete Art und Weise, aber dennoch so, als hätte sie genau diese Antwort erwartet. Diese Einstellung war Lenka sympathisch: jemand, der um die eigene Schönheit wusste, aber das Kunststück fertigbrachte, dabei nicht abzuheben, sondern die optischen Vorzüge als bloße Tatsache hinzunehmen. Mit allen positiven und negativen Konsequenzen.

Naomi ließ es zu, dass Lenka ihr aus der Jeans half. Sie hatte lange, schlanke Beine. Fast schon ein bisschen zu schlank, wenn man es genau nahm, doch Lenka gestattete sich trotzdem einen wohlgefälligen Blick darauf. Natürlich nur einen sehr kurzen, denn schließlich wollte sie Naomis Zustand nicht ausnutzen. Als Lenka sich danach auf die Bettkante setzte und sich vorbeugte, um Naomi das klamme Shirt auszuziehen, stieg ihr ein sanfter Geruch nach Parfum in die Nase. Vielleicht auch bloß ein Deodorant.

Etwas Zartes.

Dezentes.

Verwirrendes ...

Naomi saß jetzt nur noch in Slip und einem kurzen Hemdchen neben ihr. Einen BH trug sie nicht, doch ihre Brüste waren so zart, dass sie sich das auch getrost sparen konnte.

Lenka wurde plötzlich warm. Sie schluckte einmal schwer und bemühte sich, nicht allzu genau hinzuschauen.

»Und findest du mich nett?«, fragte Naomi unvermittelt.

Lenka zuckte zusammen, fühlte sich ertappt. Rasch wandte sie ihre Aufmerksamkeit wieder dem zu, was wohl eine Unterhaltung werden sollte.

»Nett?« Sie hob skeptisch eine Braue. »Woher soll ich denn das wissen? Frag mich das noch mal, wenn du nüchtern bist, okay? Bis dahin: kein Kommentar.«

Naomi nickte erneut, diesmal jedoch ein bisschen unsicher. »Ich meine ja nur«, begann sie zaghaft. »Weißt du, ich frage mich nämlich Folgendes: Ist irgendwas komisch an mir? Ist irgendwas an mir nicht in Ordnung?« Ihre Unterlippe bebte. »Denn wenn ich einigermaßen hübsch bin, wenn ich vielleicht auch nur ein bisschen nett bin – wieso hat sie dann Schluss gemacht? Ich versteh's nicht. Wir beide hatten doch noch so viel vor, wir hatten uns alles genau überlegt, und jetzt ... Was stimmt denn nicht mit mir ...?«

Herrje, jetzt ging das wieder los! Lenka war inzwischen fast sicher, dass Naomi an einer Trennung herumknabberte, die augenscheinlich noch ziemlich frisch war. Aber mal ganz ehrlich: Was sollte sie, Lenka, dazu sagen? Davon abgesehen war es ohnehin egal. Was immer sie jetzt Schlaues von sich gab – Naomi war so betrunken, dass sie bis morgen früh ohnehin wieder alles vergessen hätte.

Lenka war gerade dabei, sich eine Floskel zurechtzulegen. Etwas im Stil von: »Komm, halt die Ohren steif, Tiger!« Oder: »Morgen sieht die Welt schon wieder ganz anders aus.«

Da spürte sie plötzlich kleine, weiße Finger auf ihrer Hand. Und Naomis Gesicht war auf einmal ganz nah an ihrem.

»Du findest mich hübsch?«

Lenka starrte Naomi an und brachte nur ein »Hm-hm« heraus.

»Würdest du mich küssen wollen?«

»Was?« Lenka fiel fast rückwärts vom Bett. Automatisch wich

sie einen halben Meter zurück, doch Naomi rutschte ihr sofort hinterher und ließ auch ihre Hand nicht los. Ihre Augen waren fiebrig, und ihre Stimme zitterte.

»Würdest du mit mir schlafen wollen?«

Lenka klappte den Mund auf. Und sofort wieder zu.

Naomi rückte noch näher, kletterte schnell wie ein Äffchen auf Lenkas Schoß und umschlang sie mit den Beinen.

»Nur heute«, flüsterte sie, und ein Schauder durchfuhr Lenka, als sie Naomis Atem an ihrem Ohr spürte. »Nur heute, nur du und ich. Keine Regeln, keine Verpflichtungen. Was ist denn schon dabei?«

Lenka schloss die Augen und gestattete es sich einen winzigen Moment lang, Naomis Lippen auf ihrem Hals zu genießen. Diese arbeitete sich mit kleinen, fast hingehauchten Küssen zu ihrer Schulter hinunter, zog das Shirt beiseite und küsste die freigelegte Haut. Mit der einen Hand hielt sie immer noch Lenkas Rechte fest, die sie nun langsam an ihren eigenen Oberkörper heranführte und gegen ihre Brust drückte. Nur das hauchdünne Hemdchen trennte Lenkas Finger jetzt noch vom direkten Hautkontakt.

Lenka konnte nicht anders: Sie griff zu und konnte förmlich spüren, wie sich Naomis Brustwarze unter ihren Fingern aufrichtete. Naomi stieß einen kehligen Laut aus und warf den Kopf zurück. Fahrig glitten ihre Finger zu den Trägern ihres Hemdes und streiften es von den Schultern. Lenka keuchte, als sie Naomis Brüste nun völlig nackt sehen konnte, sanft beleuchtet vom Licht der Nachttischlampe.

Naomi packte Lenkas Hände, diesmal alle beide, und presste sie erneut an ihren Oberkörper. Dann griff sie Lenka in die Haare und zerrte sie über sich. Ehe Lenka sich versah, lag Naomi auf dem Rücken und sie selbst über ihr, an einer Brustwarze saugend und mit ihren Fingern an der anderen spielend. Naomi wand sich und keuchte. Dann schob sie die Finger unter den Saum von Lenkas Pullover und begann ihn hochzuschieben.

Da endlich erwachte Lenka aus ihrer Trance. »Nein!«

Naomi hatte sie entweder nicht gehört – oder absichtlich überhört, denn sie machte einfach weiter.

»Nein!«, wiederholte Lenka etwas lauter, packte Naomis

Hände und schob sie weg. Es fiel ihr selbst unglaublich schwer, sich von Naomis warmem, duftenden Körper zu lösen.

Naomi blieb liegen, ihre Brüste hoben sich schnell und heftig. »Was ist denn?«

»Es geht nicht«, flüsterte Lenka und stemmte sich mühsam wieder in eine aufrechte Position. »Tut mir leid, ich ...«

Naomi sah zu ihr auf. Ihr Gesicht war gerötet und ihre Brustwarzen nach wie vor steil aufgerichtet. Und wenn Lenka nicht alles täuschte, erkannte sie auf ihrem Höschen einen kleinen, feuchten Fleck. Aber vielleicht war das auch nur das Schattenspiel der Lampe.

»Ich würde wirklich gern«, flüsterte Lenka, die in der Tat am liebsten alle Bedenken über Bord geworfen hätte und über Naomi hergefallen wäre. »Aber ich ... ich denke ... es wäre einfach keine gute Idee, verstehst du?«

Auf Naomis Gesicht wechselten sich verschiedene Gefühle ab. Lenka befürchtete schon, die Kleine würde entweder in Tränen ausbrechen oder sie wutentbrannt wegjagen. Schon wieder ...

Aber sie hatte sich getäuscht.

»Ich verstehe.« Naomi setzte sich auf, und inzwischen klang ihre Aussprache schon fast wieder normal. »Und ich glaube, du hast recht.« Sie nickte, als wolle sie ihre eigenen Worte bestätigen. Dann ergriff sie erneut Lenkas Hand. »Danke.«

»Keine Ursache«, murmelte Lenka, die sich bemühte, nicht weiter auf Naomis Brüste zu starren.

»Oh!« Naomi kreuzte die Arme vor der Brust. »Sorry ...!« Sie angelte nach ihrer Decke und knüllte sie vor ihrem Körper zusammen. Anschließend sank sie in die Kissen zurück, kuschelte sich dort ein und lächelte Lenka an. »Du bist echt lieb.«

»Hm ...«, machte Lenka und rieb unauffällig die Oberschenkel aneinander, um zumindest ein bisschen von dem Druck loszuwerden, der dort unten immer noch herrschte. Sie klopfte unbeholfen auf die Stelle, an der sie Naomis Schulter unter der Decke vermutete, und machte dann Anstalten aufzustehen. »Ich sollte dann wohl mal lieber –«

»Nein!« Naomis Finger schlossen sich blitzschnell wie ein Schraubstock um Lenkas Handgelenk. »Bitte nicht! Bitte bleib bei mir!« Sie zögerte, presste die Lippen zusammen. »Ich mag heute Nacht nicht allein sein. Bitte . . .!«

Lenka zögerte.

Dann sagte sie: »Okay.«

Naomi grinste selig. »Du bist echt schwer in Ordnung.« Damit schmiegte sie sich in die Kissen und schloss die Augen, ohne dabei Lenkas Hand loszulassen. »Schwer in Ordnung bist du . . .«

Lenka wartete noch einen Augenblick, unentschlossen und etwas verwirrt über ihre spontane Bereitschaft, die Nacht bei Naomi zu verbringen.

Bei ihr. Nicht *mit* ihr. Da musste man eindeutig unterscheiden.

Sie war sich immer noch nicht sicher, ob das eine gute Idee war. Denn man konnte den Tatsachen ruhig ins Auge sehen: Naomi war scharf.

Scharf im Sinne von »niedlich, anziehend und sexy«.

Und Lenka war jetzt – dummerweise ebenfalls scharf.

Scharf im Sinne von »feucht im Höschen«.

Deshalb wäre sie am liebsten nach Hause gegangen. Entweder hätte sich ihr erhitztes Gemüt im Regen abgekühlt, oder sie hätte in ihrem eigenen Bett . . . nun ja, geeignete Mittel und Wege zur Abhilfe gefunden.

Nervös bewegte Lenka erneut die Beine und konnte dabei deutlich spüren, wie sich die Nässe dazwischen weiter ausbreitete.

Doch schließlich schälte sie sich aus ihrem Mantel – so gut das mit ihrem Handgelenk im Schraubstock von Naomis Griff eben ging –, streifte sich die Stiefeletten ab und streckte sich neben Naomi aus. Sie hatte versprochen zu bleiben, also würde sie bleiben. Schluss, aus.

Nachdenklich stützte sie den Kopf in die Hand und beobachtete Naomis Gesicht beim Einschlafen. Endlich hatte sie richtig Gelegenheit, Naomi ausgiebig und in aller Ruhe zu betrachten – ohne dabei das Gefühl zu haben, sie anzustarren.

Naomi war wirklich verdammt hübsch, und das auf eine angenehm natürliche Weise. Ihr Haar war nicht ganz glatt, aber auch nicht wirklich lockig, eher etwas dazwischen. Es floss ihr wie ein verspielter Wasserfall um die Schultern. Kein bisschen strähnig, wie Lenka mit einem Anflug von Neid feststellte.

Naomi hatte garantiert kein Problem damit, Schwung in ihre Frisur zu bringen – ganz im Gegensatz zu Lenka, bei der selbst ein teures Volumenshampoo in Kombination mit den entsprechenden Haarsprays nicht zu nennenswerten Ergebnissen führte. Kaum eine halbe Stunde nach dem Trocknen fiel jede Fönfrisur in sich zusammen.

Lenka nahm sich vor, Naomi irgendwann mal danach zu fragen, was für ein Shampoo *sie* benutzte. Das Haselnussbraun schien Naomis Naturfarbton zu sein, denn er harmonierte perfekt mit den dunklen Wimpern und den schmalen Augenbrauen. Naomis Gesicht war herzförmig, aber sehr fein geschnitten. Lenka schielte nach einem Make-up-Rand, aber entweder war Naomi sehr geschickt im Auftragen von Puder, oder sie benutzte schlichtweg keinen. Brauchte sie allerdings auch nicht. Die Schminke hätte an ihrem Gesicht nur künstlich gewirkt. Allein ihre dunkel umrandeten Augen verrieten, dass Naomi nicht bloß der Typ für funktionale Pflege war: Der Lidschatten, mit dem Naomi ihre Augen umrahmt hatte, kombiniert mit Kajal, hatte in der Bar noch ziemlich gekonnt ausgesehen. Smokey Eyes nannte man das. Lenka hatte sich selbst ein paarmal daran versucht, dabei aber immer ausgesehen wie ein Pandabär. Naomi hingegen stand dieser Look hervorragend. Nur war die Schminke leider nicht wasserfest und demzufolge, durch Nieselregen und ein paar vereinzelte Tränchen, inzwischen völlig verwischt.

Naomis Körper war weiß und zart gebaut. Ins Sonnenstudio schien sie nicht zu gehen, doch unter der Haut zeichneten sich deutliche Muskeln ab. Die hatte Lenka auch gespürt, während sie Naomi durch die Gegend geschleppt hatte – auch wenn Naomi dabei praktisch keinen Gebrauch von besagten Muskeln gemacht hatte.

Ob sie Kampfsport machte? Sie sah ein bisschen danach aus: ein zierliches Mädchen, dessen Gesicht immer eine gewisse Angriffslust zur Schau trug. Eine Leg-dich-bloß-nicht-mit-mir-an-Mimik.

Lenka sah noch eine ganze Weile dabei zu, wie Naomis Atem immer ruhiger und gleichmäßiger ging. Schließlich lockerte sich der Griff um ihre Hand, dann lösten sich Naomis Finger ganz von den ihren.

»Naomi?«, flüsterte Lenka.

Keine Reaktion.

»Naomi?«, versuchte Lenka es erneut.

Immer noch keine Antwort.

Lenka wartete noch einen Moment ab. Dann öffnete sie ihre Jeans und griff sich unter ihr feuchtes Höschen.

Sie tat, was sie tun musste, tat es, weil sie nicht anders konnte.

Als sie kam, unterdrückte sie jedes Geräusch. Danach blieb sie erst mal minutenlang reglos auf dem Bett liegen, zitternd – und gequält von schlechtem Gewissen.

Normalerweise schlief Lenka ziemlich schnell ein, wenn sie es sich selbst gemacht hatte. Doch diesmal wollte das nicht klappen. Vermutlich aufgrund einer inneren Sperre, aus einem gewissen Widerwillen heraus, in einem fremden Bett einzuschlafen, in einer fremden Wohnung und vor allem neben einer vollkommen fremden Frau.

Denn mal ganz ehrlich: Genau das war Naomi doch, oder?

Fremd.

Auch nach dem, was gerade passiert war. Trotz der Tatsache, dass sie fast miteinander geschlafen hätten.

Oder vielleicht gerade deswegen.

Lenka musste der Wahrheit ins Auge sehen: Diese Vertraulichkeit war reine Illusion, und der Annäherungsversuch von Naomis Seite – na, der erst recht. Er war lediglich das Ergebnis von zu viel Alkohol und Frustration, dem Wunsch, geliebt zu werden und sich begehrt zu fühlen. Sie verstand das nur allzu gut, weil es ihr selbst ganz ähnlich ging. Und hätte sie zwei, drei Gläschen mehr getrunken, dann wäre ihre eigene Hemmschwelle wahrscheinlich auch deutlich niedriger gewesen.

Lenka war kein Objekt der Begierde, sondern bloß ein Mittel zum Zweck gewesen. Absolut austauschbar. Naomi hätte sich in ihrem Zustand so ziemlich jedem an den Hals geworfen. So gesehen war es ganz gut, dass sie an Lenka geraten war und nicht an irgendeine Trulla, die das gnadenlos ausgenutzt hätte – oder am Ende noch an einen Kerl. Insgeheim feierte Lenka sich ein bisschen als Naomis Retterin. Wäre Naomi wirklich volltrunken in einem Hauseingang sitzen geblieben, dann hätte so einiges passieren können – und eine Lungenentzündung war da noch eine der harmloseren Möglichkeiten.

Trotzdem, unkte eine kleine, boshafte Stimme, ein Teil ihrer selbst, den Lenka nicht ganz so gern mochte: sozusagen das Teufelchen auf ihrer Schulter. *Du warst ja schon ein bisschen blöd, oder? Sie wollte. Du wolltest. Also, wo war dein verdammtes Problem?*

Das Problem?, antwortete prompt der rücksichtsvollste Teil von Lenkas Persönlichkeit, quasi der Engel auf ihrer anderen Schulter. *Das Problem war, dass die Kleine total betrunken ist. Dementsprechend kann da von Wollen wohl kaum die Rede sein. Die wusste doch gar nicht mehr, was sie da macht. Geschweige denn, was sie wollte.*

Na, umso besser, beharrte das Teufelchen trotzig. *Dann hat sie morgen früh doch ohnehin alles vergessen.*

Du bist echt total gemein, knurrte der Engel und brach die Verbindung ab. Mit Teufelchen konnte man einfach nicht diskutieren.

Weil Lenka nun mal nicht einschlafen konnte, aber auch herzlich wenig Lust hatte, die nächsten paar Stunden stumpf an die Decke zu starren, schwang sie die Füße aus dem Bett und suchte sich eine Beschäftigung. Dabei bot es sich natürlich an, Naomis Wohnung etwas genauer in Augenschein zu nehmen. Es war nicht so, dass Lenka spionieren wollte. Sie war nur neugierig – das war ein Unterschied.

Streng genommen gab es gar nicht besonders viel zu sehen. Naomis Domizil war mehr eine Hutschachtel als eine Wohnung, bestehend aus nur einem Zimmer plus Kochnische. Eine typische Studentenbude, was darauf schließen ließ, dass Naomi vielleicht doch ein paar Jährchen älter war als sie aussah.

Zwanzig vielleicht.

Aber nicht älter als zweiundzwanzig.

Das Mobiliar bestand nur aus dem Bett und einem Kleiderschrank, einem Schreibtisch und ein paar Bücherregalen, Marke IKEA. Letztere beherbergten alle möglichen Sorten von Büchern und mehr; ein komplettes Fach wurde von DVDs eingenommen. Historienfilme, Animation, auch auffällig viele Eastern. Genau so, erinnerte Lenka sich lächelnd, hatte ihr erstes eigenes Bücherregal in der ersten eigenen Wohnung auch ausgesehen. Als sie dann mit Corinna zusammengezogen war, hatte sie einen beträchtlichen Teil ihrer Sammlung in Kartons verstauen und zwischenlagern müssen. Teilweise in einer Zimmerecke, teilweise sogar noch bei ihren Eltern.

Ja, sie hatte wirklich eine Menge Filme und dazu auch noch einen Haufen Comics besessen – weniger wegen der Geschichten, sondern vor allem zwecks visueller Inspiration. Corinna brauchte den Platz jedoch für ihre Fachliteratur über Sprachstörungen. So wichen selbst Klassiker wie *Catwoman* und *Sailor Moon* irgendwann Essays über Stottern, Aussprachestörungen und frühkindliche Sprachentwicklung.

Naomis unterste Regalfächer waren mit Ordnern vollgestellt. *1. Semester* stand darauf – was Lenkas Studententheorie bestätigte. Weiterhin gab es einige Fachbücher. Lenka überflog die Titel nur oberflächlich: Alle wiesen darauf hin, dass Naomi »irgendwas mit Management« studierte. BWL im weitesten Sinne. Wobei Lenka, durch und durch ein kreativer Mensch, keine wirkliche Vorstellung davon hatte, was »BWL« eigentlich genau bedeutete. In erster Linie war bei ihr der Spruch haften geblieben: »Wer nichts wird, der wird Wirt. Beziehungsweise Betriebswirt.«

Früher hatte sie die BWLer ein bisschen belächelt. Inzwischen beneidete sie sie mehr und mehr. Denn immerhin war aus ihnen ja durchaus »etwas geworden« – vor allem, was das Finanzielle anging.

Ein Ordner weckte Lenkas besondere Aufmerksamkeit. AMSTERDAM stand in Großbuchstaben quer über dem Etikett. Irgendwie passte dieser Ordner nicht so richtig zwischen all den BWL-Kram. Vor allem, weil das gesamte Zimmer sonst so gut organisiert wirkte, so durchdacht strukturiert. Der Raum war zwar winzig, aber das bisschen, was es an Platz gab, war effektiv ausgeschöpft und mit einem gewissen System geordnet. Sogar die DVDs hatte Naomi thematisch passend zusammengestellt: Animation zu Animation, Historienschinken zu Historienschinken.

Typisch für BWLer eben, die mussten ja alles ordnen und katalogisieren.

Doch bei genauerem Hinsehen stellte Lenka fest, dass der Schreibtisch eine Ausnahme von dieser Regel bildete. Im Gegensatz zum Rest des Zimmers herrschte hier ein seltsames Chaos. Lenka trat gespannt näher. Stilbrüche interessierten sie immer.

Der Schreibtisch sah in der Tat so aus, als sei er schon eine geraume Weile nicht angerührt worden. Aufgeschlagene Bücher, Mappen und Hefter waren quer darüber verstreut, bedeckt mit einer dicken Staubschicht. Ganz zuoberst lag ein kleines Buch. Besser gesagt, mehr ein Reclam-Heft, wie Lenka sie noch aus der Schule kannte. Neugierig nahm sie es in die Hand.

Max en Moritz, stand auf dem Cover.

Lenka blinzelte verwirrt.

Doch sobald sie das Buch aufschlug, stellte sie fest, dass sie es keineswegs mit einem Schreibfehler zu tun hatte. Als Lenka genauer hinsah, erkannte sie, dass es sich um eine Version der Geschichte handelte, die in niederländischer Sprache abgefasst war. Dazu gab es ein deutsches Vorwort und im Anhang ein Vokabular und Übersetzungshilfen.

Niederländisch, hm?

Und Amsterdam ...

Jetzt passte das Ganze schon eher zusammen. Die Verbindung zu Amsterdam entwickelte sich mehr und mehr zu einer Art rotem Faden, zu einer scheinbar wichtigen Komponente in Naomis Leben, zumindest soweit Lenka das beurteilen konnte.

Vielleicht strebte sie ein Auslandssemester an?

Oder war ihre frisch Verflossene vielleicht eine Niederländerin? Eine dralle Frau Antje wie aus der Werbung, mit blonden Zöpfen, Holzklotschen an den Füßen, einem beeindruckenden Dekolleté und einem bezaubernden Akzent?

Lenka drehte sich zum Bett herum und musterte die schlafende Gestalt. Sie versuchte, sich Naomi an der Seite einer solchen Frau Antje vorzustellen. Aber irgendwie passte das nicht so richtig.

Naomi hatte sich im Schlaf gedreht und lag jetzt auf dem Rücken. Ihr Haar war über ihrem Kissen ausgebreitet, nur eine dünne Strähne, lockiger als die übrigen, ringelte sich über ihre Stirn bis zur Nasenspitze. Ihr Gesicht zuckte, so als wolle sie gleich niesen, aber sie wachte nicht auf.

Lenka beugte sich zu ihr hinunter, streckte die Hand aus und schob die wirre Strähne ganz sachte beiseite. Naomi murmelte etwas, und ihre Augenlider flackerten. Dann, nur für ein paar Sekunden, öffneten sich die Lider. Sie sah Lenka an, blinzelte – und lächelte ganz leicht.

Dann dämmerte sie wieder weg.

Lenka beobachtete sie noch eine ganze Weile und merkte dabei zuerst gar nicht, dass sie selbst ganz versonnen vor sich hin lächelte.

Dann griff sie in ihre Handtasche, holte ihren Skizzenblock hervor und begann zu zeichnen.

Kapitel 2

Es fing bereits an zu dämmern, als Lenka auf die Uhr schielte. Gleich halb sechs. Eigentlich überhaupt nicht ihre bevorzugte Tageszeit, was sie vor allem daran merkte, dass eine gewisse Trägheit sie überkam.

Sie schielte zur Kochnische hinüber. Es wäre ja wohl kaum zu dreist, sich ein bisschen an Naomis Vorräten zu bedienen, oder? Sie wollte ja nicht den Kühlschrank plündern. Aber einen Kaffee, den könnte sie schon ganz gut vertragen.

Lenka suchte eine Weile herum, entdeckte aber nur Instantpulver. Das Zeug schätzte sie zwar nicht sonderlich, aber es war besser als nichts. Milch hatte Naomi natürlich auch nicht. Bloß Kaffeeweißer in Pulverform. Lenka schüttelte sich allein bei dem Gedanken. Dann lieber schwarz.

Instant schwarz.

Der Wasserkocher blubberte ziemlich laut vor sich hin, und als er sich mit einem vernehmlichen Klacken selbst ausschaltete, hörte Lenka, wie sich in Naomis Bett etwas bewegte. Sie goss heißes Wasser in die Tasse, rührte sie mit dem Löffel um und begab sich damit wieder in Richtung Bett.

Naomi brummte, schlief aber augenscheinlich nicht mehr.

»Morgen, Schlafmütze«, sagte Lenka leise. »Lust auf Kaffee?«

Naomis Augen öffneten sich. Einen Moment lang sah sie Lenka zwar an, schien sie aber nicht wahrzunehmen. Dann schnappte sie plötzlich heftig nach Luft und saß senkrecht im Bett.

»Scheiße, wer bist du denn . . .?«

Lenka hätte beinahe den Kaffee verschüttet. »Ich . . .«, begann sie. »Also –«

Sie brach ab, als Naomi die Hand hob. Die junge Frau sah an sich herunter, betrachtete ihre nackten Brüste und seufzte, genervt und ungehalten. »Vergiss es. Ich kann mir denken, wer du bist. Beziehungsweise *was* du bist. – Oh, verdammt«, unterbrach sie sich dann, griff sich an die Stirn und kniff die Augen zu. »Mein Kopf . . .«

Lenka beobachtete die Szene mit zusammengepressten Lippen. »Du erinnerst dich echt an gar nichts, oder?« Im Grunde hatte sie ja genau damit gerechnet. Worauf sie nicht vorbereitet war, das war das ablehnende, ja, fast feindselige Funkeln in Naomis Augen. Dafür fehlte ihr jede Erklärung.

»Erinnern? Nö.« Naomi zog die Decke bis zum Kinn hoch. »Tut mir leid, wenn ich das so sagen muss. Aber du scheinst keinen wirklich bleibenden Eindruck hinterlassen zu haben.« Sie betrachtete die dampfende Tasse auf ihrem Nachttisch. »Tu mir den Gefallen und nimm das weg, ja? Ich steh' absolut nicht drauf, wenn meine One-Night-Stands mir das Frühstück ans Bett bringen. Das hat so was gottverdammt Verbindliches, wenn du verstehst, was ich meine.«

»Aber ich wollte doch gar nicht –«, begann Lenka, »ich bin doch kein –«

Doch wieder wurde sie von Naomis ungnädiger Stimme unterbrochen. »Hör zu – verdammt, ich weiß nicht mal mehr, wie du heißt. Egal. Also, hör zu, unbekanntes weibliches Wesen: Hast du vor meiner Wohnungstür irgendwo ein Schild mit der Aufschrift *Bed and Breakfast* gesehen?«

»Nein«, sagte Lenka dumpf.

»Da hast du's. Es gibt nämlich gar keins. Was bedeutet: Frühstück ist nicht inbegriffen. Deshalb schlage ich vor, dass du jetzt einfach verschwindest, okay?«

Lenka presste die Kiefer fest aufeinander und sah zu Boden.

Dann nickte sie. »Okay.« Sie griff nach ihrer Tasche und wandte sich der Tür zu. Doch dann fiel ihr Blick noch einmal auf die dampfende Kaffeetasse. »Ich nehme an, den willst du ohnehin nicht, oder?« Ohne eine Antwort abzuwarten, nahm sie einen tiefen Schluck.

Die Instantbrühe schmeckte scheußlich.

»Also dann«, Lenka hob die Hand. »Ciao!«

»Ciao«, erwiderte Naomi und zog sich die Decke über den Kopf.

Lenka verließ die Wohnung und knallte die Tür absichtlich laut hinter sich zu.

»Blöde Kuh!«, schrie Naomi ihr nach. Trotz der geschlossenen Tür war das nicht zu überhören.

Zu Hause angekommen, legte sich Lenka sofort ins Bett. Es war ein Versuch, der allzu kurzen Nacht noch ein paar Stunden Schlaf abzuringen – ebenso trotzig wie sinnlos. Mehr als ein unruhiges Dahindämmern kam dabei nicht heraus, auch nicht, als sie sich die Kopfhörer ihres iPods in die Ohren gesteckt hatte. Normalerweise war diese Methode todsicher, und nach spätestens zweieinhalb Songs war sie unterwegs ins Traumland – vorausgesetzt, sie erwischte nicht gerade die Playlist mit den Hardrock- und Heavy-Metal-Songs.

Doch dieses Mal war das Traumland bevölkert von lauter kleinen Naomis, die wild durcheinander wimmelten und dabei sinnloses Zeug vor sich hin quasselten. Lenka versuchte, sie zu zählen, doch sie kam immer wieder durcheinander, weil die kleinen Viecher einfach nicht stillhielten. Und plötzlich ragte über allem ein gigantisches, unförmiges Monster auf, von dem Lenka einfach wusste, dass es *Mia93* war. Die kleinen Naomis spritzten beim Anblick der Kreatur kreischend auseinander und flüchteten in alle Richtungen. Das Mia-Monster wuchs und wuchs immer weiter, blähte sich zu einem fetten Ball auf und fauchte dabei immer wieder: »Blöde Kuh! Blöde Kuh!« So wie die rote Königin aus der Geschichte von Alice im Wunderland, deren komplettes Vokabular nur aus einem einzigen Satz zu bestehen schien, der da lautete: »Ab mit dem Kopf!« Und Lenka erkannte, dass sie vor diesem Wesen nicht weglaufen konnte.

Jedenfalls nicht, ohne ein paar der kleinen Naomis auf ihrer Flucht plattzutreten ...

Schweißgebadet fuhr Lenka in die Höhe und tastete panisch umher. Sie hatte das Gefühl, noch immer von einem Schwarm kleiner Wusel-Naomis umgeben zu sein – ihr ganzes Bett und sie selbst schienen vom Gekrabbel winziger Füßchen zu wimmeln.

Respekt, sagte sie sich, nachdem sie einigermaßen in die harte Realität zurückgefunden hatte. So was Dämliches hatte sie wirklich seit einer Ewigkeit nicht mehr geträumt. Jedenfalls nicht, seit sie auf einer Party mal diese komischen Brownies gegessen hatte, die als ganz spezielle Zutat eine illegale Substanz enthielten, die – na, besser nicht darüber nachdenken.

An Schlaf war jetzt jedenfalls endgültig nicht mehr zu denken. Also hievte Lenka sich aus dem Bett, huschte so schnell wie möglich am Spiegel an ihrem Schlafzimmerschrank vorbei, um sich den Anblick ihres mageren, übermüdeten Selbst zu ersparen, warf sich ihren weißen Morgenmantel über und ging in die Küche, um Kaffee zu kochen – richtigen Kaffee diesmal – und sich anschließend an die Arbeit zu setzen.

Arbeit war gut. Arbeit lenkte ab.

Jedenfalls war sie allemal besser, als über die letzte Nacht nachzugrübeln. Denn genau das hatte Lenka getan, während sie sich im Dämmerzustand herumwälzte. Der groteske Traum war der beste Beweis dafür, dass sie dringend auf andere Gedanken kommen musste.

Die Sachlage war ja ziemlich eindeutig: Naomi hatte sich gestern ordentlich die Kante gegeben. Zumindest schien sie sich wohl noch daran zu erinnern, wie sie in die Kneipe marschiert war, womöglich sogar in der festen Absicht, sich so richtig abzuschießen. Vielleicht erinnerte sie sich auch noch daran, wie sie Lenka angesprochen hatte. Doch alles, was danach geschehen war, hatten ein paar Drinks zu viel ganz offensichtlich aus ihrem Gedächtnis gelöscht. Naomi war in ihrem eigenen Bett wieder zu sich gekommen, praktisch nackt, während Lenka – plötzlich wieder eine völlig Fremde – in ihrer Küche herumfuhrwerkte, als wäre sie dort zu Hause. Die Situation schrie geradezu nach einem Missverständnis: Naomi musste glauben, dass Lenka und sie gemeinsam nach Hause gegangen waren und die Nacht miteinander verbracht hatten.

Was ja auch stimmte.

Nur eben nicht so, wie Naomi dachte.

Allerdings konnte Lenka ihr die barsche Reaktion nicht wirklich verübeln. Wäre sie an Naomis Stelle gewesen, dann hätte sie vermutlich dasselbe gedacht, hätte dieselben – falschen – Rückschlüsse gezogen.

Siehste?, stichelte das Teufelchen, das plötzlich wieder auf ihrer Schulter saß. *Ich hab doch gesagt, du hättest mit ihr schlafen sollen. Dann wäre sie jetzt wenigstens zu Recht auf dich sauer.*

Oh nein, erklärte das Engelchen. *Das war genau richtig so. Dadurch braucht die liebe Lenka jetzt wenigstens kein schlechtes Gewissen zu haben.*

Und?, beharrte das Teufelchen. *Was hat die liebe Lenka davon?*

Klappe halten, befahl Lenka in Gedanken. *Alle beide!*

Wahrscheinlich, dachte sie, war es das Beste, die Sache nicht persönlich zu nehmen. Naomi war eben nicht ganz bei sich gewesen. Sowohl der Annäherungsversuch letzte Nacht als auch der Rausschmiss von heute Morgen hatten nicht wirklich Lenka gegolten. Nicht dem Menschen Lenka, sondern der Frau, die sie nun mal war.

Titten.

Muschi.

Um es mal auf das Wesentliche zu reduzieren.

In ihrem Zustand hätte Naomi sich jeder Frau an den Hals geworfen – und jede Frau heute Morgen wutschnaubend zum Teufel gejagt.

Nur, fragte Lenka sich, an wen war dann dieses selige Lächeln gerichtet?

Wessen Hand hatte Naomi beim Einschlafen gehalten?

Wen hatte sie gebeten, sie nicht allein zu lassen, über Nacht bei ihr zu bleiben?

Tja, vermutlich galt dafür genau dasselbe: Naomi war ein unglückliches, frisch verlassenes kleines Ding, das gerade eine schwierige Zeit durchmachte. Weil es ihr schlecht ging, hatte sie einfach Gesellschaft gewollt. Irgendeine Gesellschaft. Und Lenka war nun mal gerade greifbar gewesen.

Zur richtigen Zeit am richtigen Ort.

Oder zur falschen Zeit am falschen Ort, ganz wie man es nahm.

Lenka entschloss sich, die ganze Episode einfach abzuhaken. Vielleicht sogar wirklich als eine Art missglückten One-Night-Stand, auch wenn es nicht wirklich einer gewesen war.

Naomi würde sich schon wieder einkriegen. Und sie, Lenka, musste das auch.

Nur taten sie es eben nicht zusammen, sondern jede für sich. So hatte jede ihr Päckchen zu tragen, und jede musste sich allein damit abschleppen.

Und apropos abschleppen: Ein bisschen stolz war Lenka nach wie vor auf sich, weil sie auf Naomis Annäherungsversuch nicht eingegangen war. Das hätte die Sache nur noch komplizierter gemacht.

Also: Ärmel hochkrempeln, weitermachen, Naomi vergessen.

Nachdem das entschieden war, fühlte Lenka sich ziemlich erleichtert. Erleichtert, aber immer noch aufgewühlt. Also stürzte sie sich in die Arbeit.

Vier Tassen Kaffee und fünf gescheiterte Versuche später musste sie sich eingestehen, dass sie heute Morgen nur Murks produzierte. Heute hätte man sie getrost eine Anfängerin und Dilettantin nennen dürfen, und sie wäre nicht mal beleidigt gewesen – selbst wenn die kritischen Stimmen von so unqualifizierten Typen wie *Mia93* gekommen wären.

Aus einer Laune heraus loggte sich Lenka bei *you.and.meART* ein und checkte ihr E-Mail-Konto sowie die Kommentare auf der Pinnwand. Es waren keine neuen dazugekommen. Gut so. Sie war nicht ganz sicher, wie sie auf weitere Verrisse reagiert hätte, zumindest nicht, wenn sie Arbeiten betrafen, die sie selbst für gut hielt oder doch wenigstens für brauchbar.

Die Skizzen von heute Morgen allerdings waren weder das eine noch das andere. Das, was sie zuerst per Hand entwarf und anschließend mit Photoshop auf den Computer übertrug, wirkte ungelenk, die Figuren leblos, die Perspektive stimmte nicht. Und auch mit ihrer Kreativität stand es nicht gerade zum Besten. Normalerweise setzte sie sich mit einer bestimmten Grundidee an die Arbeit, ließ die Sache einfach fließen – und in der Regel erledigte sich der Rest dann ganz von selbst. Meist bediente Lenka sich dabei des Comic-Stils und behielt diesen entweder konsequent bei oder verlieh dem Bild irgendwann mehr Realitätsdichte, so dass es fast wie ein Foto aussah. Für welche dieser beiden Möglichkeiten sie sich entschied, ergab sich meist erst mitten im Entstehungsprozess. Wenn Lenka danach gefragt wurde, sagte sie, dass es das Bild selbst war, das bestimmte, wie es aussehen sollte, nicht der Künstler. Wofür sie dann entweder verständiges, schon fast ehrfürchtiges Nicken erntete – oder Blicke, die sie nach ernsthaften Anzeichen für einen Dachschaden absuchten. Oder die stumme Frage enthielten, was Lenka wohl gerade genommen hatte.

Denn Künstler nahmen doch angeblich alle irgendwas. Vor allem die nicht erfolgreichen. Die wohl noch am allermeisten. Zumindest futterten sie auf Partys irgendwelche komischen Brownies ... das wusste doch jeder.

Fragte man Lenka dann außerdem noch, woher sie ihre Ideen nahm, dann lächelte sie und sagte: Von überallher. Weil es aber so gut zu ihrem Stil passte, bediente sie sich besonders großzügig bei allem, was die Comic-Szene hergab. Sowohl die Figuren aus dem uralten Marvel-Universum als auch die japanische Manga- und Anime-Industrie lieferten ihr jede Menge an Inspiration. Letztere mochte sie sogar lieber. Die Marvel-Heldinnen waren ihr zu sexistisch dargestellt in ihren hautengen Kostümchen und die Kerle zu stereotyp, wobei Lenka ohnehin nur selten Kerle zeichnete. Wenn schon, dann als Auftragsarbeiten, aber selbst dann eigentlich nur ungern.

Keineswegs aus Prinzip. Aber breite Schultern, übertriebene Bauchmuskeln und das klassische, kantige Kinn, das alle amerikanischen Superhelden von Batman bis Spiderman gemeinsam hatten, so was lag Lenka einfach nicht. Irgendwie, fand sie, sahen diese Typen alle gleich aus. Und das war nicht nur aus der Sicht einer Lesbe, sondern auch aus künstlerischer Perspektive einfach uninteressant.

Beim Manga-Stil hingegen war sie toleranter, da waren auch die männlichen Figuren weicher und, für Lenkas Begriffe, irgendwie hübscher. Bisweilen machte sie sich einen Spaß daraus, ein bisschen mit der Androgynität zu spielen, so dass ihre Bilder gezielt die Frage provozierten, ob die Figuren nun männlich oder weiblich waren.

Aber alles in allem gestaltete Lenka vornehmlich Frauen. Was ja kein Wunder war, denn schließlich bekam man die Inspiration genau dort, wo man selbst auch echte Faszination empfand. Und die weiche Schönheit weiblicher Formen hatte Lenka schon fasziniert und zum Zeichnen angeregt, lange bevor sie überhaupt auf den Gedanken kam, dass sich dies nicht nur auf die Kunst erstrecken könnte.

Alles, was sie dann noch brauchte, waren ein Skizzenblock für die ersten Entwürfe, ein Bleistift, das Photoshop-Programm für die digitale Bearbeitung und eine gut funktionierende Maus.

Und manchmal auch die Fähigkeit, ein Projekt als gescheitert zu betrachten. So wie jetzt.

Lenka musterte ihr aktuelles Machwerk und überlegte ernsthaft, ob sie es endgültig als total missglückt einstufen und demgemäß behandeln sollte: Verschieben in den Papierkorb. Und vollständig löschen.

Der Cursor schwebte über dem entsprechenden Button, und Lenkas Finger war kurz vor dem entscheidenden Mausklick, der über Leben und Tod eines potentiellen Kunstwerks bestimmte.

Da klingelte es an der Tür.

Erleichtert, die folgenschwere Entscheidung aufschieben zu können – denn wie jedem Künstler tat es auch Lenka weh, ein Projekt aufzugeben –, ging sie zur Türsprechanlage.

»Ja?«

»Ich bin's«, sagte Corinnas Stimme. »Ich wollte noch ein paar Sachen holen. Kann ich raufkommen?«

»Klar«, sagte Lenka und hängte den Hörer wieder ein. Sie schloss die Tür auf und schlurfte in die Küche zurück. Corinna kannte ja den Weg.

Während Lenka ihre Kaffeetasse in den Händen drehte, lauschte sie auf die vertrauten Schritte im Treppenhaus. Dann stand Corinna in der Tür.

Corinna: 31, Sprachtherapeutin, Exfreundin. Klein. Blond. Zierlich, aber durchtrainiert. Selbstbewusst.

Und schön ... Ein sehr beliebtes Motiv in den letzten fünf Jahren.

»Hi!«, sagte Corinna mit einem etwas gezwungenen Lächeln. Dann musterte sie Lenka und rümpfte die Nase. »Na, Glückwunsch! Elf Uhr am Vormittag, und du bist noch nicht mal angezogen.«

Lenka zuckte die Achseln. »Hab verschlafen.«

Corinna schnaubte. »Schön, wenn man sich's leisten kann. Andere Leute müssen um diese Zeit arbeiten.«

Lenka war nicht gewillt, diese Spitze hinunterzuschlucken. »Klar! Sieht man ja an dir. Deswegen steckst du auch gerade mitten in der Arbeit, stimmt's? Du ertrinkst ja geradezu darin.«

»Ich«, schnappte Corinna, »bin auf dem Weg zu einer Klientin, klar? Und weil das hier zufällig auf dem Weg lag, da dachte ich, ich springe mal kurz rein.«

»Hm«, gab sich Lenka geschlagen. Das hätte sie sich denken können. Corinna war zwar eigentlich in einer Praxis fest angestellt, doch ihr Beruf brachte es mit sich, dass sie auch den einen oder anderen Hausbesuch machen musste – zum Beispiel bei älteren Leuten, die in einem Altersheim lebten oder für die es zu beschwerlich war, selbst in die Praxis zu kommen. Auf diesen Fahrten erledigte Corinna immer irgendetwas: Einkäufe, Bankgeschäfte, Fitnessstudio, manchmal sogar Arztbesuche. Corinna war der strukturierteste Mensch, den Lenka kannte. Und am Ende des Tages hatte sie alles erledigt, was es zu erledigen gegeben hatte, und manchmal auch noch ein bisschen mehr.

Eigentlich war es ein Wunder, dass ebendiese Corinna, die praktisch sogar ihren Weg zum Klo strategisch geschickt plante, so lange mit Lenka zusammengeblieben war. Lenka verband Struktur nämlich höchstens mit einer Bildkomposition oder der Wahl der Hintergrundkoloration, aber keineswegs mit einem Tagesablauf.

Das fing schon beim Aufstehen an. Wie oft hatten sie sich in den letzten Jahren deswegen gestritten:

Corinna, die morgens früh rausmusste – und Lenka, die liegen bleiben konnte. Zumindest, wenn sie das wollte.

Lenka hatte alles Mögliche versucht: gemeinsam mit Corinna aufzustehen, zum Beispiel. Doch dann hatte sie festgestellt, dass dies einfach nicht ihrem natürlichen Rhythmus entsprach. Sie war kein Morgenmensch, vor zehn oder elf konnte man mit ihr nicht rechnen, da bekam sie gar nichts zustande. Also, was brachte es, sich morgens um sieben in die Höhe zu quälen, wenn man die nächsten paar Stunden ohnehin nur wie ein Schluck Wasser am Küchentisch hing und ins Leere glotzte?

Außerdem: Auch wenn Lenka wach war und zumindest physisch anwesend, dann hatte das Corinna auch wieder nicht gepasst. Corinna legte immer einen ziemlichen Senkrechtstart in den Tag hin, war beim ersten Klingeln des Weckers hellwach und wollte sich am liebsten schon in aller Herrgottsfrühe über weltbewegende Themen unterhalten. Lenkas gelegentlich eingestreutes »Hm« oder »Hmpf« war allerdings nicht das, was Corinna sich unter einem gepflegten Gespräch vorstellte.

Dass sich die Beziehung schließlich dem Ende zuneigte, hätte Lenka allein daran merken müssen, dass Corinna morgens keine Rücksicht mehr auf sie nahm. Während Lenka noch schlief, drehte Corinna das Radio voll auf, klapperte unnötigerweise mit dem Geschirr, rief laut »Bis heute Abend!« und knallte die Tür dann geräuschvoll hinter sich zu.

Ja, Lenka hätte es merken müssen.

Stattdessen war es ein harter und irgendwie auch überraschender Schlag gewesen, als Corinna auszog.

Was Corinna natürlich prompt zum Anlass genommen hatte, Lenka vorzuhalten: »Siehste? Du hast nicht mal gemerkt, dass ich nicht mehr glücklich bin. Aber nein – du immer mit deinem Künstlermist. Du schwebst ja sowieso ständig irgendwo auf Wolke 9 und kriegst vom echten Leben rein gar nichts mit. Herrgott! Komm irgendwann mal auf den Boden der Tatsachen zurück, und werd erwachsen!«

Jetzt marschierte Corinna ins Nebenzimmer, wo sie eine Weile herumkramte. Lenka blieb in der Küche und tigerte nervös auf und ab. Als sie einen weiteren Schluck Kaffee nahm, stellte sie fest, dass er längst eiskalt geworden war. Aber das machte nichts, so was passierte ihr öfter. Wenn sie an einem Projekt saß und richtig gut in Form war, dann vergaß sie gern mal alles um sich herum, den Kaffee inbegriffen. Und davon abgesehen schmeckte das Zeug auch kalt gar nicht so übel. Man musste sich nur daran gewöhnen.

Nach ein paar Minuten erschien Corinna wieder und blieb im

Türrahmen stehen, einen Karton mit allerlei Krimskrams in den Händen.

»Nur ein paar alte Sachen«, erklärte sie, so als wolle sie sich entschuldigen.

»Klar«, meinte Lenka.

»*Meine* alten Sachen«, setzte Corinna ein bisschen zu betont hinzu.

»Ja«, sagte Lenka. »Ich weiß.«

Corinna trat von einem Bein aufs andere. Dann kam sie plötzlich wieder in die Küche. »Und?«, fragte sie, indem sie den Karton auf dem Küchentisch abstellte. »Wie ... ähm ... geht's dir so?«

Lenka zuckte die Achseln. Das war eine reichlich dämliche Frage, vor allem von jener Frau, die sie vor ein paar Monaten verlassen hatte.

»Na ja, ich ...« Corinna zögerte. »Ich bin nicht nur wegen der Sachen hier. Um ehrlich zu sein, wollte ich auch sehen, wie's dir geht.«

»Hm.« Lenka verschränkte die Arme. »Das hast du ja jetzt.«

»Ja. Und was ich sehe, gefällt mir gar nicht.«

»Tut mir leid für dich.«

»Es sollte dir eher für dich selbst leid tun«, gab Corinna zurück. »Verdammt, Lenka, du siehst echt scheiße aus.«

Lenka lächelte dünn. »Es gab auch mal Zeiten, da hast du das anders gesehen.«

»Also, das ist doch –« Corinna griff, ganz der alten Gewohnheit folgend, nach Lenkas Tasse und nahm ebenfalls einen Schluck daraus. Es versetzte Lenka einen Stich, ihr dabei zuzusehen. Früher hatten sie sich oft dieselbe Tasse geteilt. Und früher war ihnen der Kaffee auch mehr als einmal kalt geworden. Weil sie zu beschäftigt waren mit ... nun ja, mit dem, was Verliebte eben taten.

Corinna so zu sehen, mit ihrer Tasse in der Hand, das war fast wie in alten Zeiten.

In den *guten* alten Zeiten ...

»Bah!«, machte Corinna, denn im Gegensatz zu Lenka konnte sie kalten Kaffee nicht ausstehen.

Lenka gestattete sich ein schadenfrohes Grinsen. »Mach dir

nichts draus«, meinte sie, »so was macht angeblich schön. Und wenn man dem vielfachen Urteil einer einzelnen Dame glauben kann«, hier schaute sie Corinna scharf an, »dann habe zumindest ich das auch bitter nötig.«

»Oh, bitte! So war das doch nicht gemeint.« Corinna schüttelte den Kopf. »Ich mach mir bloß etwas Sorgen um dich, weißt du? Jetzt, wo ...« Sie brach ab.

»Wo du nicht mehr da bist«, vollendete Lenka den Satz. »Meinst du das?«

»Nein. Ja, doch ... irgendwie schon, schätze ich.«

»Na, dann kannst du ganz beruhigt sein. Ich komme klar. Du kannst also aufhören, dir Sorgen zu machen. Das macht nämlich kein bisschen schön, davon kriegt man Falten.«

»Brauchst du Geld?«, fragte Corinna unvermittelt.

Lenka schluckte hart. »Ich brauche jedenfalls keine Almosen, falls du darauf hinauswillst. Und selbst wenn ich sie bräuchte, dann würde ich sie nicht von dir wollen, klar?«

»Ich rede auch nicht von Almosen.« Nun wurde auch Corinnas Stimme schärfer. »Ich dachte nur, jetzt, wo du allein für die Miete verantwortlich bist, und bis du was anderes gefunden hast, wäre es nur recht und billig, wenn ich dir ein bisschen unter die Arme greife. Schließlich war das hier mal unsere Wohnung. Also nennen wir es meinen Anteil, wenn es dir damit besser geht.«

»Ich soll ich mir etwas anderes suchen? Etwas, das meinem Budget eher angemessen ist, willst du das damit sagen?« Lenka schnaubte. »Zufällig mag ich die Bude hier. Und ich sehe keinen Grund auszuziehen.«

»Abgesehen davon, dass du sie dir nicht leisten kannst«, stellte Corinna trocken fest.

Lenka winkte ab. »Ich schiebe einfach ein paar Extraschichten im Kino, und gut ist's. Passt sowieso prima, da hat nämlich gerade jemand gekündigt.«

»Ah«, nickte Corinna. »Das *Kino*.«

»Ja«, sagte Lenka bissig, »das Kino. Ich jobbe in einem gottverdammten Kino. Und bei allem Respekt: Das Thema haben wir schon tausendfach durchgekaut. Ich denke, du hast so ziemlich alles gesagt, was du dazu zu sagen hast. Ich weiß, du glaubst, ich bin da unterfordert, ich verdiene zu wenig Geld, ich könnte ganz anders, wenn ich nur wollte, und so weiter und so weiter. Es interessiert mich aber nicht, was *du* darüber denkst. Und wenn überhaupt, dann sind das jetzt *meine* Probleme, klar?«

Einen Moment lang starrten sie sich feindselig an. Dann senkte Corinna den Kopf und nickte. »Okay. Du hast ja recht.«

»Danke, dass du's wenigstens zugibst.« Lenka nagte an ihrer Unterlippe.

»Hör mal, Lenka ...« Corinna zögerte. »Ich will nicht, dass wir uns streiten, okay? Hey, wir hatten doch gar keine so schlechte Zeit, du und ich, hm? Weißt du, ich fänd's schön, wenn ... na ja, wenn wir uns auch jetzt noch wie zivilisierte Menschen benehmen könnten. Wir sind doch beide erwachsen, oder?«

Tja, und da war er wieder: der alte Spruch, von wegen, man könne doch Freunde bleiben.

Im Grunde hatte Lenka nichts dagegen. Sie wollte jedenfalls keinen Rosenkrieg, und natürlich wäre sie lieber mit Corinna befreundet als mit ihr verfeindet. Viel, viel lieber sogar.

Nur war das eben nicht immer so leicht.

»Klar«, hörte Lenka sich dennoch sagen. »Das kriegen wir hin. Ganz bestimmt. Nur ... nur eben noch nicht jetzt.«

»Verstehe.« Corinna nickte. »Du brauchst noch Zeit.«

Eigentlich überflüssig, das zu erwähnen, dachte Lenka.

»Vielleicht«, sagte sie dann, »solltest du jetzt besser gehen. Ich bin nämlich gerade am Arbeiten.«

»Oh!« Corinna lachte trocken. »Du *arbeitest!*«

Allein ihr ironischer Tonfall ließ Lenka wieder an die alten Zeiten denken. Nur waren es diesmal die schlechten Zeiten.

Sie kannte Corinnas Einstellung: Arbeit, das war bezahlte Zeit. Und wenn man für Kunst nicht bezahlt wurde, dann war sie ein Hobby. So einfach war es in Corinnas kleiner, durchstrukturierter Welt.

Corinna mahlte mit den Kinnbacken. »Darf ich mal sehen?«

Lenka stutzte – und stellte sich dann instinktiv zwischen Corinna und ihren Laptop. »Du willst sehen, woran ich gerade arbeite?«

»Nein, deinen Putzmittelschrank!« Corinna schüttelte den

Kopf. »Natürlich das, woran du gerade arbeitest. Dein aktuelles ... Projekt, oder wie du das immer nennst.«

Lenka zögerte.

Dann dachte sie: Warum nicht? Schlimmer als das vernichtende Urteil von *Mia93* konnte Corinnas Kritik auch nicht ausfallen. Und davon abgesehen war es eine gute Übung bei dem Vorhaben, sich ein dickeres Fell zuzulegen.

»Wenn du darauf bestehst ...« Lenka trat beiseite.

Während Corinna das in Augenschein nahm, was man eigentlich noch gar kein Projekt nennen konnte, widerstand Lenka der Versuchung, ihrerseits dabei Corinna zu beobachten. In ihrem Gesicht zu lesen, auf eine Reaktion zu warten. Stattdessen schaute sie aus dem Fenster und nagte an ihrer Unterlippe.

Sie und Corinna mochten kein Paar mehr sein – und eigentlich war Lenka sogar der Meinung, dass das so richtig war. Nicht gut; aber richtig. Dennoch war es ihr nicht egal, was Corinna dachte. Und vielleicht würde es das auch nie sein. Vor allem nicht, wenn sie das mit der Freundschaft irgendwann wirklich hinbekamen. Die Meinung von Freunden war einem doch irgendwie immer wichtig, oder?

In diesem Moment wandte Corinna sich wieder vom Laptop ab. »Das ist gut«, sagte sie.

Lenka hob überrascht die Brauen. Corinna fand gut, was sie machte? Seit wann denn das?

»Das sagst du doch nur so.«

»Ich«, versetzte Corinna beleidigt, »sage nie irgendwas einfach nur so. So gut solltest du mich ja wohl kennen.«

Na schön. Lenka beschloss, ihr zu glauben. Doch dann bewies ihr wohlwollendes Urteil eigentlich nur eins: nämlich dass Corinna keine Ahnung hatte. Das sogenannte Projekt war eindeutig Murks.

Mal ehrlich – was sollte das überhaupt aussagen? Ein Mädchen in einem Karateanzug, das sich zwischen zwei Runden ausruhte. Sie saß vornübergebeugt auf einer Matte, die Beine zum Lotussitz verschlungen, wobei die langen, hellbraunen, nicht ganz glatten Haare ihr ins Gesicht fielen. Das Mädchen sah müde aus. Müde und dennoch kämpferisch. Lenka hatte sich um eine möglichst authentische »Leg-dich-bloß-nicht-mit-mir-an!«-Aura bemüht. Und bei genauerem Hinsehen war ihr das gar nicht mal so schlecht gelungen.

Bei genauerem Hinsehen ...

Lenka tat es.

Und fing an zu starren.

Das durfte doch nicht wahr sein ...

Dieses Mädchen, dieses Gesicht, die Haare, die Augen, sogar der Gesichtsausdruck: Das war Naomi. Verdammter Mist! Sie hatte, ohne es zu wollen und sogar ganz ohne es zu merken, Naomi porträtiert.

»Wie auch immer«, meinte Corinna. »Ich mag das Bild. Hey!« Sie musterte Lenka besorgt. »Du bist plötzlich so blass. Ist alles okay mit dir?«

»Äh ... ja«, sagte Lenka. »Ja, ja, alles bestens. Danke. Also, wie gesagt ... ich, ähm – arbeite. Und du solltest jetzt wirklich gehen.«

»Pardon, Maestra!« Corinna rümpfte eingeschnappt die Nase. »Herrgott, da lobt man dich mal für deine Bilder, und dann ist es auch wieder falsch. Dir kann man aber auch gar nichts recht machen. Wenn man ein Kompliment kriegt, dann sagt man normalerweise: Danke.«

»Danke«, wiederholte Lenka brav.

Corinna schüttelte den Kopf. Dann hob sie ihren Karton wieder auf und stand einen Augenblick lang unschlüssig zwischen Küche und Flur, so als hoffe sie, Lenka würde sie aufhalten. Würde ihr einen Kaffee anbieten. Würde irgendwas tun, das ihren Fortgang verschob, der ein Wiedersehen auf unbestimmte Zeit sehr unwahrscheinlich machte.

Lenka sagte nichts. Und tat nichts.

»Dir ist echt nicht zu helfen«, murmelte Corinna und verließ die Wohnung.

Lenka blieb vor dem Laptop stehen und starrte noch eine Weile darauf.

Vielleicht hatte Corinna recht. Vielleicht war das Bild doch nicht so schlecht, wie sie gedacht hatte. Und dennoch war es ein ziemlich eindrucksvoller Beweis von Lenkas Unfähigkeit. Zumindest, wenn es darum ging, nicht an eine gewisse Person zu denken.

Wahrscheinlich, gestand Lenka sich ein, war der Vorfall mit Naomi der eigentliche Grund für ihre schlechte Laune und keineswegs der unerwartete Besuch ihrer Exfreundin und deren viel zu verfrühtes Freundschaftsangebot. Jetzt tat es Lenka plötzlich leid, dass sie so grob zu Corinna gewesen war. Sie spielte kurz mit dem Gedanken, Corinna nachzulaufen, verwarf die Idee aber wieder mangels passabler Garderobe. Im Morgenmantel durchs Treppenhaus zu laufen, das sah viel zu sehr danach aus, als ob sie es nötig hätte. Und das hatte sie nicht, so viel war mal sicher …

Lenka zuckte zusammen, als die Klingel plötzlich erneut schellte.

Corinna! Hatte sie etwa noch etwas vergessen?

Lenka eilte zur Tür. »Hallo?«, rief sie in die Sprechanlage. Sie wartete keine Antwort ab, sondern sprach hastig weiter, froh über die Gelegenheit zur Wiedergutmachung: »Hey … tut mir leid wegen vorhin. Pass auf, du kommst jetzt einfach wieder rauf, und wir trinken einen Kaffee zusammen, okay? Wäre doch wirklich gelacht, wenn wir zwei uns nicht wie vernünftige Menschen unterhalten könnten.«

Schweigen. Es knackte und rauschte in der Leitung.

»Heilige Scheiße«, antwortete dann eine Stimme – die eindeutig nicht Corinna gehörte. »Hast du etwa die ganze Zeit neben der Klingel gehockt, nur um mir das zu sagen?«

Lenka sog heftig die Luft ein.

Das war – Naomi.

Und diesmal war sie nicht das Produkt ihrer Fantasie, kein Modell für ein Kunstprojekt. Das da am anderen Ende der Leitung war die echte Naomi. Nur vier Treppen von ihr entfernt.

Kapitel 3

Lenka knallte den Hörer so hastig wieder auf die Haltevorrichtung, dass es Naomi vier Stockwerke tiefer ordentlich in den Ohren klingeln musste. Dann lehnte sie sich gegen die Tür, presste sich mit ihrem vollen Gewicht dagegen und hyperventilierte erst mal geschlagene dreißig Sekunden lang.

Naomi!

Was, zum Teufel, wollte die denn hier? Und das ausgerechnet nach einem Intermezzo mit Corinna, das Lenkas Stimmung noch weiter gen Nullpunkt hatte sinken lassen, als es der Rausschmiss heute Morgen ohnehin schon getan hatte. Besser gesagt sogar unter Normalnull, in den emotionalen Minusbereich, wenn man so wollte. In dieser Situation war Naomi, ihr frisch vermasselter Beinahe-One-Night-Stand, wirklich das Letzte, was sie brauchte.

Aber – Moment mal ...

Lenka kam ein Gedanke, der nach einer gewissen Aufklärung schrie. Sie schnappte erneut nach dem Hörer.

»Wie hast du mich gefunden?«

»Ich hab gesucht«, gab Naomi prompt zurück.

Lenka knurrte leise. »Schon klar ... aber woher wusstest du, *wo* du suchen solltest?«

»Du hast mir dankenswerterweise so was wie eine Visitenkarte hinterlassen.«

»Häh?«

Ein leiser Seufzer drang durch die Leitung. »Auf deinem Skizzenblock. Da klebt hinten ein Aufkleber drauf: *Lenka Reuter, Bürgermeister-Schmitt-Straße 16*. Also: Bist du Lenka Reuter?«

»Ja«, räumte Lenka ein.

»Und ist das hier die Bürgermeister-Schmitt-Straße Nr. 16?«

»Ja ...«

»Na, dann bin ich hier wohl richtig, hm?«

»Schon.« Die Erklärung war plausibel. Lenka hatte schon in ihrer Schulzeit die Angewohnheit gehabt, Hefte, Blöcke, Schutzumschläge und Bücher mit ihrem Adressaufkleber zu versehen, und auch zu Unizeiten hatte sie diese Eigenart mehr aus Bequemlichkeit als aus Notwendigkeit beibehalten. Irgendwann hatte sie zwar aufgehört, in die Uni zu gehen, aber der Klebezettel-Tick war geblieben.

Demnach hatte also eine uralte Angewohnheit zu einem unverhofften Wiedersehen geführt. Aber ...

»Wie, bitteschön, kommst du denn an meinen Skizzenblock?«

»Oh, sieh einer an. Wittern wir da etwa einen spektakulären Fall von Kunstraub?« Lenka konnte förmlich sehen, wie Naomi spöttisch die Nase kraus zog. »Du hast das Ding bei mir vergessen, du Schlaubergerin. Und ich bin hier, um es dir wiederzugeben.«

»Oh«, machte Lenka. Etwas Gescheiteres fiel ihr nicht ein.

»Also, was ist? Kann ich jetzt raufkommen oder nicht?«

Einen Moment lang spielte Lenka mit dem Gedanken, Naomi einfach zu ignorieren – oder sie zu bitten, den Block in den Briefkasten zu stecken und zu verschwinden. Stattdessen sagte sie unschlüssig: »Ist gerade ein bisschen unpassend.«

»Wieso, bist du nicht angezogen? Stört mich nicht. Außerdem hast du mich ja auch praktisch nackt gesehen. Gleiches Recht für alle, meinst du nicht?«

Lenka nagte an ihrer Unterlippe.

»Okay«, sagte sie mürrisch. »Aber nur kurz.« Damit knallte sie den Hörer auf.

Während Naomi die vier Treppen zu Lenkas Wohnung hinaufgesprungen kam – mit erstaunlich dynamischen Schritten und manchmal zwei Stufen auf einmal nehmend –, fing Lenka erneut an, im Flur auf und ab zu tigern. Sie erwog kurz, ins Schlafzimmer zu hasten und sich in Jeans und T-Shirt zu schmeißen. Doch das hätte sie sich früher überlegen müssen: Schon kam Naomis haselnussfarbenes Haar um die Ecke geweht, schon erklomm sie die letzten Stufen. Ihr blasses Gesicht war durch die kurze Sporteinlage ein wenig gerötet.

»Hi!«, sagte Naomi etwas außer Atem und lächelte.

»Hi«, sagte Lenka, verwirrt von Naomis Strahlen. Und wieder stieg ihr der zarte Duft in die Nase, den sie bereits gestern wahrgenommen hatte. Die Nuancen waren allerdings ein klein bisschen anders. Naomi roch wie frisch geduscht, und irgendein exotisches Shampoo kitzelte Lenka in der Nase. Dennoch war er unter all diesen künstlichen Aromawölkchen noch zu erahnen: der Duft, der authentisch und unverfälscht zu Naomi gehörte.

Sie war heute legerer gekleidet als gestern: Jeans, Sneakers und darüber ein roter, sportlich geschnittener Kapuzenpulli.

Die Haare hatte sie sich zu einem Pferdeschwanz zusammengebunden. Über ihrer Schulter hing ein zerfranster Rucksack.

»Du bist also tatsächlich noch nicht angezogen«, stellte Naomi jetzt fest. Dabei musterte sie Lenka von oben bis unten und grinste breit. Sofort fing Lenka an, sich in ihrem nicht mehr brandneuen Morgenmantel unwohl zu fühlen.

»Hab ich dich aus dem Bett geholt?«, erkundigte sich Naomi.

»Nein.« *Du hast bloß gestern Nacht versucht, mich* ins *Bett zu holen. Aber das hast du auch wieder vergessen, stimmt's ...?*

»Ein Glück«, meinte Naomi. »Hast aber auch nicht so geklungen.«

»Was?«

»Ich meine, du hast dich munter angehört.«

»Ach so. Ähm ... ja. War ich auch.«

»Ja?«

»Ja.«

Einen Moment lang standen sie in der geöffneten Wohnungstür unschlüssig voreinander. Lenka fing an, von einem Bein aufs andere zu treten. Sie wäre die Kleine gern auf möglichst elegante Weise wieder losgeworden, aber ihr fiel keine geeignete Methode ein.

Und ein kleiner Teil von ihr wollte sie vielleicht auch gar nicht so dringend wieder wegschicken ...

»Okay«, meinte Naomi schließlich. »Ich kann dir jetzt einfach deinen Block in die Hand drücken und wieder gehen.«

»Oder?«, fragte Lenka, der die Aussicht auf eine Alternative, die in Naomis Wortwahl mitschwang, nicht entgangen war.

»Oder«, sagte Naomi, »du lässt mich kurz rein, und wir reden. Liegt ganz bei dir. – Oh, und falls es dir die Entscheidung erleichtert«, damit langte sie in ihren Rucksack und zog eine braune Tüte hervor, aus der es unverkennbar nach frischen Brötchen roch, »ich hab Frühstück dabei.«

»Ich dachte«, meinte Lenka, »du stehst nicht drauf, mit deinen One-Night-Stands zu frühstücken.«

»Also erstens«, erklärte Naomi, »bist du kein One-Night-Stand – glaub ich zumindest. Und zweitens ist die offizielle Frühstückszeit schon lange vorbei. Nennen wir es also einen Elf-Uhr-Imbiss, was hältst du davon?« Sie wedelte mit der Tüte einladend vor Lenkas Nase hin und her. Die Brötchen dufteten wirklich äußerst verführerisch, vor allem für Lenkas nüchternen Magen, der heute noch nichts außer viel zu viel Kaffee zu sehen gekriegt hatte. »Reicht für zwei«, versprach Naomi. »Ganz bestimmt.«

»Also schön«, gab Lenka sich geschlagen. »Komm rein.«

»Es tut mir leid«, sagte Naomi, plötzlich und unerwartet.

Sie saßen an Lenkas Küchentisch, wo diese hastig alles aufgefahren hatte, was Küche und Kühlschrank hergaben. Naomis Brötchentüte war schon mal eine prima Basis, denn selbst wenn Lenka gewollt hätte, so hätte sie Naomi kein opulentes Frühstück – nein, es wäre ja ein opulenter Elf-Uhr-Imbiss – auftischen können, zumindest nicht ohne vorherigen Großeinkauf. In ihrem Brotkorb fand Lenka lediglich einen steinharten Knust, und der Inhalt des Kühlschranks war nicht wesentlich umfangreicher: ein paar Reste von Marmelade, Senf, hart gewordenem Käse und noch härterem Nutella sowie ein Stück Butter, das ziemlich ranzig aussah und vielleicht besser nicht mehr gegessen werden sollte.

Wenigstens hatte Lenka es noch geschafft, den Laptop rechtzeitig zuzuklappen. Naomi wäre sicherlich nicht begeistert, ihr eigenes Porträt in Lenkas Photoshop-Programm vorzufinden.

Gerade bestrich Naomi ihr Brötchen mit Senf und belegte es mit einer Käsescheibe, die bereits begann, sich aufzurollen. Lenka schämte sich ein bisschen für das dürftige Speiseangebot, doch Naomi mampfte, ohne mit der Wimper zu zucken. Sie hatte ohnehin einen erstaunlichen Appetit für jemanden, der noch vor wenigen Stunden völlig verkatert aufgewacht war. Aber in Naomis zartem Alter war das wohl normal: Ein Kaffee, zwei Aspirin, und man startete wieder taufrisch in den Tag.

Naomi saß also da, futterte inzwischen ihr zweites Brötchen und sagte wie nebenbei: »Tut mir leid.«

Lenkas Kaffeetasse verharrte auf halbem Wege. »Aha?«

»Ich meine, wegen gestern …« Naomi rutschte unruhig auf ihrem Stuhl hin und her. »Ich stand ziemlich neben mir, weißt du?«

»Ja, das ist mir aufgefallen.«

»Und das mit heute Morgen …« Naomi fing an, ihre übriggebliebene Brötchenhälfte mit den Fingern zu zerkrümeln. »Da war ich noch nicht ganz wach, verstehst du? Und irgendwie war die Situation so … na ja, du weißt schon.« Sie sah Lenka hilfesuchend an.

Doch diese dachte gar nicht daran, Naomi weiter entgegenzukommen als nötig. Strafe musste sein. Wenigstens ein bisschen.

»Ach, komm schon!«, rief Naomi jetzt. »Das Ganze war doch regelrecht prädestiniert für Missverständnisse, oder?«

Lenka schwieg weiter, obwohl sie bereits dasselbe gedacht hatte.

»Na, jedenfalls«, fuhr Naomi fort und begann in Ermangelung eines vollständigen Gebäckstücks nunmehr Krümel aus den Krümeln zu machen, »jedenfalls haben sich, nachdem ich richtig wach geworden bin, so langsam die Gedächtnislücken geschlossen. Soll heißen, ich kann mich wieder erinnern. An gestern Nacht. An das, was du getan hast … und vor allem auch an das, was du *nicht* getan hast.« Sie sah Lenka an. »Danke«, sagte sie sehr ernst, in genau demselben Tonfall wie gestern. »Das war echt verdammt anständig von dir. Ich schulde dir was.«

»Ach was«, wehrte Lenka ab, der so viel Dankbarkeit plötzlich unangenehm war. »Schon okay.«

»Nein, es ist nicht okay«, widersprach Naomi. »Du hast dich wie eine richtige Lady verhalten – und zum Dank dafür wirst du angemault. Das hast du echt nicht verdient.«

»Du hast dich ja jetzt entschuldigt. Das ist auch nicht selbstverständlich.« Lenka winkte ab. »Also: Schwamm drüber!«

Naomi schien noch nicht recht zufrieden. »Weißt du, es ist nur … ich bin ziemlich schlecht drauf in letzter Zeit, weil –«

»Ich weiß«, unterbrach Lenka sie. »Wegen deiner Ex, richtig?«

Naomi riss die Augen auf. »Woher …?«

Lenka lächelte. »Kinder, Narren und Betrunkene sagen die Wahrheit.«

»Oh.« Naomi blickte betreten auf ihren Teller, und ihre Miene wurde noch etwas verschämter, als sie das Schlachtfeld sah, das sie dort angerichtet hatte. »Sorry, wenn ich dich damit genervt hab. Zu viele ungefragte Infos, was?«

»Och, ging so«, meinte Lenka leichthin. »Um ehrlich zu sein, hab ich's gar nicht richtig begriffen.«

»Da gibt's auch nicht viel zu begreifen.« Mit einem Mal sprudelte es regelrecht aus Naomi heraus. »Sie ist – sie war«, korrigierte sie sich, während ein Schatten über ihr Gesicht huschte, »meine Freundin. Schon seit der elften Klasse. Meine Jugendliebe, wenn man so will.« Sie grinste verlegen.

Lenka lächelte auch, doch aus anderen Gründen. Sie fand es einerseits niedlich, andererseits aber auch ein bisschen traurig und desillusioniert, wenn eine Frau, die kaum älter als zwanzig sein konnte, wehmütig von einer Jugendliebe sprach.

»Und nach dem Abi«, erzählte Naomi weiter, »wollten wir zusammen ins Ausland gehen, weißt du? Nach Amsterdam.«

Aha. Das erklärte also den Ordner. Und *Max en Moritz*.

»Zum Studieren«, fuhr Naomi fort. »Nicht, weil wir hier vor irgendwas flüchten wollten.« Sie grinste. »Also, unsere Eltern hätten uns nicht enterbt oder so, nur weil sie statt eines Schwiegersohnes nun eine Schwiegertochter vorgesetzt bekamen. Meine Alten sind zwar nicht immer einfach, aber, was das angeht, ziemlich relaxed. Nein, wir wollten einfach mal etwas anderes sehen. Auslandserfahrung sammeln, eine neue Sprache lernen, uns von zu Hause abnabeln ... du weißt schon. Ich gebe zu, Amsterdam ist nicht die große, weite Welt und nicht wirklich weit weg. Aber man muss ja nicht gleich übertreiben, stimmt's? – Na ja.« Sie hob bedauernd die Schultern. »Hat aber bei mir sowieso nicht geklappt. Wegen der Kohle. Erst mal nicht, jedenfalls. Ist schweineteuer, so ein Auslandsstudium. Sie – also, meine Freundin, pardon, *Ex*freundin – ist allerdings schon da. Ihre Eltern haben nämlich richtig Geld, glaube ich, für die ist das kein Problem. Aber meine haben es halt nicht so dicke. Deshalb wollte ich jetzt erst mal ordentlich sparen und dann im nächsten Semester zu ihr ziehen. Ein halbes Jahr Fernbeziehung, dachte ich, das hält man ja durch, auch wenn's schwerfällt ... Doch dann hat sie plötzlich Schluss gemacht. Einfach so, ohne einen triftigen Grund. Okay, also ... sie hatte durchaus ihre Gründe, aber ... ach, egal. Tja, und deshalb bin ich mies drauf. Wegen dem Mädel in Amsterdam. Oder, wenn man es genau nimmt, wegen *meinem* Mädchen in Amsterdam.« Sie brach ab und sah Lenka verunsichert an. »Was?«, fragte sie.

Lenka lächelte nur über den Rand ihrer Tasse hinweg.

Also keine Frau Antje aus Holland. Sondern eine Verflossene *in* Holland.

Aber im Grunde lief das auf dasselbe hinaus: Es ging Lenka nichts an, und deshalb wollte sie es auch nicht zu genau wissen. Und sich auch nicht allzu bereitwillig auf dieses Gespräch einlassen ...

»Was?«, beharrte Naomi, diesmal schon ziemlich scharf.

»Das«, erklärte Lenka, »waren jetzt tatsächlich zu viele ungefragte Infos.«

»Ups.« Naomi nickte ernüchtert. »Verstehe.«

Sie schwiegen erneut.

Na toll, sagte sich Lenka, während sie mit den Fingern an der Maserung der Tischplatte entlangfuhr und versuchte, Muster darin zu erkennen. Zu viele ungefragte Infos, hm? Hatte sie das Naomi tatsächlich ins Gesicht gesagt, unmittelbar nachdem diese ihr das Herz ausgeschüttet hatte?

Ungefragte Infos hin oder her: Das war nicht nett gewesen. Ehrlich nicht.

Glückwunsch, Lenka, schalt sie das Engelchen. *Sehr charmant, wirklich. Du bist heute ja wieder mal ein regelrechter Ausbund an Freundlichkeit und Empathie. Fast so wie gestern Abend, stimmt's?*

Lenka zeichnete weitere unsichtbare Linien auf den Tisch und suchte dabei nach Worten, um die peinliche Stille zu beenden.

Doch es war Naomi, die als Erste ihre Sprache wiederfand – und dabei interessanterweise genau das aussprach, was Lenka gerade gedacht hatte. »Du«, stellte sie fest und musterte Lenka prüfend, »warst aber gestern auch nicht so prima gelaunt, oder? Jedenfalls hast du mir fast die Augen ausgekratzt, als ich es gewagt habe, dich in der Bar überhaupt nur anzusprechen.«

Lenka lächelte dünn. »Sagen wir einfach: Wir sitzen beide im selben Boot.«

Naomi hob die Brauen. »Dir hat also auch jemand das Herz gebrochen?«

»Wenn du so willst.« Lenka trank einen Schluck Kaffee. »Frag bitte nicht, okay?«

»Okay.«

Erneutes Schweigen.

Zur Abwechslung konzentrierte sich Lenka nun auf die Krümel auf Naomis Teller und stellte fest, dass in dem Chaos eine gewisse Ästhetik lag. Ein hübsches Mosaik aus Brötchenkruste und dem weichen Inneren, gleichmäßig auf der Keramikfläche verteilt.

Diesmal war ihr die Stille so unangenehm, dass sie einen Moment lang sogar erwog, Naomis Frage doch zu beantworten. Jene Frage, die immer noch im Raum nachzuhallen schien: die Frage nach ihrem eigenen Beziehungskummer. Das hier war immerhin eine Gelegenheit, nun ihrerseits ihr Herz auszuschütten, die vielleicht so bald nicht wiederkommen würde.

Es hieß doch immer, mit Unbeteiligten über Probleme zu sprechen, habe therapeutische Wirkung ...

Aber – nein, das wäre lächerlich gewesen. Vor allem vor dem Hintergrund, dass sie selbst gerade ziemlich barsch auf Naomis *ungefragte Infos* reagiert hatte. Außerdem konnte man sich ja schlecht im einen Moment jegliche indiskreten Fragen nach der eigenen Gefühlslage verbitten und im nächsten Moment anfangen, munter draufloszujammern.

»Mein Block?«, fragte Lenka schließlich, um endlich das Schweigen zu brechen. »Den wolltest du mir doch geben, stimmt's?«

»Häh ...?« Naomi blickte verwirrt von ihrem geschredderten Brötchen auf. »Oh, klar.« Sie wischte sich umständlich die Hände ab, kramte dann in ihrem Rucksack herum und holte den Block hervor. »Hier«, sagte sie und reichte ihn Lenka über den Tisch hinweg. Ihre Hände streiften sich kurz, als Lenka ihn entgegennahm.

»Danke«, sagte Lenka.

Naomi nickte.

Und wieder schwiegen sie. Lenka drehte den Block in den Händen, immer schneller und schneller.

»Die sind ziemlich gut«, erklärte Naomi schließlich. »Deine Bilder, meine ich. Ich war so frei, da mal durchzublättern. Ist doch okay, oder?«

Lenka hörte auf, den Skizzenblock rotieren zu lassen, und

zuckte die Achseln. »Würde es irgendwas ändern, wenn ich sagen würde, es ist nicht okay? Du hast es ja ohnehin schon getan, oder?«

»Ja«, gab Naomi zu.

Lenka wartete darauf, dass Naomi jenes Bild ansprach, das sie letzte Nacht angefertigt hatte: ein Porträt ihres schlafenden Selbst. Doch Naomi tat nichts dergleichen. Stattdessen meinte sie: »Ich mein's erst: Ich fand die Zeichnungen richtig toll. Bist du Künstlerin oder so was in der Art?«

»Ja«, sagte Lenka. »So was in der Art.«

Naomi hob die Brauen. Und Lenka las die unausgesprochene Frage. Jene Frage, vor der sich jeder erfolglose Künstler fürchtete: *Und was machst du so? Ich meine, im* richtigen *Leben?*

»Ich studiere Grafikdesign«, erklärte sie deshalb. Das stimmte ja auch so ungefähr. Es ging Naomi schließlich nichts an, dass Lenka die Uni seit vier Semestern nicht mehr von innen gesehen hatte und nur noch pro forma eingeschrieben war.

»Echt?«, fragte Naomi auch prompt. »Du studierst noch?«

Lenka ging sofort in Abwehrhaltung. »Was dagegen?«

»Nein!«, sagte Naomi schnell. »Du siehst nur ... ich weiß nicht –«

»– nicht aus wie jemand, der noch studieren sollte? Meinst du das? Eher wie jemand, der mit beiden Beinen im Leben stehen sollte? Jemand, der langsam zu alt dafür wird, um mit dem Kopf in den Wolken zu schweben?«

Wie oft hatte sie sich das von Corinna anhören müssen.

Doch zu Lenkas Erstaunen lachte Naomi laut. »Quatsch. Man ist nie zu alt, um in den Wolken zu schweben. Und außerdem: Künstler müssen ein bisschen abgehoben sein. Der Markt verlangt das so.«

»Spricht da die BWLerin aus dir?«, grinste Lenka, schon wieder besänftigt.

Diesmal fragte Naomi gar nicht erst, woher Lenka das wusste. »Genau. Ich bin quasi Expertin für Marktforschung.«

»Scheint trotzdem eine brotlose Kunst zu sein. Genau wie bei mir.«

»Hm.« Naomis Miene verdüsterte sich. Offenbar hatte Lenka nun ihrerseits ihre Achillesferse erwischt: Geld. Beziehungsweise dessen Nichtvorhandensein. Sie überlegte kurz, ob sie noch etwas hinzufügen sollte, etwas Aufheiterndes oder eine Art Entschuldigung.

Aber sie ließ es sein. Inzwischen war sie es leid, vergeblich nach Worten zu suchen, die sie ohnehin nicht finden würde. Stattdessen wechselte sie mehr oder weniger elegant das Thema, und sie plauderten noch ein wenig über Nebensächliches: zum Beispiel über das Unileben, wobei Lenka erfuhr, dass Naomi derzeit nicht ernsthaft in die Seminare ging. Sie betrieb im Moment eigentlich gar nichts wirklich ernsthaft. Das Studium in den Niederlanden hatte sich ja nun offenbar erledigt, und das Studium in Deutschland war ihr im Grunde ziemlich egal. Der Niederländischkurs an der Volkshochschule lief zwar noch, aber Naomi konnte sich nicht zum Lernen aufraffen – wozu auch, da der Grund dafür nun nicht mehr gegeben war? Also schwänzte sie. Gelegentlich las sie in *Max en Moritz,* aber da sie die Geschichte schon auf Deutsch kannte, war der Lerneffekt praktisch gleich Null.

Irgendwie wollte das Gespräch aber nicht mehr so richtig in Gang kommen. Was zum Teil auch daran lang, dass sich alles, auch Allerweltsgespräche wie die über das Studentenleben, immer haarscharf entlang gewisser Tretminenthemen zu bewegen schien: Lenkas festgefahrenes Studium hier, Naomis treulose Tomate von Exfreundin dort. Also plätscherte die Unterhaltung irgendwann nur noch vor sich hin und verebbte schließlich ganz.

»Also«, sagte Naomi, als Lenka gerade dachte, dass sie jetzt wirklich gern wieder für sich gewesen wäre, und nur nicht die richtigen Worte für ein sanftes Hinauskomplimentieren fand. »Ich werd' dann mal ...«

»Okay.«

Naomi war bereits aus der Tür, war schon fast ein Stockwerk tiefer, als Lenka sie noch mal zurückrief. »He, warte mal!«

»Ja?« Naomis haselnussfarbener Zopf tauchte unter dem Geländer auf.

»Du hast doch gesagt, du brauchst Geld, oder? Weißt du, ich hätte da eine Idee.«

»Ach ja?« Naomi sah erwartungsvoll zu ihr hoch.

»Wie ernst ist dir die Sache?«, fragte Lenka. »Ich meine, die Sache mit dem Geld?«

»Na ja«, Naomi zuckte die Achseln, »ein bisschen Kohle kann man immer brauchen, oder?«

»Okay.« Lenka grinste. »Dann hab ich vielleicht einen Job für dich.«

Kapitel 4

Ich weiß ja nicht ...« Naomi drehte sich unsicher in ihrer Arbeitsuniform. Schwarze Hose, hellblaues Hemd, darüber eine Weste in Königsblau. Und um den Hals ein gelbes Tuch. »Ich finde, ich sehe lächerlich aus«, befand sie.

»Ach was«, winkte Lenka ab. Im Stillen dachte sie, dass Naomi sogar ziemlich niedlich aussah. Wobei die Outfits, das konnte man mit Fug und Recht zugeben, wirklich nicht so besonders viel hermachten. Besonders das dämliche Halstuch war in modischer Hinsicht eine echte Todsünde. Aber hier sollte ja auch niemand modisch aussehen. Sie sollten nach Personal aussehen – und das taten sie.

»Auf jeden Fall«, meinte Lenka, »sehen wir alle gleich blöd aus.«

»Toll«, murmelte Naomi. »Das tröstet mich jetzt wirklich ungemein.« Unsicher blickte sie sich im Foyer um. »Als du sagtest ›Kino‹, da dachte ich ehrlich gesagt mehr an was Kleineres, Überschaubares. Nicht an so ein ... Riesending wie das hier.« Ihr Blick schweifte über Programmtafeln, Werbeplakate, die Bar und sechs Kassen. Und das war nur das Erdgeschoss; im zweiten Stock erwarteten einen ganz ähnliche Ausmaße. »Wie soll man denn hier den Überblick behalten?«

»Och, das haben schon ganz andere geschafft«, winkte Lenka ab.

»Ist das jetzt ein Kompliment?«, fragte Naomi.

»Keine Ahnung.« Lenka zwinkerte. »Such's dir aus.«

Es war nicht so, als hätte Lenka Naomi die beste Stelle ihres

Lebens verschaffen können. Sie hatte ihr einen Job versprochen – also bekam Naomi einen Job, nicht mehr und nicht weniger. Genau genommen war es sogar nur die Aussicht auf einen Job. Das Kino, in dem Lenka arbeitete, um Miete, Essen und Krankenversicherungsbeiträge zahlen zu können, hatte kurzfristig eine freie Stelle zu vergeben. Die ehemalige Kollegin – die jetzt übrigens ihr Studium beendet und einen echt guten Job in einer tollen Firma ergattert hatte – war eine ganze Weile im Betrieb tätig gewesen. So lange, dass praktisch niemand mehr mit ihrem Weggang gerechnet hatte. Entsprechend hatte ihre Kündigung alle kalt erwischt; vor allem der Chef suchte nun händeringend nach einer neuen Aushilfe. Aber auch für die Mitarbeiter war es im eigenen Interesse, dass schnell ein fähiger Ersatz herkam, denn schließlich bedeutete weniger Personal mehr Extraschichten für alle. Was zwar wiederum auch mehr Geld bedeutete, aber die meisten Angestellten waren noch Studenten und zweigten sich ihre Arbeitszeit mitunter mühsam genug von Uni und Schreibtisch ab. Nicht selten sah man jemanden heimlich ein Skript für die nächste Klausur studieren oder unauffällig an einer Hausarbeit schreiben, wenn gerade keine Kundschaft in Sicht war. Wenn Lenka so etwas mitbekam, pikste sie meist das schlechte Gewissen: Immerhin hatte sie das ernsthafte Studieren bereits vor einer ganzen Weile aufgegeben. Dafür schleppte sie aber immer ihren Skizzenblock mit sich herum.

Lenka selbst war ebenfalls schon eine ganze Weile hier im Kino tätig. Sie gehörte, wenn man so wollte, praktisch zum Inventar und war, abgesehen vom Chef, den Technikern, Vorführern und der Verwaltung, die Dienstälteste im Haus. Sie kannte den gesamten Ablauf. Und wenn Lenka zu ihrem Chef sagte: »Ich kenne da wen«, dann bekam dieser Jemand zumindest eine Chance.

»Okay«, fragte Lenka Naomi nun, »schon mal in einem Kino gejobbt?«

»Nö.«

»Sonst irgendwo an der Kasse gesessen?«

»Nö.«

»Gekellnert?«

»Nö.«

»Irgendwo Bier gezapft? Service gemacht?«

»Nö.«

»Mal irgendwo geputzt?«

»Mein Bad zu Hause. So alle drei Monate, wenn ich mal Lust habe. Zählt das?«

»Okay ...« Lenka rieb sich die Schläfen und gestand sich im Stillen ein, dass der Vorschlag, Naomi in ihrem Betrieb vorzustellen, vielleicht nicht unbedingt die brillanteste Idee dieses Tages gewesen war. »Hast du denn«, fragte sie schließlich, »überhaupt schon mal irgendeinen Job gehabt?«

»Ähm ... nö.«

»Verstehe ...« Lenka musterte Naomi, die mit schiefgelegtem Kopf vor ihr stand und sie treuherzig ansah. Für diese Schicht befürchtete sie das Schlimmste. »Am besten«, meinte sie zweifelnd, »du bleibst einfach in meiner Nähe und guckst mir erst mal zu, okay?«

»Okay.«

»Vielleicht gebe ich dir dann später eine oder zwei kleine Aufgaben.«

»Und wenn ich's vermassele, dann bist du blamiert«, schloss Naomi. »Richtig?«

»Oh nein! Wenn du's vermasselst, bist *du* blamiert, du ganz allein«, erklärte Lenka gelassen. »Was umso mehr ein Ansporn sein sollte, dir Mühe zu geben.« Sie drohte Naomi mit dem Finger. »Und werd bloß nicht übermütig. Ich bin eine strenge Aufseherin, klar?«

Naomi nahm militärische Haltung an. »Ja, Ma'am!«

Lenka zog eine Braue hoch. »Was hab ich zum Thema Übermut gesagt?«

»Tschuldigung, Ma'am!«

Lenka seufzte. »Pass auf: Du stellst dich einfach neben mich und siehst dekorativ aus. Das kannst du gar nicht vermasseln.«

Naomi stakste im Stechschritt hinter Lenka her. »Ja, Ma'am! Gebe mir Mühe, Ma'am! Vielen Dank fürs Kompliment, Ma'am!«

Lenka erinnerte sich noch ziemlich gut an ihre ersten Schichten hier im Kino, obwohl das nun schon ein Weilchen her war. Sie wusste noch ganz genau, wie stressig diese Anfänge sein konnten, vor allem, wenn man nicht gut eingearbeitet, sondern direkt ins kalte Wasser geworfen wurde. Der Status des Neulings stand einem ja nicht quer über die Stirn tätowiert, und davon abgesehen hätte die Kundschaft darauf ohnehin keine Rücksicht genommen. Die Leute kamen ins Kino, um sich zu entspannen, um den Feierabend zu genießen, um ein Date möglichst rasch hinter sich zu bringen und das Objekt der Begierde hinterher abzuschleppen – kurz: um unterhalten zu werden. Kino, das war die Zeit nach der Arbeit, da ließ man andere für sich arbeiten und erwartete einen möglichst reibungslosen Rundum-Service. Und in der Regel bekam man den hier auch. Lenkas Brötchengeber gehörte zu einer ganzen Kinokette, die in vielen deutschen Großstädten vertreten war, in einigen sogar mehrmals. Es gab acht Vorführsäle, von denen die meisten inzwischen auf die moderne 3-D-Technik umgerüstet hatten, zehn Kassen sowie mehrere Snacktheken, an denen Popcorn, Nachos, Getränke und Naschzeug aller Art verkauft wurden. Eine großzügig ausgestattete Cocktailbar lud nach dem Film noch zu einem Drink ein. Außerdem waren kürzlich zwei Automaten aufgebaut worden, an denen man gegen ein gewisses Entgelt die sogenannten Jelly-Beans bekam: kleine knallbunte Bonbons in verschiedenen Farben und Geschmacksrichtungen. Lenka fand, dass alle Sorten gleich schmeckten, aber bei der Kundschaft waren die Dinger unheimlich beliebt. Vielleicht, dachte Lenka, probierten die meisten sie aber bloß einmal aus, um zu wissen, was sie sonst verpassen würden. Sie konnte sich nicht so richtig vorstellen, dass man diese Erfahrung unbedingt wiederholen musste.

Lenka nahm Naomi mit an die Kasse. Dieser Job war einer der anstrengendsten, und es gab nur wenige Leute, die dafür wirklich geeignet waren. Vielleicht war es ein bisschen unfair, Naomi gleich mit der anspruchsvollsten Tätigkeit zu betrauen, doch andererseits ließ sich auf diese Weise gut feststellen, wo die Belastungsgrenze der Kleinen lag. Lenka wollte ihr eine Chance geben – aber sie war schließlich auch nicht die Wohlfahrt.

Die Arbeit bestand keineswegs darin, lediglich Karten abzureißen und den Leuten ein »Viel Spaß!« mit auf den Weg zu geben. Vielmehr musste man den gesamten Komplex im Auge behalten – was bei acht Sälen gar nicht so einfach war. Es mussten Plätze unterschiedlicher Kategorien verteilt, Anzahl und Preis korrekt in die Kasse eingegeben und die entsprechenden Plätze parallel dazu auf dem Monitor als »besetzt« markiert werden. Anschließend hieß es abkassieren und korrektes Wechselgeld zurückgeben, was ebenfalls alles andere als ein Kinderspiel war. Bisweilen bekam man es etwa mit einer Gruppe Jugendlicher zu tun, die alle einzeln bezahlen wollten, bevorzugt mit einem Fünfzig-Euro-Schein pro Nase. Da hatte man zwar am Ende zehn brandneue, sauber gefaltete Fünfziger in der Kasse, aber kein Kleingeld mehr. Und während man noch damit beschäftigt war, neue Münzrollen aufzureißen, wurde die Schlange immer länger und die Kundschaft immer ungeduldiger. Nebenher mussten Bestellungen aus dem Internet entgegengenommen, Kartensätze als »abgeholt« markiert oder Aufträge storniert werden, und obendrein – um die Herausforderung komplett zu machen – übernahm man noch der Job einer Telefonistin, weil es auch in Zeiten des Internets noch Leute gab, die ihre Karten auf dem altmodischen Weg bestellten.

Bei all dem war die oberste Prämisse: voll konzentriert sein. Ruhe bewahren. Und vor allem: immer schön freundlich bleiben.

Meist gab es drei heiße Phasen, in denen die Kassierer besonders gefordert waren: Nachmittagsvorstellung, Abendvorstellung, Spätvorstellung. Dazwischen wurde es theoretisch ein wenig ruhiger – was praktisch aber nur bedingt zutraf. Da die Filme meist zeitversetzt anfingen, der eine um acht, den nächste um Viertel nach acht, der übernächste um halb neun, und weil es immer einige Nachzügler gab, die es nicht rechtzeitig zum Beginn der Vorstellung schafften, blieb de facto nur wenig Zeit, um zwischendurch mal kurz Finger, Augen und Hirn zu entspannen, nicht zu vergessen die vom Dauerlächeln verkrampften Mundwinkel. Bisweilen konnte man sogar froh sein, wenn man sich in dieser Zeit überhaupt mal für eine Toilettenpause loseisen konnte. Die Raucher waren da natürlich besonders übel dran. Lenka wartete immer noch auf den Tag, an dem irgendein

Nikotinjunkie auf Entzug mal ausrastete und einem besonders nervigen Kunden an den Hals sprang.

»Du willst, dass jemand vom Personal auf die Kundschaft losgeht?« Naomis Augen hatten gefunkelt, als Lenka ihr auf dem Weg zum Kassenbereich halb im Scherz von dieser Vision erzählte. Dann hatte sie ein Raubtierlächeln aufgesetzt. »Kein Problem, mach ich doch glatt. Dein Wunsch ist mir Befehl, Chefin!«

»Hast du sie noch alle?« Lenka hatte nervös gelächelt, irgendwo zwischen Belustigung und einem leichten Anflug von Panik. »Danke für deinen Einsatz, Süße, aber ... eigentlich ging es darum, dass du einen Job hier kriegst. Und nicht darum, dass ich meinen loswerde.«

»Ach so! Na, das hättest du dir überlegen sollen, bevor du mich hierher geschleppt hast. Wenn ich heut' Abend hier fertig bin, dann bist du garantiert die längste Zeit meine Aufseherin gewesen. Also, zieh dich warm an, Ma'am!«

Danach hatte Naomi jedoch mit der Flachserei aufgehört und aufmerksam verfolgt, was Lenka ihr erklärte. Anschließend hatte sie eine Weile zugeschaut und sich dann unter Aufsicht selbst an die Kasse gesetzt. Zu Lenkas Überraschung klappte es bereits bei den ersten Versuchen erstaunlich gut. Hier und da musste Lenka noch korrigierend eingreifen, doch alles in allem lief es binnen kürzester Zeit wie am Schnürchen. Naomi tippte mit flinken Fingern auf die Tastatur ein, und manchmal, wenn sie sich besonders konzentrierte, lugte ein kleines Stück ihrer Zungenspitze aus dem Mundwinkel. Eigentlich hätte Lenka sie darauf aufmerksam machen müssen, ihr sagen müssen, dass sie sich das am besten gar nicht erst angewöhnen sollte, vor allem nicht vor den Kunden. Allerdings sah Naomi mit diesem Gesichtsausdruck einfach derart zum Anbeißen aus, dass Lenka beschloss, diese unbewussten Zungenspielchen noch eine Weile zu tolerieren. Immerhin war das Naomis erster Tag, da genoss man noch ein wenig Welpenschutz.

Und außerdem: Wen interessierte die Kundschaft? Sie, Lenka, war schließlich die Ma'am, nicht wahr? So langsam begann ihr der Status, den Naomi sich für sie ausgedacht hatte, ganz gut zu gefallen.

»Puh …« Naomi taumelte in den Personalraum. Der lag im Obergeschoss und war deutlich gekennzeichnet durch die Aufschrift *»Nur für Servicekräfte«*. Der Raum sah ein bisschen aus wie eine Umkleidekabine, und im Grunde war er das auch: Hier hatte jeder Mitarbeiter einen eigenen Spind für seine persönlichen Sachen, hier zog man sich um und konnte Alltagsklamotten und Wertsachen sicher wegschließen, und manch ein ganz Mutiger verdrückte sich auch gelegentlich zum Rauchen hierher. Natürlich unter dem Vorwand, »mal eben ganz dringend« etwas aus seinem Spind holen zu müssen.

»Heiliger Bimbam«, murmelte Naomi, stützte sich mit der einen Hand am nächstbesten Schrank ab und mit der anderen – an Lenka. »Ich bin völlig alle«, verkündete sie. »Total erledigt.«

»Das glaube ich dir.« Lenka lächelte. »Und? Wie war's?«

Naomi grinste zurück. »Gegenfrage: Wie war ich?«

»Och, fürs erste Mal ganz passabel.«

Naomi runzelte die Stirn. »Und das heißt – was genau?«

Lenka zuckte die Achseln und antwortete ihrerseits mit einer Gegenfrage: »Was meinst du denn selbst dazu?«

»Ah.« Naomi nickte verstehend. »Jetzt kommt der Teil, wo ich reflektieren soll. Beziehungsweise ich muss Selbstkritik üben. Nicht zu bescheiden, aber auch nicht zu dick auftragen. Nicht zu sehr anpreisen, aber das Licht auch nicht unter den Scheffel stellen. Na ja, wie auch immer: Also, ich fand mich ganz gut.« Sie grinste Lenka an. »Noch nicht perfekt, aber gut. Akzeptabel mit Luft nach oben. Ist das selbstkritisch genug?«

Lenka lächelte erneut. An Selbstbewusstsein mangelte es Naomi wirklich nicht. Aber sie hatte ihren Job auch echt gut gemacht – erstaunlich für eine Frau, die nach eigenen Angaben gerade eine chronische Schwänzerin war und weder Studium noch Privatleben auf die Reihe bekam. Da sah man mal wieder, was neue Impulse bewirken konnten.

Trotzdem hielt Lenka sich bedeckt. Zu viel Lob tat Anfängerinnen schließlich auch nicht gut.

»Genau«, sagte sie deshalb. »Ganz gut und mit Luft nach oben.«

»Heißt das, ich hab den Job?«

»Denke schon. Das heißt«, schränkte Lenka rasch ein, als

Naomi prompt zu strahlen begann, »sobald ich das mit dem Chef geklärt hab. Der muss das natürlich noch absegnen.«

»Oh.« Naomi nickte. »Und wirst du dem Chef etwas Nettes über mich erzählen?«

Lenka blinzelte. »Wie bitte?«

»Na ja ...« Naomi trat dichter an Lenka heran und setzte dabei wieder das Raubtierlächeln von vorhin auf. »Ich frage mich nur, ob ich irgendwas tun kann, damit du ihm etwas *besonders* Nettes erzählst.« Ihre Hand lag nach wie vor auf Lenkas Schulter, übte aber plötzlich wesentlich mehr Druck aus als vorher. Lenka wusste nicht, ob es an dem erhöhten Kraftaufwand lag oder ob sie selbst aus freien Stücken zurückwich – jedenfalls spürte sie mit einem Mal das harte Metall des Spindes an ihrem Rücken.

»Was zum ...« Sie versuchte, sich unter Naomis Griff hervorzuarbeiten, was sich als gar nicht so leicht herausstellte. »Was machst du denn da?«

»Wonach sieht es denn aus?«, fragte Naomi zurück. »Ich mache mich an die Chefin ran, damit sie beim nächsthöheren Chef ein gutes Wort für mich einlegt.«

»Hey ...« Lenka wand sich. »Mensch, Naomi, hör auf damit, das ist nicht witzig.«

»Na, na, na, Mädels!« Miles, der Barkeeper, betrat mit großen Schritten den Personalraum und knotete sich noch im Gehen die Krawatte auf. »Habt ihr kein Zuhause?«, bemerkte er lauter als nötig. »Aber macht nur weiter. Lasst euch von mir nicht stören.« Er grinste, lehnte sich mit verschränkten Armen lässig gegen den Spind und musterte die beiden Frauen mit einem etwas zu eindeutigen Blick. Dabei kaute er demonstrativ sein Kaugummi. Schmatzende Geräusche erfüllten den Raum.

Lenka spürte, dass sie rot wurde.

Naomi kicherte.

Und eigentlich hatte Lenka erwartet, dass Naomi sich jetzt von ihr lösen würde, ja, mehr noch, dass sie sich vielleicht peinlich berührt von ihr abwenden würde, heftiger als es unbedingt nötig war.

Doch stattdessen – stellte Naomi sich auf die Zehenspitzen. Zum ersten Mal wurde Lenka richtig bewusst, dass sie Naomi um mehr als einen halben Kopf überragte. Doch sie hatte kaum Zeit, diese Tatsache richtig zu registrieren. Denn im gleichen Moment spürte sie Naomis Lippen auf ihren. Sie waren samtweich und schmeckten nach einer Mischung aus Kaffee und Schokolade – ein beliebter Pausensnack beim Kinopersonal.

Kaffee.

Schokolade.

Und ein Hauch dieses unwiderstehlichen Duftes, der einfach nur Naomi pur war …

»Hmm-mm«, machte Lenka, da ihr der Kuss die Lippen für jeden deutlicher artikulierten Protest verschloss. Ihre Fäuste öffneten und schlossen sich mehrmals hintereinander, hin- und hergerissen zwischen den grundverschiedenen Impulsen, Naomi an sich zu drücken oder sie wegzustoßen. Unfähig, sich für eins von beidem zu entscheiden, tat sie fürs Erste einfach gar nichts. Sie spürte, wie Naomi lächelte, spürte, wie diese sich noch enger an sie presste, mit der Zunge ihre Lippen teilte.

Noch mehr Kaffee.

Noch mehr Schokolade.

Mit einer ganz leichten Nuance von … Karamell vielleicht?

Bevor es Lenka gelang, die Karamellhypothese nachzuprüfen – beziehungsweise nachzuschmecken –, war es schon wieder vorüber. Naomi zog sich von ihr zurück, gab ihr noch einen flüchtigen, eigentlich nur hingehauchten Kuss auf die Lippen und sah dann kichernd zu Miles hinüber.

»Genug gesehen?«, fragte sie und streckte ihm die Zunge heraus. »Also dann, Leute.« Sie schnappte sich ihre Klamotten und hob grüßend die Hand. »Ich bin total alle. Nichts mehr zu machen. Muss ins Bett. *Allein*«, setzte sie mit einem bedeutsamen Grinsen hinzu.

Lenka wusste nicht, ob es ihr oder Miles galt.

»Ciao, ciao.« Naomi winkte. Und dann war sie weg.

Lenka lehnte perplex am Spind und spürte immer noch Naomis Kuss auf den Lippen.

»Hey, hey, hey, Lenka!« In Miles' Gesicht stand unverhohlene Bewunderung, gepaart mit einer Prise Neid und auch einem winzigen Quäntchen Verwirrung. »Du alte Herzensbrecherin.«

Lenka hätte ihm am liebsten die nächstbeste Spindtür in sein dummes Grinsen geknallt.

»Idiot«, fauchte sie, bevor sie hocherhobenen Hauptes ebenfalls den Raum verließ.

»Ja, ja«, rief Miles ihr nach. »Ich hab dich auch lieb, du Kratzbürste!«

Kapitel 5

Eigentlich hatte Lenka vorgehabt, Naomi auf den Kuss anzusprechen. Sie nahm auch mehrere Anläufe, doch jedes Mal machte sie im letzten Moment einen Rückzieher. Naomi erwähnte die Sache ebenfalls nie wieder.

Woraus Lenka letztendlich schloss, dass es für Naomi wohl nicht von so großer Bedeutung war.

Na, die hatte ja Nerven ... Sich an die »Chefin« ranmachen ...

Die »Chefin« küssen ...

Vermutlich, sagte sich Lenka, war es ein Scherz gewesen. Ein kleiner, unbedarfter Scherz, von dem Naomi in ihrem jugendlichen Leichtsinn angenommen hatte, dass Lenka ihn vielleicht auch lustig fand. Oder ein bisschen Show für Miles, um ihm den Wind aus den Segeln zu nehmen – nur dass es Lenka so gar nicht behagte, plötzlich und unverhofft Teil einer Lesben-Showeinlage zu sein. Sie hielt überhaupt nichts davon, derart offensiv vor irgendwelchen Kerlen herumzuknutschen. Die meisten irritierte so eine Aktion zwar nur, aber es konnte auch böse nach hinten losgehen.

Nun, diese Gefahr bestand bei Miles zum Glück nicht. Den kannte Lenka seit Jahren, und eigentlich war er schwer in Ordnung. Wenn er nicht gerade ein Riesenidiot war ...

So oder so: Da keine von ihnen besagten Kuss noch einmal erwähnte und Naomi auch keinen gesteigerten Redebedarf zu besitzen schien, beschloss Lenka schließlich, die Sache zu vergessen. Das war nicht nur das Beste für alle, sondern regelrecht notwendig, wenn eine professionelle Zusammenarbeit zwischen ihr und Naomi überhaupt möglich sein sollte.

Rein jobtechnisch erwies sich Naomi nämlich als echter Glücksgriff. Sie war pünktlich, zuverlässig, freundlich, und sie lernte schnell. Das System an der Kasse hatte sie ja schon beim ersten Versuch gut verstanden, und ab ihrer dritten Schicht beherrschte sie es vollkommen. Auch ins Platzanweisen arbeitete sie sich gut ein. Der Service an der Snackbar war dagegen ein echtes Kinderspiel. Zumindest, sobald man einmal kapiert hatte, welcher der zwei vorhandenen Zapfhähne die Salsa für die Maischips ausspuckte und welcher die warme Käsesauce. Die Krönung war, wenn man obendrein noch gelernt hatte, süßes von salzigem Popcorn zu unterscheiden. Hier war Naomi bitter enttäuscht gewesen, als sie feststellte, dass moderne Kinos ihr Popcorn längst nicht mehr selbst herstellten, sondern es fertig abgepackt in verschweißten Tüten geliefert bekamen und man es dann nur noch aufwärmen musste.

»Ihr nehmt mir echt all meine Illusionen«, stöhnte Naomi, während sie die Tüten sortierte: süß rechts, salzig links.

»Tja, das Leben ist hart«, meinte Miles, der die Bemerkung mit angehört hatte. »Und in den seltensten Fällen gerecht.«

»Na, du musst es ja wissen«, konterte Naomi.

Doch abgesehen von ihrem Frust darüber, dass es nicht zu ihren Aufgaben gehörte, selbst gemachtes Popcorn unter die Leute zu bringen, hatte Naomi sich prima mit dem neuen Job arrangiert. Die anderen im Team konnten sie gut leiden. Längst war sie nicht mehr »die Neue« oder, schlimmer noch, »das Anhängsel« – dieser Spitzname hatte sich während der ersten zwei Schichten festgesetzt, als Naomi noch permanent an Lenkas Rockschößen hing. Lenka verdächtigte vor allem Miles, Urheber dieser wenig schmeichelhaften Titulierung zu sein, doch der bestritt das vehement.

Auch bei der Kundschaft kam Naomi gut an. Anfangs selbst noch total orientierungslos, hatte sie sich bei ihren ersten Versuchen als Platzanweiserin völlig vertan und die Leute zu falschen Sitzreihen und manchmal sogar in vollkommen falsche Säle geschickt. Wenn die Kunden dann zurückkamen, um sich zu beschweren, lächelte Naomi verlegen, aber unwiderstehlich und sagte nur: »Tschuldigung. Bin noch neu.«

Die meisten vergaßen dann ihren Ärger, und einige schmolzen unter diesem Blick regelrecht dahin. Was Lenka, nebenbei gesagt, ziemlich gut nachvollziehen konnte.

»Und?«, fragte Miles am Ende der Woche, als sie sich gemeinsam ein Feierabendbierchen gönnten. »Darf sie bleiben?«

Lenka musste lachen. »Inzwischen stellt sich kaum noch die Frage, ob sie bleiben darf. Sondern eher, ob sie zulässt, dass wir sie behalten und keiner sie uns wieder wegschnappt. Eine so eifrige Kraft wie Naomi haben wir seit Jahren nicht gehabt.«

»Oh ja«, bemerkte Miles und grinste. »Die ist ein echtes Goldstück, dein Anhängsel.«

Lenka brauste auf: »Sie ist nicht mein – Moment mal!« Sie sah Miles scharf an. »Es kommt also doch von dir!«

Miles hob beide Hände. »Erwischt. Schuldig im Sinne der Anklage.«

»Du bist wirklich ein Idiot«, grinste Lenka und warf ein Cocktailschirmchen nach ihm.

Diese Kabbeleien zwischen Miles und ihr waren so was wie ein Sport. Sie ärgerten einander zwar die ganze Zeit, aber in Wahrheit verstanden sie sich prächtig. Das Feierabendbier war schon fast eine Art Ritual, weil sie beide meistens diejenigen waren, die nach Ende der Schicht noch am längsten blieben: Lenka, weil sie die Kasse machte und dann die Säle ein letztes Mal kontrollierte, Miles, weil er noch die Bar in Ordnung bringen, Bestellungen vorbereiten und Gläser spülen musste.

Wenn man erst mal Miles' mitunter etwas verqueren Humor verstand, dann konnte man wunderbar mit ihm auskommen. Auch er studierte offiziell noch, aber wenn man ihn fragte, was denn genau, lachte er nur und behauptete: »Hab ich vergessen.« Lenka und er hatten also, zumindest was die Arbeit im Kino anging, einiges gemeinsam: Sie waren beide mit am längsten dabei und würden vermutlich auch am längsten bleiben. Doch während Lenka der Uni vor allem deshalb den Rücken gekehrt hatte, weil sie ihr wertvolle Zeit stahl, die sie dringender für ihre Grafiken brauchte, konnte Miles einfach keinen Ehrgeiz aufbringen. Zwar betrachtete auch er die Uni als lästigen Zeitfresser, doch seinen Freiraum nutzte er nach eigener Aussage eher zum Herumtrödeln, für Partys und Frauenbekanntschaften. Letzteres glaubte Lenka ihm aufs Wort. Der Kerl hatte derart Erfolg bei den Mädels, dass Lenka manchmal regelrecht neidisch war. Allerdings sah Miles auch aus wie der typische Teenieschwarm: groß, schlank, schwarze Haare, dunkle Knopfaugen mit unglaublich langen Wimpern und ein gewinnendes Grinsen, das die Mädchen reihenweise schwach werden ließ.

Bei Lenka hatte er anfangs auch sein Glück versucht, aber recht schnell kapiert, dass er gegen eine Mauer anrannte. Seitdem sparte er sich das Aufreißergetue und war für Lenka fast schon so was wie ein Freund geworden.

»Sie ist übrigens auch ein ziemlich scharfes Gerät«, erklärte Miles in diesem Augenblick und nippte wie beiläufig an seiner Flasche. »Naomi, meine ich.«

»Ja.« Lenka verdrehte die Augen. »Ist mir aufgefallen.«

Miles grinste. »Natürlich ist es dir aufgefallen. Immerhin haben wir beide denselben guten Geschmack. Sag mal …«, er drehte die Flasche in den Fingern, »läuft da was zwischen euch?«

Lenka stutzte. Dann schüttelte sie rasch den Kopf. »Quatsch. Wie kommst du darauf?«

Miles zuckte die Achseln. »Ist nur so'n Gefühl. Hättest du gern, dass bei euch was läuft?«

»Jetzt hör aber auf!« Lenka würde sich gar nicht erst auf eine Diskussion einlassen. Nicht, dass da noch Gerüchte entstanden. Vor allem aber wollte sie nicht, dass derartige Gerüchte am Ende bei Naomi landeten.

»Ich meine ja nur.« Miles ließ nicht locker. »Also, wenn du sie nicht willst: Ich wäre nicht abgeneigt.«

Lenka lächelte böse. »Versuch's doch.«

»Schon geschehen.« Miles lachte, als er Lenkas überraschtes Gesicht sah. Dabei hatte sie sich gerade so schön ausgemalt, wie er ins offene Messer lief, wie ihn Naomi nach allen Regeln der Kunst abblitzen lassen würde.

Und wie jetzt, er hatte es schon versucht …?

Klar. Natürlich hatte er. Er war eben – Miles.

»Na ja.« Miles zuckte die Achseln. »Wie das eben so ist: Die besten Mädels sind lesbisch. Oder vergeben. Oder gleich beides. Ich meine: War ja klar, dass sie eine Freundin hat.«

Hat? Lenka stutzte schon wieder.

Hätte es nicht richtiger heißen müssen: *hatte?* Und war es dann nicht streng genommen eine *Ex*freundin?

»Du wusstest doch, dass Naomi eine Freundin hat?«, hakte Miles jetzt nach.

»Klar«, gab Lenka zurück und legte gleich noch mit einer Zusatzinfo nach, um zu beweisen, wie sehr sie auf dem Laufenden war: »In Amsterdam.«

»*Janine* in Amsterdam«, erklärte Miles.

Lenka blinzelte verwirrt, fing sich aber schnell wieder.

»Genau«, knurrte sie. »Janine in Amsterdam.«

»Von der du natürlich wusstest.«

»Von der ich natürlich wusste«, zischte Lenka.

Miles sah sie lange von der Seite an.

»Komisch«, meinte er dann. »Irgendwie hab ich das Gefühl, das Grauen hätte gerade erst einen Namen bekommen.«

»Weißt du was, Miles? Halt einfach die Schnauze, okay?«

Zu Hause angekommen, kochte sich Lenka als Erstes einen Kaffee und fuhr anschließend ihren PC hoch. Sie widerstand der Versuchung, sich bei *you.and.meART* einzuloggen und nachzuschauen, ob jemand ihre Beiträge kommentiert oder *Mia93* wieder eine ihrer böswilligen Kritiken vom Stapel gelassen hatte. Für so was war sie gerade nicht in der Stimmung. Man könnte auch sagen: Sie war derzeit nicht kritikfähig.

Stattdessen öffnete sie Photoshop und begann mit einem neuen Entwurf, ohne so recht zu wissen, was es eigentlich werden sollte.

Eine Frau.

Eine sexy Frau, ohne besondere Merkmale, ohne ein besonderes Thema.

Lenka stellte jedoch bald fest, dass sie auch zum Arbeiten keine wirkliche Lust hatte. Irgendetwas hatte ihr ziemlich die Stimmung verdorben. Vermutlich Miles mit seinem blöden Gequatsche.

Janine, hm?

Janine aus Amsterdam.

Besser gesagt: Janine *in* Amsterdam.

Okay. So sah die Sache also aus.

Na, diese Janine schien einen ziemlich nachhaltigen Eindruck bei Naomi hinterlassen zu haben. Immerhin erzählte sie diese Geschichte wirklich jedem. Bloß war sie bei Miles anscheinend um einiges mehr ins Detail gegangen.

An sich war das ja in Ordnung. Lenka wollte im Grunde gar nicht allzu viel über Naomis verkorkste Beziehungskiste wissen – das hatte sie ihr ja auch unmissverständlich klargemacht. Vielleicht ein klein wenig zu unmissverständlich? Fühlte Naomi sich dadurch vor den Kopf gestoßen?

Doch andererseits: Was hätte Lenka machen sollen?

Zuhören?

Klar, konnte man machen.

Eine Schulter zum Ausweinen anbieten?

Auch das war kein Ding der Unmöglichkeit.

Eines hatte Lenka jedenfalls vermieden: Interesse zu zeigen. Ja, es überhaupt nur zu entwickeln.

Es war keine Gefühlskälte oder mangelndes Einfühlungsvermögen, das Lenka zu diesem Verhalten bewog. Aber fremde Beziehungen waren immer eine Sache für sich. Und letztendlich war eine Beziehung immer nur eine Angelegenheit von zwei Menschen – die Interaktion zwischen Person A und Person B. Nur diese beiden Menschen ging das, was sich zwischen ihnen abspielte, wirklich etwas an.

Lenka fand nicht, dass diese Einstellung übertrieben distanziert war. Sie glaubte fest daran, dass ein Außenstehender nie ganz nachvollziehen konnte, warum Menschen in Beziehungen auf diese oder jene Weise agierten und reagierten oder warum bestimmte Handlungsweisen den einen Menschen verletzten, während sie den anderen vollkommen kalt ließen.

Beziehungen mussten nicht zwangsläufig an Betrug oder anderen melodramatischen Aktionen scheitern. Man musste seine bessere Hälfte nicht mit jemand anderem im Bett erwischen, um zu wissen, dass es vorbei war. Manches geschah eher leise, fast nebenbei.

Die meisten Beziehungen scheiterten am Alltag.

Am Schweigen.

Und an der Tatsache, dass Menschen eben so waren, wie sie waren, und sich nur bedingt ändern konnten.

So wie bei ihr und Corinna ...

Wahrscheinlich, gestand sich Lenka ein, war sie vor allem deshalb nicht bereit, sich die Geschichte einer kaputten Beziehung anzuhören: weil ihre eigene Trennung noch zu frisch war. Weil auch sie an einem geplatzten Lebenstraum knabberte.

Trotzdem spürte Lenka einen kleinen, eifersüchtigen Stich in der Magengegend. Der nicht Janine galt, so viel war sicher. Janine war nichts weiter als ein Name, ein Konstrukt, von dem Lenka so gut wie nichts wusste – außer dass sie Naomis Ex war und derzeit in Amsterdam herumlungerte.

Auf ein Konstrukt konnte man nicht eifersüchtig sein.

Nein, irrationalerweise galt diese Eifersucht – Miles. Genauer gesagt: der Tatsache, dass er, was Naomis Gemüts- und Beziehungsstatus betraf, auf einem besseren Stand war als sie selbst. Naomi hatte sich dank einer Mischung aus Charme und Frechheit – von keinem zu viel und von keinem zu wenig – ziemlich schnell einen festen Platz unter dem Kinopersonal erobert und war binnen kürzester Zeit bereits voll integriert. Eigentlich hätte Lenka froh darüber sein müssen, hätte sich freuen können, dass Naomi sich so schnell eingearbeitet hatte. Vor allem, weil das auch für sie selbst bedeutete, dass sie sich wieder mehr auf ihren eigenen Arbeitsablauf konzentrieren konnte, gewohnt und routiniert.

Stattdessen ärgerte Lenka sich insgeheim ein bisschen, dass Naomi sich so schnell abnabeln konnte, nachdem Lenka ihr immerhin den Job vermittelt hatte. Sie erwartete dafür zwar keine Lobeshymnen und auch nicht, dass Naomi sich vor Dankbarkeit überschlug. Aber, zugegeben – sie hätte gern noch ein wenig länger die »Ma'am« gespielt. Inzwischen war das nur mehr ein nomineller Titel. Naomi gebrauchte ihn immer noch – aber sie brauchte Lenka nicht mehr.

Wie auch immer: Der Laden lief, und Naomi lief mit. Darauf kam es doch schließlich an, oder?

Und was die Sache mit Miles, Janine und Amsterdam anging: Naomi kannte Miles noch gar nicht richtig. Sie wusste nicht, dass er im Grunde harmlos war. Er flirtete zwar, was das Zeug hielt, doch er gehörte nicht zu jener Art Mann, der erst einen symbolischen Tritt in die Magengrube brauchte, ehe er eine Frau in Ruhe ließ. Vermutlich hatte Naomi seine Avancen zu ernst genommen und hatte bei der Abwehr ein bisschen dicker aufgetragen als notwendig: *»Nein, danke, ich bin vergeben. Und ja, ich bin lesbisch. – Nein, nein, nicht bi, lesbisch. Echt jetzt. – Wie, ob ich 'ne Freundin hab? Klar, Janine. – Wo sie wohnt? In Amsterdam. Und? Willste auch noch ihre Blutgruppe wissen ...?«*

Je mehr Infos, desto glaubwürdiger wurde die Sache. Da schadete es auch nicht, wenn man manche Details zu seinen eigenen Gunsten abwandelte.

So wurde aus der Exfreundin eben die Freundin.

Nur: Die Geschichte hatte doch Miles gegolten, oder etwa nicht? Wieso wurmte diese winzige Kleinigkeit, dieses neue Detail dann ausgerechnet Lenka plötzlich so sehr? Ihr konnte das doch egal sein.

Freundin.

Exfreundin.

Janine.

Aus Amsterdam.

In Amsterdam ...

Wer auch immer.

Was auch immer.

Wo auch immer ...

»Scheiß drauf«, murmelte Lenka.

So oder so: Janine war in Amsterdam. Und Naomi war hier. Naomi litt hier vor sich hin.

Und Janine? Die zog sich wahrscheinlich gerade eine Tüte rein. Schließlich wusste man ja, wofür die Niederlande vor allem berühmt waren: Goudakäse von Frau Antje und frei verfügbares Marihuana.

Lenka betrachtete die Frau auf ihrem Bild prüfend. Einem Impuls folgend, kritzelte sie ihr eine Zigarette in die Hand, die man bei genauerem Hinsehen auch für einen Joint halten konnte.

Dann dachte sie: *Lenka, du bist doch bescheuert.*

Zum Glück gab es ja die gute alte Löschfunktion. Und diesmal hatte Lenka keinerlei Hemmungen, sie auch zu nutzen.

Kapitel 6

Die folgende Woche verging wie im Flug, und zum ersten Mal seit langer Zeit hatte Lenka, ganz entgegen ihren Erwartungen, wieder mal richtig Lust, arbeiten zu gehen.

Anfangs war ihr die Aussicht, Extraschichten schieben zu müssen, alles andere als verlockend erschienen. Doch blieb ihr leider nichts anderes übrig, denn jetzt, wo sie und Corinna keinen gemeinsamen Haushalt mehr hatten, musste sie feststellen, wie kostspielig so ein Singledasein tatsächlich war. Miete, Nebenkosten und Hausgeld wollten bezahlt werden, Telefon- und Internetrechnung musste man plötzlich wieder allein tragen – und das Essen war erst recht eine Katastrophe: Beim Kochen blieb ständig die Hälfte übrig, und am nächsten Tag schmeckte es nicht mehr. Singlegerichte aus der Packung waren zwar von der Menge her in Ordnung, aber im Preis-Leistungs-Verhältnis viel teurer als Familienpackungen.

Kurz und gut: Als Single war man auf der ganzen Linie angeschissen. Man war einsam, hatte keinen Sex – zumindest keinen regelmäßigen –, und finanziell war man richtig übel dran.

Was die Arbeit betraf, war es wirklich nicht so, dass Lenka faul gewesen wäre, auch wenn ihr Corinna das hundertmal unterstellt hatte – entweder ganz direkt oder eher beiläufig, zwischen den Zeilen. Es war auch nicht so, dass sie ihren Job nicht mochte. Doch als besondere Inspiration konnte man die Arbeit an der Kinokasse nun wirklich nicht bezeichnen.

Eigentlich musste man das auch gar nicht. Albert Einstein hatte ja angeblich seine besten Ideen gehabt, während er einem langweiligen Schreibtischjob im Patentamt nachging. Aber dafür wiederum war das Kino nicht langweilig genug. Irgendetwas gab es immer zu tun.

Umso erstaunlicher war es, dass Lenka seit Neuestem richtig gern hinging. Egal welche Schicht, egal, was anstand: Aus irgendeinem Grund freute sie sich auf die Arbeit. Sie ertappte sich sogar gelegentlich dabei, wie sie, während sie sich im Badezimmer fertig machte, leise vor sich hin sang.

Und was noch viel bemerkenswerter war: Sie fühlte sich aus unerfindlichen Gründen plötzlich doch inspiriert. Bis vor kurzem war sie immer wie erschlagen aus der Spätschicht gekommen, war ungebremst ins Bett geplumpst und hatte es gerade eben noch geschafft, den Fernseher einzuschalten und sich berieseln zu lassen.

Doch in letzter Zeit fühlte sie sich hellwach, wenn sie nach Hause kam. Anstatt des Fernsehers warf sie nun ihren Laptop an und experimentierte noch ein bisschen herum, überarbeitete bereits vorhandene Bilder, und manchmal hatte sie bereits in der Bahn auf dem Nachhauseweg neue Skizzen entworfen. Sie war erstaunlich produktiv, ohne dabei in Erschöpfung zu geraten. Manchmal, wenn sie nach der Uhr schielte, stellte sie mit Schrecken fest, dass der Zeitpunkt, sich schlafen zu legen, schon längst überschritten war und es vielmehr an der Zeit wäre, wieder aufzustehen. Dann musste sie sich regelrecht zwingen, sich anstelle einer weiteren Tasse Kaffee eine heiße Milch mit Honig oder einen Kräutertee zu kochen, um wenigstens ein bisschen runterzukommen. Sie schlief aus Vernunftgründen, nicht aufgrund echter Müdigkeit. Trotzdem war sie, sobald der Wecker klingelte, wieder topfit.

Und wieder freute sie sich auf die Arbeit.

Das, dachte Lenka, war ein Kreislauf, der ruhig noch eine Weile so weitergehen konnte.

Die heutige Schicht verlief weitgehend stressfrei. Lenka und Naomi waren wieder einmal gemeinsam für den Kassendienst eingeteilt worden. Noch wurde Naomi immer jemand zur Seite gestellt, der mehr Erfahrung hatte. Gelegentlich maulte sie deswegen und behauptete, das sei nicht mehr nötig, und überhaupt: Sie käme sich dabei so überwacht vor.

Lenka dagegen freute sich, neben Naomi zu sitzen und sie beobachten zu konnen.

Nicht überwachen. Nur anschauen.

Naomi gelang es nach wie vor nicht, ihre Zunge im Zaum zu halten – im wahrsten Sinne des Wortes: Noch immer schob sich, wenn sie sich besonders konzentrierte, die kleine rote Spitze zwischen den Lippen hindurch. Aber Lenka glaubte kaum, dass sich daran jemand störte, zumindest nicht, wenn andere diese Geste auch nur halb so niedlich fanden wie sie selbst.

Lenka beobachtete verstohlen, wie Naomis schlanke Finger blitzschnell auf die Tasten eintippten, wie sie die Hände ausstreckte, um Geldscheine entgegenzunehmen und Karten hinüberzureichen, wie sie jeden Kunden freundlich begrüßte, wie sie geduldig abwartete, wenn jemand noch unentschlossen war oder wenn eine Gruppe Teenies überlegte, ob sie lieber die Vorstellung um 20 Uhr nehmen sollten, die in zwei Minuten losging, oder doch lieber die um 20 Uhr 30, damit jeder noch mal in aller Ruhe aufs Klo gehen und sich Jelly-Beans kaufen konnte. Für manche Leute waren das anscheinend Fragen von elementarer Wichtigkeit, und dass sie dabei die Kasse aufhielten – und vor allem die Leute, die *wirklich* pünktlich in die 20-Uhr-Vorstellung wollten –, war ihnen herzlich egal.

Lenka konnte wahnsinnig werden, wenn sie so was sah. Doch falls es Naomi genauso ging, so ließ sie sich das zumindest nicht anmerken. Sie saß immer noch da und lächelte freundlich-entspannt. Ab und zu schob sie sich eine Locke aus der Stirn, die sich aus ihrem Pferdeschwanz gelöst hatte. Es war eine beiläufige, vermutlich nur unbewusste Geste. Allerdings eine, die sich ziemlich oft wiederholte. Offenbar war es eine sehr eigenwillige Haarsträhne.

Lenka beobachtete die Bewegung, und in ihrem Kopf entstand bereits die Idee, wie sie diesen flüchtigen Moment in ihrem nächsten Bild festhalten könnte. Da blickte Naomi auf, drehte den Kopf in Lenkas Richtung und lächelte. Lenka spürte, wie sie rot wurde und ihr Herz plötzlich schneller schlug.

»Was?«, fragte Naomi.

Lenka schüttelte schnell den Kopf und winkte ab. »Nichts.«

»Dann schau mir nicht ständig so auf die Finger«, forderte Naomi, aber sie grinste dabei. »Ich komm schon klar, keine Sorge, Ma'am!«

Das stimmte, ohne Zweifel. Sie kam klar. Aber Lenka war es ganz recht so, dass Naomi annahm, sie würde sie nur deshalb beobachten. Denn wenn Naomi die Wahrheit erraten und nachgefragt hätte, was hätte sie ihr da antworten sollen? Vielleicht ein: *»Och, du, ich denke gerade nur darüber nach, dass ich dich gern* *mal zeichnen würde. Genauso, wie du jetzt bist.«*

Das hörte sich selbst in Lenkas Ohren bescheuert an.

Ein paar Minuten später war Lenka jedoch wirklich gezwungen, genauer hinzusehen, und zwar aus beruflichen Gründen. Denn jetzt trat ein ganzer Pulk von Leuten an Naomis Kasse. Kategorie: Großfamilie mit undurchschaubarer Struktur. Die Erwachsenen, zwei Frauen und ein Mann, trugen alle ausgewaschene Schlabberklamotten, und die Kinder, sechs Stück an der Zahl, hingen aufgereiht wie die Orgelpfeifen an Mamas Rockschößen.

Lenka wappnete sich, denn solche Grüppchen hatte sie bereits mehrfach erlebt. Der Mann begann, auf Naomi einzureden, während die eine Hälfte der Kinder an der Kasse herumwimmelte und die andere nach einem Eis plärrte. Der Geräuschpegel stieg beachtlich. Und während der Wortführer der Gruppe noch umständlich überlegte, ob man im Parkett oder in der Loge besser saß, krähten die Kinder Naomi entgegen: »Was passiert in dem Film? Ist der spannend? Gibt's da auch richtig viele Monster . . .?«

Lenka beobachtete scharf. Und als der Mann einen brandneuen 500-Euro-Schein aus dem Portemonnaie zog, reagierte sie umgehend.

»Naomi?« Sie lächelte an den Kunden vorbei zu ihrer jungen Kollegin hinüber. »Das wird ein bisschen schwierig mit dem Kleingeld. Tu mir doch den Gefallen und besorg uns ein paar Münzrollen, okay? Ich übernehme solange.« Damit schenkte sie auch dem Mann ein professionell-freundliches Lächeln. »Kommen Sie bitte zu mir rüber?«

»Was sollte das?«, erkundigte sich Naomi ungehalten, als Lenka und sie später gemeinsam die Kasse prüften. »Ich wäre damit auch allein zurechtgekommen. Du hast mich ja wie eine Idiotin dastehen lassen, und das auch noch vor den Kunden. Als ob ich der Sache nicht gewachsen wäre.«

»Ich hab dich nur aus der Schusslinie geholt«, widersprach Lenka. »Hör mal, ich hätte dich vorwarnen sollen: So was ist eine bewährte Methode in Sachen Trickbetrug. Fünf Leute quatschen gleichzeitig auf dich ein, drücken dir einen riesigen

Schein in die Hand – und hoffen, dass du ihnen falsch rausgibst. Glaub mir, das hab ich schon mehrmals erlebt. Und einmal bin ich sogar selbst drauf reingefallen.«

»Und dann?«

»Dann musste ich den Verlust ersetzen. Hat mich einen kompletten Tageslohn gekostet.«

»Oh.«

»Und wenn es eine wesentlich größere Summe gewesen wäre«, fuhr Lenka fort, »oder wenn dir so was öfter passiert, dann hast du die längste Zeit einen Job gehabt.«

»Oh-oh!«

»Genau. Oh-oh!«

Naomi schien zuerst ein bisschen besänftigt. Dann sagte sie trotzig: »Ich hätte ihnen aber nicht falsch rausgegeben.«

»Dann hätten sie das vielleicht anschließend behauptet.«

»Und ich wäre dabei geblieben, dass meine Rechnung stimmt.«

Lenka lächelte. Naomi war wirklich süß, wenn sie wütend war. Sie widerstand der Versuchung, die jüngere Frau noch ein wenig mehr zu reizen. »Das glaube ich dir ja«, erklärte sie versöhnlich. »Ich wollte dich bloß drauf hinweisen, dass du in solchen Situationen ein bisschen aufpasst. Allgemein, meine ich.«

»Wieso, weil alle großen Familien potentielle Trickbetrüger sind? Na, du bist ja nicht gerade kinderfreundlich.«

»Quatsch«, wehrte Lenka ab. »Ich will denen doch gar nichts unterstellen. Wahrscheinlich war das ein ganz normaler Familienausflug ohne irgendwelche bösen Absichten. Ich sage nur, du sollst die Augen aufsperren, okay? Und von wegen kinderfreundlich: Ein Haufen herumwuselnde Gören kann einen manchmal ganz schön durcheinanderbringen.«

»Dich vielleicht.« Naomi grinste frech. »In deinem gesetzten Alter, meine ich. *Ich* bin noch jung und belastbar.«

Lenka knuffte sie. »Du kleines Biest!«

»Wie jetzt?« Naomi grinste. »War das etwa nicht selbstkritisch genug? Tut mir wirklich leid, Ma'am!«

»Und sonst?«, fragte Lenka, als sie nach Dienstschluss gemeinsam das Kino verlassen hatten und durch die nächtlichen Straßen marschierten. Naomi wohnte gar nicht weit weg, was natürlich ungemein praktisch war. Lenka hatte sich angewöhnt, Naomi bis vor ihre Haustür zu begleiten. Sie stieg dann einfach eine Station später in die Bahn. Aber das war die Sache wert: Sie und Naomi spazierten gemütlich nebeneinander her, plauderten noch ein bisschen, und außerdem konnte Lenka die Gelegenheit nutzen und Naomi, vor allem aber ihre süße, widerspenstige Locke noch ein bisschen bewundern. Heute, beschloss sie, würde sie das entsprechende Bild endlich mal in Angriff nehmen. Titel: *Die Locke.*

»Mir scheint«, meinte Lenka, »du hast dich ganz gut arrangiert, oder?«

»Klar.« Naomi nickte. »Bringt schon Spaß, die Arbeit. Und ich mache mich doch mittlerweile recht ordentlich, oder?«

»Und ob«, bestätigte Lenka.

»Also, dekorativ jetzt, meine ich.«

Lenka musste grinsen. »Na, das erst recht.«

»Starrst du mich deswegen andauernd an?«

Lenka, von dieser Frage völlig überrumpelt, fing an zu stottern. »Ich – also – das tue ich doch gar nicht.«

»Tust du wohl.« Naomi grinste. »Aber das macht nichts. Kannst mich gern angucken. Zufällig gefällt mir nämlich die Vorstellung, dass jemand mich attraktiv findet. Oder von mir aus«, schränkte sie dann ein, »auch nur dekorativ.«

»Hm«, machte Lenka verlegen. »Ja, also ... danke. Fürs Angucken-Dürfen.«

»Bitte, gern. Keine Ursache, Ma'am.«

Eine Weile gingen sie schweigend weiter. Nur Naomis Absätze klapperten auf dem Asphalt und perforierten gleichmäßig die Stille. Sie trug dieselben Stiefel wie in jener ersten Nacht, als Lenka sie von der Straße aufgelesen hatte.

»Wie lange bist du eigentlich schon in dem Laden?«, fragte Naomi schließlich.

»Oh Gott.« Lenka fuhr sich durch die Haare. »Viel zu lange.«

Naomi sah sie von der Seite an. »So. Also jetzt muss ich dich einfach fragen. Wenn du schon so eine Steilvorlage bietest.«

»Fragen?« Lenka schluckte unwillkürlich. »Was denn?«

»Wie alt bist du eigentlich?«

Lenka atmete durch. »Wie alt schätzt du mich?«

»Hmm …« Naomi musterte Lenka von oben bis unten. Zumindest tat sie so, denn immerhin sahen sie einander oft genug. Allzu viel Neues konnte es demzufolge kaum zu entdecken geben. »Dreißig?«, mutmaßte sie dann.

Lenka schnaubte. »Na, herzlichen Dank.«

»Wieso?« Naomi hob fragend die Brauen. »Wie alt bist du denn wirklich?«

»Neunundzwanzig.«

»Also bitte.« Naomi schüttelte den Kopf. »Da hab ich mich ja gerade mal um ein Jahr vertan. Weniger als ein Jahr, wenn man's genau nimmt. Falls heute nicht zufällig dein Geburtstag ist, der neunundzwanzigste, meine ich. Wenn ja, dann herzlichen Glückwunsch. Und warum, verdammt noch mal, hast du mich nicht zur Party eingeladen?«

»Nein«, sagte Lenka. »Nein, heute ist kein Geburtstag.« Naomi musste ja nicht wissen, dass ihr nächster Geburtstag, der dreißigste nämlich, in Wirklichkeit gar nicht mehr allzu weit in der Zukunft lag …

»Und was«, fragte Naomi, »macht dieses eine Jahr dann bitte schön für einen Unterschied?«

»Einen großen«, knurrte Lenka. »Glaub mir.«

»Wenn du meinst …« Naomis Mund zuckte belustigt. »Also«, nahm sie den Gesprächsfaden von vorhin dann wieder auf, »bist du schon lange dabei, hm? Im Kino.«

»Neun Jahre«, sagte Lenka und fügte dann, wenn auch widerwillig, hinzu: »Fast zehn.«

»Zehn Jahre«, echote Naomi. »Wow. Dann musst du die Arbeit ja wirklich mögen. Oder bist du zufällig überzeugte Cineastin?«

»Cine-was?«

»Jemand, der unglaublich gern ins Kino geht«, übersetzte Naomi. »Würde sich bei dir ja anbieten. Da könntest du das Angenehme mit dem Nützlichen verbinden.«

»Ob ich gern ins Kino gehe …« Aus dieser Perspektive hatte Lenka ihren Job noch nie betrachtet. »Uff … weiß nicht. Kann ich eigentlich gar nicht so genau sagen. Ich schaue gern Filme, ja. Aber das muss nicht unbedingt im Kino sein.«

»Verstehe. Seh' ich genauso. Vor allem, weil die wirklich guten Filme meistens gar nicht im Kino laufen, oder nur viel zu kurz.« Naomi zuckte die Achseln. »Ich stehe nicht so auf Hollywood-Mainstream.«

»Ich auch nicht.«

Naomi nickte. »Apropos darauf stehen: Hast du eine Lieblingsschauspielerin?«

Wieder musste Lenka überlegen. »Natalie Portman«, meinte sie dann.

»Ist nicht wahr!«, rief Naomi. »Diese dürre, unterkühlte Schnecke?«

»Na ja ... sie ist sehr wandelbar und so ziemlich jeder Rolle gewachsen und –«

»Ach, komm schon, jetzt rede dich nicht raus.« Naomi stieß sie grinsend an. »Du findest sie scharf.«

»Ja!« Lenka hob die Hände. »Ja, ich finde sie scharf! Ist das ein Verbrechen?«

»Nein.« Naomi lachte. »Du darfst sie ruhig scharf finden. Das ist okay, echt.«

»Nochmals vielen Dank. Fürs Natalie-scharf-finden-Dürfen.«

»Und wieder mal gern geschehen, Ma'am!«

Erneut legten sie einige Meter schweigend zurück.

»Würdest du mal mit mir ins Kino gehen?«, fragte Naomi dann unvermittelt.

»Was?«, fragte Lenka perplex zurück.

»Mensch, entspann dich. Nur Kino! Nur ein kleiner, netter Filmeabend.«

Lenka schluckte. »Klar«, brachte sie etwas unbeholfen hervor. »Wieso nicht?«

Ein netter Filmeabend?

Oder ein Date?

Wo genau war der Unterschied? Wo endete das eine und begann das andere?

»Unter einer Bedingung«, betonte Naomi. »Ich mach den Laden klar. Und ich suche den Film aus.«

»Okay ...«

»Denn nur damit es da keine Missverständnisse gibt: Ich kann diese Riesenkinos nicht ausstehen, die nicht mal ihr eigenes

Popcorn machen. Ich mag mehr die kleinen Familienkinos, die seit mindestens drei Generationen von Hand zu Hand weitergegeben werden. Die haben nämlich Flair, wenn du verstehst, was ich meine. Nur leider sterben sie aus.« Naomi legte nachdenklich den Kopf schief, und wieder fiel ihr *die Locke* ins Gesicht. »Ich frag mich, warum.«

»Weil«, antwortete Lenka, jetzt wieder Herrin der Lage, »die großen Läden, so wie unsere Kette, sie nach und nach verdrängen. Größeres Angebot, mehr Service, umgerüstet auf 3D. Das ist soziale Marktwirtschaft, Kleine. Damit solltest du dich doch auskennen.«

»Soziale Marktwirtschaft, na toll«, murrte Naomi. »Aber aufgewärmtes Popcorn! Die Leute haben doch echt keine Ahnung. Und überhaupt: Ich hasse 3D.«

»Ich find's auch nicht so besonders«, gab Lenka zu. »Als ich das erste Mal einen Film in 3D gesehen hab, ist mir sogar schlecht geworden.«

»Wie jetzt? Dir auch?« Naomi grinste. »Na, endlich mal eine Gleichgesinnte.« Sie strahlte Lenka an. »Also dann: Nieder mit den Kinoketten, es leben die kleinen Familienkinos! Schlag ein!« Sie hielt Lenka die Hand hin. Dann stutzte sie. »Moment ...« Die Hand sank wieder herab. »Das hieße, wenn wir die Großketten konsequent boykottieren wollten, dann müssten wir unsere Jobs kündigen, oder?«

»Ich fürchte schon.«

»Mist«, sagte Naomi.

Schließlich waren sie vor Naomis Haus angekommen.

Dort blieben sie stehen. Sahen sich an.

»Tja«, sagte Naomi und trat von einem Bein aufs andere.

»Also dann«, meinte Lenka und lächelte nervös.

Naomi sah zu ihr hin.

Wieder weg.

Und dann wieder hin.

»Willst du noch mit raufkommen?«, platzte sie dann heraus, etwas zu schnell, etwas zu hastig.

»Wie bitte?«, stieß Lenka hervor.

»Du hast mich genau verstanden.« Naomi wich ihrem Blick

aus. »Zwing mich nicht, es zu wiederholen. Und um erneut Missverständnissen vorzubeugen: Ich lade dich nicht auf einen Kaffee ein. Ich hab nämlich gar keinen da.«

»Ja, ich weiß ...«

»Nur Instantpulver.«

»Weiß ich auch.«

»Also? Kommst du mit rauf und lässt dich flachlegen? Ja oder nein?«

Auf so viel Direktheit nun doch nicht vorbereitet, verschluckte sich Lenka beinahe an ihrer eigenen Spucke. »Also, ich –«

Naomi schnitt ihr das Wort ab. »Hör zu, Lenka ... Ich weiß nicht, was das hier zwischen uns ist. Aber *irgendwas* ist da, verstehst du? Irgendeine Art von Anziehung.«

Der Kuss im Personalraum ...

Der Geschmack von Kaffee und Schokolade ...

Also doch.

Dann war das also kein Spiel gewesen, keine Show. Zumindest nicht nur. Sondern ...

Lenka schluckte. »Anziehung?«

»Anziehung«, bestätigte Naomi. »Und ganz ehrlich? Ich sehe keinen Grund, warum wir ihr nicht nachgeben sollten.«

Lenka hätte eine ganze Reihe von Gründen anführen können. Janine. Amsterdam ...

Das alles sprach ja wohl ziemlich deutlich dagegen.

Doch – noch viel mehr Dinge sprachen dafür.

»Ja«, sagte sie heiser. »Du hast wohl recht ...«

Aus dem Projekt *»Die Locke«* würde heute wohl doch nichts werden.

Für die vier Stockwerke, die sie zu Naomis Wohnung hinaufsteigen mussten, brauchten sie ziemlich viel Zeit – sogar weitaus länger, als Lenka damals benötigt hatte, um eine sturzbetrunkene Naomi mehr oder weniger hinaufzutragen. Immer wieder, praktisch auf jedem Stockwerk und manchmal auch mitten auf der Treppe, zwang Naomi Lenka mit charmanter Aufdringlichkeit, eine kleine Pause einzulegen. Der Zweck: heftige Knutschorgien.

Als sie dann endlich ganz oben ankamen, musste Lenka Naomi regelrecht wegschieben.

»Los, mach die Tür auf«, flüsterte sie heiser. »Schnell ...«

»Hey, immer mit der Ruhe!«

Von Ruhe, so stellte Lenka jetzt fest, hatte Naomi offenbar eine recht merkwürdige Vorstellung. Sie stellte sich auf die Zehenspitzen und küsste Lenka erneut, während sie mit der rechten Hand in ihrer Tasche herumkramte. Mit kleinen, fast flüchtigen Bewegungen arbeiteten Naomis Lippen sich aufwärts, und ihre spitze, rote Zunge, die so flink darin war, Widerworte und scharfsinnige Zweideutigkeiten zu artikulieren, tastete Lenkas Haut ab. Schließlich erreichte Naomi Lenkas Ohrläppchen, leckte einmal schnell darüber und fing dann an, sachte daran zu knabbern.

»Mach schon«, flüsterte Lenka. Ihr entging nicht, dass ihre Stimme dabei plötzlich heiser klang.

Wie konnte Naomi bloß so cool bleiben? Und was machte sie da eigentlich mit ihrer Tasche? Das war ja schließlich kein Seesack, oder? Den Mythos von der weiblichen Handtasche als ein rätselhaftes Wesen, mit Tausenden von Geheimfächern, die Schlüssel, Kleingeld und andere wichtige Dinge einfach heißhungrig verschlangen und nie wieder preisgaben, hatte Lenka immer bloß für ein Märchen gehalten – bis jetzt.

Naomi ließ von ihr ab. Aha. Sie wollte sich also endlich auf die Schlüsselsuche konzentrieren. War wahrscheinlich besser so ... auch wenn der Verlust von Naomis Lippen und Zunge bei Lenka nicht nur Widerwillen, sondern fast körperliches Unbehagen erzeugte.

Allerdings nur für kurze Zeit, denn Sekunden später spürte sie erneut Naomis Finger, die erst unter ihren Pullover glitten und ihn dann langsam, aber unaufhaltsam hinaufschoben.

Lenka lächelte in sich hinein und ließ es geschehen. Doch als Naomi sie so weit entblößt hatte, dass ihr schwarzer BH hervorblitzte, zappelte sie mit den Schultern.

»Das reicht jetzt!«

»Von wegen.« Naomi ließ sich nicht beirren. »Ich fange gerade erst an.«

Als ihre kleinen, schmalen Finger unter Lenkas BH griffen, schnappte diese nach Luft. »Was zum ... Jetzt warte doch!«

»Ich warte schon viel zu lange«, gab Naomi zurück. Sie machte Anstalten, den BH ganz abzustreifen. Lenkas Hände zuckten aufwärts, um sie davon abzuhalten, doch Naomi war schneller. Als hätte sie Lenkas Reaktion vorausgesehen, fing sie deren Arme auf halbem Weg ab. Ihre Hände schlossen sich hart um Lenkas Handgelenke. Und irgendwo zwischen den beiden konträren Bedürfnissen, sich den flinken Fingern entgegenzudrängen und dem schmerzhaften Druck zu entkommen, der sich immer enger um ihre Handgelenke zog, fragte sich Lenka, ob sie mit ihrer Kampfsporttheorie vielleicht doch richtig gelegen hatte.

»Hör auf, rumzualbern, und such deinen Schlüssel«, startete sie einen letzten, wenn auch schwachen Versuch, sich zu wehren.

»Den finde ich nicht«, gab Naomi ungerührt zurück. »Und jetzt halt die Klappe, bevor ich darüber nachdenken kann, ob ich den vorhin verloren oder vor dem Verlassen des Hauses gar nicht erst eingesteckt habe. Wenn ich nämlich anfange zu grübeln, dann können wir das Ganze hier gleich vergessen. Weißt du: Ein Spiegelei ist außen knusprig und innen glitschig. Aber wenn man es zu lange stehen lässt, verbrennt es oder wird staubtrocken. Falls du diese Metapher verstehst.«

Damit nutzte sie den kurzen Augenblick von Lenkas Sprachlosigkeit und zog den BH mit einem Ruck nach oben.

Lenka keuchte, als ihre Brustwarzen nackt und schutzlos dem fahlen Licht und Naomis Blicken ausgesetzt waren.

»Nein«, flüsterte sie. Doch ihre Nippel sprachen eine andere Sprache. Sie streckten sich Naomi so steif entgegen, dass Lenkas Protest nur lächerlich wirkte. Degradierten ihn zu einer bloßen Formsache, zu etwas, das einfach dazugehörte, weil es das Protokoll nun mal so vorschrieb.

»Nein?« Naomi lächelte wie ein kleiner Teufel, bevor sie ihre Zunge hervorstreckte und einmal über Lenkas Brustwarze schnellen ließ. Die Bewegung war so flüchtig, dass Lenka gar nicht sicher wusste, ob überhaupt ein Kontakt zwischen Haut und Zunge stattgefunden hatte. Trotzdem durchfuhr es sie wie ein Stromschlag.

»Nein?«, wiederholte Naomi und machte sich daran, Lenkas Jeans zu öffnen und ihre Hand unter den Saum gleiten zu lassen. Während ihre Finger sich weiter vortasteten, bohrte sich ihr

Blick in Lenkas Augen und ließ sie keinen Moment los. Als sie schließlich Lenkas String beiseite schob und mühelos, wie von selbst in Lenka hineinglitt, begann diese langsam zu ahnen, was Naomi mit der Spiegelei-Metapher gemeint hatte.

Zumindest, soweit es den Teil mit »innen glitschig« betraf.

»Du brauchst es nur zu sagen«, flüsterte Naomi, während sie die zwei Finger behutsam in Lenkas Inneren bewegte und gleichzeitig mit dem Daumen an Lenkas empfindlichster Stelle zu reiben begann. »Ich werde sofort aufhören. Du musst es nur sagen.«

»Nein ...« Lenka wand sich. Ihr Hirn, ach was, ihr ganzer Körper schien sich in einem unaufhaltsamen, immer schneller fortschreitenden Schmelzprozess zu befinden, der keinen klaren Gedanken möglich machte.

Naomi hob die Brauen. »Nein, du willst nicht, dass ich aufhöre? Oder: Nein, du willst nicht, dass ich weitermache? Da musst du dich schon entscheiden, Süße.«

»Nein ...!«, keuchte Lenka erneut und gewann einen kleinen Teil ihrer Selbstbeherrschung zurück. »Nicht ... hier!«

»Und wieso nicht?« Naomi machte unverdrossen weiter.

»Wenn ... jemand kommt ...!«

»Oh, ich hoffe doch sehr darauf, dass jemand kommt, und zwar bevorzugt du. Das ist doch der Sinn des Ganzen.«

Verdammt! Konnte die Kleine denn gar nichts ernst nehmen?

»Jemand ... anders! Nachbarn ...«

»Es ist fast Mitternacht, Süße. Da läuft niemand mehr durch ein Treppenhaus. Und außerdem«, damit setzte sie wieder ihr Teufelsgrinsen auf, »macht dich die Möglichkeit, erwischt zu werden, nicht auch ein ganz kleines bisschen an?«

Lenka war längst nicht mehr in der Lage, darüber nachzudenken, was sie anmachte und was nicht, geschweige denn das auch noch in Worte zu fassen. Und selbst wenn sie es gekonnt hätte: Ihr Körper hatte sich längst entschieden.

Also ließ sie zu, dass Naomi ihre Liebkosungen fortsetzte. Sie lehnten, dicht aneinandergedrückt, aufrecht an der Wand. Naomis Finger streichelten Lenkas Inneres, und parallel dazu saugte, leckte und knabberte sie so geschickt an Lenkas Brustwarzen, dass dieser ganz schwindlig wurde.

Trotzdem konnte Lenka die Frage, was passieren würde, wenn irgendwelche Nachbarn jetzt tatsächlich die Tür öffneten, nicht völlig aus ihrem Bewusstsein verbannen. Die Reaktionen konnten sehr unterschiedlich ausfallen: von wüstem Geschimpfe über geiles Geglotze bis hin zu einer Räumungsklage wegen Erregung öffentlichen Ärgernisses.

Aber konnte ihr das nicht egal sein?

Es waren ja nicht *ihre* Nachbarn, nicht *ihre* Wohnung ...

Unvermittelt erlosch das Licht im Treppenhaus, der Timer hatte sich wohl von selbst ausgeschaltet. Jetzt, im Finsteren, war die Gefahr des Entdecktwerdens nicht mehr ganz so präsent. Dafür fühlte Lenka jede Berührung umso intensiver. Sie warf den Kopf in den Nacken und drängte sich Naomis Fingern noch heftiger entgegen.

Schließlich versteifte sich ihr ganzer Körper. Es gab kein Zurück mehr ...

»Ich –«

»Ja?«, keuchte Naomi dicht an ihrem Ohr.

»Ich komme ...!«

»Ja ...?«

»Du musst ...«

»Was?«

»Halt mir ...«

»Ja?«

»Halt mir ... den Mund ... zu ...!«

»Warum denn?«

»Halt mir den Mund zu, um Gottes Willen ...!«

Lenka explodierte förmlich, während sie Naomi leise und triumphierend auflachen hörte. Die Kleine dachte natürlich gar nicht daran, irgendwas zu unternehmen, um den Lustschrei abzudämpfen. Also schob Lenka sich selbst die Hand in den Mund und biss darauf.

Kräftig.

Es half.

Wenn auch nur ein bisschen.

Als es vorbei war, ließ Lenka sich erschöpft gegen die Wand sinken und rutschte langsam daran herab. »Wow!«, murmelte sie. »Das war ... also, das war wirklich ...«

»Schon klar.« Naomi hockte sich neben Lenka auf die kalten Fliesen. Dabei glitt die Tasche von ihrer Schulter und fiel mit einem leisen Klacken auf den Boden.

Lenka hörte, wie Naomi im Dunkeln herumtastete und dann erneut einen Laut des Triumphes ausstieß. »Hey, was sagt man dazu! Da ist ja der dämliche Schlüssel!«

Kapitel 7

Nach dem Sex ließ Lenka sich in die Kissen zurücksinken und sah zur Decke hinauf. Sie fühlte sich irgendwie ... unzufrieden.

Nicht unbefriedigt.

Denn im Grunde lag genau dort der entscheidende Unterschied: Nach dem, was im Treppenhaus geschehen war, nach dem, was Naomi so gekonnt mit ihr angestellt hatte, kam Lenka alles, was danach noch gelaufen war, seltsam ... langweilig vor.

Sie waren – dank des wundersamerweise wieder aufgetauchten Schlüssels – in Naomis Wohnung gegangen und dort gleich ins Bett. Sie hatten routiniert und halb im Gehen geknutscht, ihre Kleidung abgestreift und waren zwischen die Laken gesunken.

Wo Lenka sich dann um Naomi gekümmert hatte.

Sie hatte sie gestreichelt.

Sie hatte sie geküsst.

Sie hatte sie geleckt.

Naomi hatte dabei Lenkas Haar gekrault.

Und schließlich war sie gekommen.

Doch das schien es ... irgendwie gewesen zu sein.

»Naomi?« Lenka drehte den Kopf auf dem Kissen.

»Hm ...?« Naomi klang müde, hob aber dennoch fragend die Brauen. Lenka hoffte auf den Hauch eines Lächelns. Auf jenen Gesichtsausdruck, der Naomi in gewissen Momenten so unglaublich schön machte. Auf ein kleines Zeichen von Zufriedenheit und Entspannung.

Aber da war nichts.

Im Gegenteil.

In diesem »hm«, diesem einen, kleinen Laut, der streng genommen nicht einmal eine Silbe war, lag eindeutig ein Unterton von Entnervtheit.

Es war Lenka nur zu klar, dass sie die folgende Frage besser nicht stellen sollte. Aber sie tat es trotzdem, sie konnte nicht anders.

»War es ... ich meine – war es schön für dich?«

»Was?« Naomi blinzelte. »Oh, äh ... klar. Ja. War okay.«

Okay? Was sollte denn das wieder heißen? *Okay!* In Lenkas Welt verwendete man dieses Wort nicht unbedingt in Verbindung mit Sex. Zumindest nicht, ohne die jeweilige Bettgefährtin zu beleidigen.

Essen – das konnte okay sein. Wenn eine Mahlzeit »okay« war, dann bedeutete das: Es war kein besonderes kulinarisches Erlebnis gewesen, aber man war satt. Das Essen hatte seinen Zweck erfüllt, ohne einen nachhaltigen Eindruck zu hinterlassen. Weder einen guten noch einen schlechten.

Aber vielleicht verwendete Naomi das Wort grundsätzlich anders ...? Fragen kostete ja nichts.

»Okay?«, echote Lenka deshalb, schärfer als sie beabsichtigt hatte. »Was meinst du denn mit *okay?*«

»Na, okay eben«, gab Naomi zurück und schloss träge die Augen.

»Ja, aber –«

»Was aber?«, fuhr Naomi sie an. Die Müdigkeit war aus ihrer Stimme verschwunden, die Trägheit aus ihrem Körper gewichen. Im Gegenteil: Sämtliche Muskeln ihrer zierlichen Statur waren plötzlich angespannt. »Herrgott, ich bin keine Dichterin, klar? Und auch keine Literaturwissenschaftlerin. Ich benutze die Worte so, wie sie mir in den Kopf kommen, ohne sie vorher zu analysieren und darüber nachzudenken, was in welcher Situation angemessen ist und was nicht. Man könnte mich taktlos nennen, ich persönlich nenne es spontan. Und ganz im Vertrauen: Es soll Leute geben, denen genau so was gefällt. Jedenfalls bin ich es nicht gewohnt, dass eine kleine Bemerkung anschließend auf den Seziertisch gelegt und in ihre Einzelteile zerlegt wird. Also, noch mal zum Mitschreiben: Okay heißt okay, nicht mehr und nicht weniger. Wir hatten Sex, und es war okay. Mehr gibt's dazu nicht zu sagen. Und falls ich damit deine zarten Gefühle verletzt haben sollte, dann tut mir das natürlich überaus leid.«

Lenka fühlte sich tatsächlich verletzt, jetzt sogar mehr denn je. Naomis Ausbruch zeigte nämlich ziemlich deutlich, dass der Sex für sie kein wirklicher Höhenflug gewesen war.

Nichts Besonderes.

Nett, bestenfalls.

Eben – okay.

Und das wiederum war doch nichts weiter als eine diplomatische Umschreibung für: *Sorry, Schätzchen, du warst nicht besonders.*

Andererseits: Was hatte Lenka hören wollen? Hätte Naomi sie anlügen sollen, auch wenn es ein gnädiger Schwindel gewesen wäre?

»Wieso«, unterbrach Naomi Lenkas Überlegungen, »hast du überhaupt gefragt? Ich meine, es ist ja schon eine legitime Frage, durchaus. Aber die Art, wie du gefragt hast, die war irgendwie . . . na ja, komisch.«

»Ich weiß auch nicht«, murmelte Lenka. »Es ist nur . . . währenddessen warst du irgendwie . . .« Sie suchte nach den richtigen Worten. »Es kam mir vor, als wärst du gar nicht so richtig da gewesen.«

»Und bei dem ganzen Strauß an Liebhaberinnen, die du in deinem erhabenen Alter von neunundzwanzig bereits gehabt hast, kannst du das natürlich beurteilen.«

Was, bitte schön, sollte das jetzt wieder heißen? War das eine blöde Anspielung auf Lenkas Alter, als kleine Rache für das Sezieren und Analysieren?

Aber wieso klang Naomi dann plötzlich so – konnte das sein? – verletzt?

»Willst du«, fragte Naomi jetzt auch prompt zurück, »mir damit jetzt durch die Blume mitteilen, *ich* wäre schlecht?«

»Was?« Lenka setzte sich auf. »Wie kommst du denn auf so was?«

»Ach, verdammt noch mal!« Naomi drehte sich zur Seite und zog die Decke bis zum Kinn hoch. »Tut mir leid«, murmelte sie dann undeutlich unter der Decke hervor. »Die Frage ... galt eigentlich gar nicht dir. Ach, weißt du was? Vergiss es.«

Lenka begann so einiges zu ahnen. Und jetzt war Naomi diejenige, die eine Steilvorlage geliefert hatte. Also dachte Lenka gar nicht daran, »es« zu vergessen. Vielmehr war es jetzt an ihr, nachzufragen.

»Es geht um Janine«, sagte sie. »Du fragst dich immer noch, warum sie dich abserviert hat, stimmt's? Und jetzt zweifelst du sogar schon an deinen Qualitäten im Bett. Du fragst dich, ob es daran lag, dass du es nicht bringst. Tja, und ich könnte dir jetzt natürlich sagen, dass du es sehr wohl bringst. Aber weißt du was? Weißt du, was ich dir gerade viel lieber sagen möchte?« Lenka stützte den Kopf in die Hand. »Es steht mir wahrscheinlich nicht zu, so etwas von mir zu geben. Und eigentlich hatte ich das auch nie vor. Aber so langsam hab ich das Gefühl: Deine kostbare Janine ist eine ziemliche Idiotin, wenn sie eine Frau wie dich einfach sitzen lässt.«

Naomi drehte sich wieder zu ihr um und schob ihr kleines Kinn über die Decke hinweg.

»Meinst du das ernst?«

»Ja, das meine ich ernst«, rief Lenka impulsiv. »Auch wenn ich die Idiotin vielleicht lieber zurücknehmen sollte. Wie gesagt: Ich weiß nicht, was bei euch los war. Und ich hab kein Recht, Janine zu verurteilen. Schließlich kenne ich sie gar nicht. Also verbuche das Kompliment für dich und vergiss die Beleidigung in Janines Richtung, okay?«

»Sehr faire Einstellung«, meinte Naomi. »Sag mal, woher weißt du denn überhaupt ihren –« Dann dämmerte es ihr. »Ach, klar! Von Miles! Stimmt's?«

Lenka lächelte schief. »Der Kerl kann einfach nichts für sich behalten.«

»Na ja.« Naomi zuckte die Achseln. »Dazu hat er ja auch keinen Grund. Und auch keine explizite Order.«

»Oh«, sagte Lenka.

Es machte Naomi also nichts aus, dass Miles ihr von Janine erzählt hatte? Naomi kannte Miles doch erst seit ein paar Tagen. Und ganz egal, warum sie ihm von Janine erzählt hatte, musste sie damit rechnen, dass die Geschichte irgendwie die Runde machte und um ein paar Ecken auch wieder bei Lenka landen würde …

»Was, oh?«, fragte Naomi jetzt.

»Nichts«, sagte Lenka schnell.

Naomi musste nicht alles wissen. Sie musste nicht wissen, dass Lenka sich gerade fragte, ob Naomi die Geschichte vielleicht ganz bewusst an Miles weitergegeben hatte, *damit* sie irgendwann wieder bei Lenka landete.

Nein, Miles, du kannst mich nicht haben, ich bin 'ne Lesbe. Oh, und wo wir gerade dabei sind: Sag Lenka, sie kann mich auch nicht haben. Ich bin zwar 'ne Lesbe, aber vergeben. An Janine in Amsterdam …

Zwei Fliegen mit einer Klappe.

Unabhängig davon, ob die Geschichte stimmte. Freundin – Exfreundin …

So oder so: Lenka sollte sich bloß keine falschen Hoffnungen machen.

Aber das tat sie ja auch gar nicht. Warum in aller Welt glaubten eigentlich alle, ihr immer und immer wieder unter die Nase reiben zu müssen, dass eine Beziehung mit Naomi nicht drin war? Das hatte sie doch längst kapiert, verdammt!

Sah sie, grübelte Lenka besorgt, denn wirklich schon so verzweifelt aus …?

»Willst du mir von ihr erzählen?«, hörte sie sich plötzlich fragen.

»Von Janine?«

Lenka nickte.

Naomi hob zweifelnd die Brauen. »Ich denke, du willst das gar nicht wissen? Zu viele Informationen und so. Hast du doch selbst gesagt.«

Lenka musste lächeln. »Zu viele *ungefragte* Infos. Jetzt sind es erfragte Infos. Erwünschte also. Das ist etwas total anderes.«

»Ach so.« Naomi lächelte dünn. »Na schön«, meinte sie dann. »Du hast es nicht anders gewollt. Tja, wo fange ich da bloß an …?«

Janine.

Janine, 21, Studentin in Sachen Management.

Sie war Naomis erste und bislang einzige große Liebe gewesen – und würde das, zumindest nach Naomis aktueller Auffassung, auch bis in alle Ewigkeit bleiben.

Dabei war ihre ganz persönliche Lovestory nicht ohne Irr- und Umwege abgelaufen. Theoretisch kannten sie sich seit der siebten Klasse – und hatten einander lange nicht ausstehen können. Naomi fand Janine eingebildet, und Janine hielt Naomi für eine Streberin erster Güte. Das Einzige, was die beiden von einer offenen Feindschaft abgehalten hatte, war die Tatsache, dass sie unterschiedliche Klassen besuchten, glücklicherweise nie in denselben Sportkursen landeten und auch nie die gleiche AG ausgewählt hatten. Kein Wunder: andere Temperamente, andere Interessen.

So vergingen die ersten Jahre ihrer Bekanntschaft ohne wirkliche Berührungspunkte. Und wenn sie sich doch mal zufällig auf dem Schulflur begegneten, dann rümpften beide die Nase und marschierten hocherhobenen Hauptes aneinander vorbei.

Die zehnte Klasse verbrachte Janine auf Schüleraustausch in Lateinamerika, und eigentlich bekam Naomi kaum mit, dass sie weg war. Ihr fiel bestenfalls auf, dass sie in der Schule mit weniger Naserümpfen auskam.

In der elften Jahrgangsstufe wurden die bisher bestehenden Klassenverbände aufgelöst und neu strukturiert. Außerdem kam Janine aus Lateinamerika zurück – und landete prompt in Naomis Klasse.

Ein Jahr, stellten die beiden jungen Frauen fest, machte eine Menge aus. Es veränderte einen Menschen manchmal grundlegend. Oder besser gesagt: Es half einem, die eigenen Gefühle besser zu sortieren. Im frühen Teenageralter waren beide noch etwas unsicher gewesen, wo sie hingehörten. Jetzt bestand kein Zweifel mehr: Sie gehörten zueinander, und sonst zu niemandem.

Während der folgenden drei Jahre waren sie unzertrennlich. Sie überstanden alles: von einem etwas dramatischen Coming-out bei Janines Familie bis hin zu blöden Kommentaren diverser Mitschüler. Insgesamt hielten die Sticheleien sich aber in Grenzen, und da sowohl Janine als auch Naomi gut in ihre Freundeskreise integriert waren, dauerten die kleinen Spitzen nur etwa so lange, wie sie beide als Pärchen eine Neuigkeit waren. Bei der Fluktuation, die in einem Jahrgang voller Spätpubertierender in Sachen Liebes- und Trennungsgeschichten herrschte, waren das höchstens anderthalb Wochen. Dann kriselte es bei Benny und Chantal. Parallel dazu fing Jessica zum nunmehr dritten Mal etwas mit Klaas an. Und in den Zeiten der Führerscheinprüfungen stand sowieso immer irgendwer im Verdacht, etwas mit diesem schicken, jungen Fahrlehrer am Laufen zu haben, der sich an jedes Mädchen ranmachte, sofern sie nicht zum Davonlaufen hässlich war …

Wie auch immer: Die Romanze zwischen Janine und Naomi war schnell wieder out. Und sie hatten ihre Ruhe.

Das Abitur brachte sie beide an den Rand eines Nervenzusammenbruchs. Trotzdem bestanden sie beide – Naomi sogar mit einer Eins vor dem Komma. Janine dagegen brachte es mit Ach und Krach gerade mal auf eine wacklige Drei. Und wenn man aufrundete, war es eine glatte Vier.

Dennoch: Eigentlich hätte das der Punkt sein müssen, an dem sie beide gemeinsam durchstarten konnten. Raus von zu Haus, rein in die große weite Welt. Ab ins Studentenleben. Die erste gemeinsame Wohnung. Nächte durchtanzen – oder ganz einfach zu Hause bleiben und kuscheln.

Und eigentlich hatten sie das auch vor. Nur standen ihnen dabei dummerweise ein paar Äußerlichkeiten im Weg.

Ihnen beiden war klar, dass Janine mit ihrem Notenschnitt nicht ganz so frei in der Wahl ihres Studienganges und ihrer Uni war wie Naomi.

Naomi wurde überall genommen. Janine kassierte eine Ablehnung nach der anderen.

Naomi war das egal. Sie war bereit, Abstriche zu machen und sich bei der Wahl ihrer eigenen Uni nach Janine zu richten – selbst wenn das bedeutete, ins Ausland zu gehen. Denn etwas anderes als ein privat finanziertes Studium in den Niederlanden war für Janine nicht drin. Zumindest nicht, wenn sie ihrem Ziel, irgendwann im gehobenen Management zu sitzen, nach wie vor treu bleiben wollte. In den Niederlanden war man gnädiger mit dem Notenschnitt, und außerdem erfüllten die Unis auch immer eine gewisse Quote an Studenten aus dem Ausland. Viele junge Leute mit einem eher mäßigen Abi wichen auf diesen Weg aus und schummelten sich auf diese Weise an den strengeren deutschen Richtlinien vorbei – und sich selbst in ihren Traumberuf. Warum auch nicht? So hatte Naomi schon damals gedacht – und das tat sie nach wie vor. Amsterdam war in Ordnung. Hauptsache, sie und Janine waren zusammen.

Doch genau das sollte zu einem Problem werden. Denn während Naomi – ohne angeben zu wollen, wie sie betonte – grandiose Noten vorlegen konnte, fehlte es ihr für das Projekt Amsterdam an etwas ganz Entscheidendem: nämlich an dem Nötigen zwischen Daumen und Zeigefinger. Studieren im Ausland war teuer. Allein um sich überhaupt in den Niederlanden einschreiben zu dürfen, war ein Konto notwendig, auf dem man eine stattliche Summe deponieren musste. Dazu kamen Studiengebühren, Miete und Kaution und natürlich die normalen Lebenshaltungskosten.

Janines Vater war Bauingenieur und ihre Mutter Ärztin. Die hatten kein Problem, die erforderlichen Summen locker zu machen.

Naomis Vater arbeitete als Techniker bei den Stadtwerken, und ihre Mutter, von Haus aus Einzelhandelskauffrau, war seit einem Bandscheibenvorfall praktisch berufsunfähig. Wie Naomi es auch drehte und wendete, und so sehr sie auch hin und her rechnete: Im Moment war Amsterdam finanziell für sie einfach nicht machbar.

Also hatten sie und Janine einvernehmlich beschlossen, dass Janine erst mal allein in die Niederlande ging. Naomi schrieb sich pro forma an einer deutschen Uni ein, wollte das Semester aber eigentlich nutzen, um jobben zu gehen und das nötige Kleingeld zu verdienen.

Ein Semester Fernbeziehung, das war auszuhalten. Dachte Naomi. Und sie wäre nicht im Traum darauf gekommen, dass Janine das grundlegend anders sah.

Janine ging also nach Amsterdam.

Naomi blieb in Deutschland.

Und dann, etwa zwei Monate später, hatte Janine Schluss gemacht.

So täte es weniger weh, hatte sie behauptet. Lieber ein Ende mit Schrecken als ein Schrecken ohne Ende, wie es so schön hieß.

Naomi hatte geheult. Sie hatte geschrien, geflennt, geflucht und gebettelt. Sie war Janine sogar nachgereist, hatte mitten in Amsterdam vor deren niedlichem, kleinen Apartment gestanden. Und wieder hatte sie geheult, geschrien, geflucht, geflennt und gebettelt. Vor allem hatte sie Janine unter Tränen gefragt, was dieser Mist denn bitte schön sollte?

»Du musst deinen eigenen Weg gehen«, hatte Janine gesagt.

»Ich dachte, es wäre, verdammt noch mal, *unser* Weg«, hatte Naomi dagegengehalten.

Es sei aber besser so, hatte Janine ihr erklärt – und ebenfalls zu weinen begonnen. Sie beide hatten eine gewisse Vorstellung von ihrem künftigen Leben. Und keine Beziehung hielt es auf Dauer aus, wenn die eine für die andere zurücksteckte.

»Aber es muss doch gar keiner zurückstecken«, hatte Naomi verzweifelt argumentiert. »Du machst dein Ding, ich mache meins – aber dafür muss man sich doch nicht trennen.«

»Nenn mir eine Beziehung, die eine solche Distanz ausgehalten hat«, hatte Janine gesagt. »Über so viele Kilometer und eine Landesgrenze hinweg.« Dann hatte sie wieder angefangen mit den üblichen Floskeln: *Ich werde mein Leben haben, du deins, lass es uns beenden, bevor es zu schmerzhaft wird . . . blablabla . . .*

Naomi hatte erneut geweint. Sie hatte erneut geschrien, geflucht und gebettelt.

Janine hatte auch geweint.

Sie hatten sich gegenseitig die bittersten Dinge an den Kopf geworfen, hatten sich unter Tränen entschuldigt, hatten sich auf dem Fußboden von Janines noch nicht fertig eingerichtetem Apartment geliebt, hatten wieder gestritten und wieder geweint. Doch alle Tränen hatten nichts erreicht. Janine blieb bei ihrem Standpunkt: Es ginge so einfach nicht, und eine Trennung sei die einzige Möglichkeit. Also war Naomi irgendwann, völlig am Ende und total fertig mit den Nerven, wieder nach Hause gefahren. Sie war in »ihr Leben« zurückgekehrt – und wollte eigentlich nur noch sterben.

»Tja«, meinte Naomi. »Und den Rest kennst du.«

Ja. Den Rest kannte Lenka.

Bloß: Was genau war das? Der *Rest . . .?*

»Zumindest«, meinte Lenka, »erklärt das so einiges.«

»Einiges«, bestätigte Naomi. »Aber nicht alles.«

»Was meinst du?«

»Das hier zum Beispiel.« Naomi rückte enger an Lenka heran und schmiegte sich an sie. Ihren Körper hatte sie immer noch fest in die Decke gewickelt. Lenka erahnte ihre Formen durch die dicken Daunen hindurch nicht einmal. Doch sie spürte die glühende Wange an ihrer Schulter, und Naomis Haare kitzelten sie im Gesicht.

»Nein«, sagte Lenka und kraulte die nussfarbenen Strähnen gedankenverloren. »Das hier erklärt es wirklich nicht.«

»Tja, wie auch immer«, murmelte Naomi. »Jedenfalls ist mein Ego ziemlich angeknackst, seit ... na ja, du weißt schon. Ich bin echt empfindlich geworden. Wahrscheinlich reagiere ich deshalb auch so allergisch, wenn ich das Gefühl hab, du schaust mir bei der Arbeit zu genau auf die Finger. Und – also wegen vorhin, als du es mir gemacht hast – da hattest du ganz recht: Ich war nicht so richtig da. Aber«, setzte sie schnell hinzu, noch bevor Lenka Gelegenheit hatte, etwas zu sagen, »das ist nicht deine Schuld, okay? Ich meine – du warst gut! Scheiße, verdammt, du warst sogar ziemlich gut. Aber ich ...« Sie brach ab.

Und Lenka begriff. Für Naomi hatte sich das Ganze wie Verrat angefühlt. Wie ein Verrat an Janine.

Obwohl sie getrennt waren. Obwohl Janine diejenige war, die Schluss gemacht hatte. Die Sache war einfach noch zu frisch. Für Naomi war es noch lange nicht erledigt.

Emotional nicht, im Kopf nicht – und körperlich offensichtlich auch nicht.

»Lenka?« Naomi hob den Kopf.

»Hm?«

»Ich muss dir was sagen. Aber du musst mir versprechen, nicht sauer zu sein.«

»Warum sollte ich auf dich sauer sein?«

»Na ja, weil ...« Naomi zögerte. »... weil ich vorgetäuscht habe.«

»Scheiße!« rief Lenka. »Das ist nicht dein Ernst, oder?«

Naomi wich ihrem Blick aus. »Du hast mir versprochen, nicht sauer zu sein!«

»Ich bin doch nicht sauer. Ich bin nur ...« Lenka griff sich an den Kopf. »Himmel, Arsch und Zwirn! Warum *machst* du so was?«

»Ich dachte, sonst wärst du enttäuscht.« Naomi saugte ihre rechte Wangentasche ein und nagte darauf herum. »Tja«, meinte sie schließlich und lächelte zerknirscht. »Sieht aus, als hätte ich euch beide betrogen, Janine *und* dich.«

Diese Sichtweise missfiel Lenka. Und noch viel mehr missfiel es ihr, mit dieser Janine in einen Topf geworfen zu werden.

»Am allermeisten hast du doch dich selbst betrogen, meinst du nicht?«, stellte sie fest. »Hör mir mal zu, Kleine: Tu so was nie, *nie* wieder! Weder bei mir noch bei sonst jemandem! Hast du verstanden?«

»Ja.« Naomi rutschte noch tiefer unter die Decke, nur ihre großen Augen waren noch zu sehen. »Gehst du jetzt?«

»Das musst du mir sagen. Möchtest du, dass ich gehe und –«

– und nie wieder herkomme ...?

»Nein«, sagte Naomi so schnell, dass Lenka gar keine Zeit hatte, den Satz zu Ende zu bringen. »Nein! Ich will, dass du bleibst.«

»Okay.« Lenka legte die Arme um Naomi und zog sie fest an sich.

Naomi kicherte leise. »Irgendwie landen wir zwei immer wieder an diesem Punkt, was? Wir liegen gemeinsam im Bett – und wenigstens eine von uns kommt sich wie eine Idiotin vor.«

»Ja. Irgendwie schon.« Lenka musste lächeln. »Wie auch immer: Hauptsache, du weißt morgen früh noch, wer ich bin.«

»Morgen früh«, sagte Naomi, »schmeiß ich dich nicht raus, versprochen. Morgen werde ich dich wachküssen. Großes Ehrenwort. Vorausgesetzt ...«

»Vorausgesetzt was?«

»Dass ich nicht verschlafe.«

Lenka lachte leise und drückte Naomi noch ein wenig fester an sich. »Dann wünsche ich dir wundervolle Träume, Süße.«

»Ja, ich dir auch.«

Kapitel 8

Am kommenden Morgen wurde Lenka zwar nicht wachgeküsst, dafür aber von Kaffeeduft geweckt. Allerdings war es kein besonders reichhaltiges Aroma, wie sie sofort feststellte. Und der Geschmackstest bestätigte das.

»Instant«, stellte sie fest und verzog das Gesicht.

»Was hast du erwartet?«, gab Naomi ungerührt zurück. »Hey, ich bringe dir immerhin den Kaffee ans Bett. Aber es wäre ein klein bisschen viel verlangt, dass ich auch noch bis ganz nach Kolumbien laufe und dir beste Hochlandbohnen mit nach Hause bringe, natürlich von mir persönlich gepflückt, geröstet und gemahlen. Ich würde zwar eine ganze Menge für dich tun, liebste Lenka, aber wir wollen mal nicht den Blick für die Verhältnismäßigkeiten verlieren, stimmt's?«

Liebste Lenka ...?

Ich würde eine Menge für dich tun ...?

Hatte Naomi das gerade wirklich gesagt, oder träumte Lenka bloß noch? Sie war sich ganz und gar nicht sicher. Also war es vielleicht das Beste, gar nicht darauf einzugehen.

»Du hättest«, meinte sie leichthin, »auch einfach zum Supermarkt gehen können.«

»Ah, die Dame hat Ansprüche.« Naomi hüpfte aufs Bett und flegelte sich lässig neben Lenka hin. »Aber bei euch Künstlern ist das wohl so. Übrigens«, sie hob erwartungsvoll die Brauen, »hast du mich heute Nacht wieder gemalt?«

»Was?« Lenka rieb sich verwirrt die Augen. »Du meine Güte, lass mich doch erst mal wach werden ...«

Sie hatte mal davon gehört, dass jeder Mensch ein bestimmtes Beuteschema hatte und damit auch einen ganz bestimmten Typ als Partner bevorzugte, selbst wenn dieser Typ eigentlich gar nicht zu ihm passte. Falls das stimmte, dann war sie selbst ganz offensichtlich dazu verflucht, immer wieder an eingefleischte Morgenmenschen zu geraten. Naomi sah nämlich bereits topfit und zu allem bereit aus. Ein sauberer Geruch nach Duschgel ging von ihr aus und übertünchte das fade Kaffeearoma. Sie trug einen Hausanzug, dessen achselfreies Hemdchen den Blick auf ihre weißen, muskulösen Arme freigab. Ihre Beine steckten in knallpinken Hotpants, die ihre Oberschenkel eher betonten als sie zu verhüllen. Das Snoopy-Motiv vorn auf dem Hemd war vielleicht eine Spur zu niedlich, passte aber irgendwie auch zu ihr. Naomi, stellte Lenka fest, war eine Frau, der so ziemlich alles stand: vom sportlich-schicken Ausgeh-Outfit bis hin zu süßer Schlabberklamotte. Sogar in der langweiligen Kino-Uniform sah Naomi zum Anbeißen aus.

Und nackt ... war sie natürlich erst recht nicht zu verachten.

Lenka rief sich insgeheim zur Ordnung und nahm noch einen Schluck Kaffee. »Tut mir leid, ich war mit den Gedanken woanders«, entschuldigte sie sich und ließ den Blick noch einmal anerkennend über Naomis Körper gleiten. »Wovon sprachen wir gerade?«

»Ich hab dich gefragt, ob du mich heute Nacht wieder gemalt hast.« Naomi strahlte sie an. »Beim letzten Mal hast du das nämlich sehr wohl getan. Ich hab das Bild gesehen.«

»Ach, das ...« Langsam sortierten sich Lenkas noch nicht ganz wache Gedanken, und damit kehrte allmählich auch ihre Erinnerung zurück.

Richtig. Sie hatte Naomi gezeichnet. Verewigt in ihrem Skizzenblock.

Naomi hatte das Bild also doch entdeckt. Lenka hatte sich schon gewundert, warum sie das Thema nicht schon beim letzten Mal angesprochen hatte, damals, als sie ihr den Block zurückgebracht hatte. Jetzt traf es Lenka ziemlich unvorbereitet, und irgendwie war ihr die Sache inzwischen auch ein bisschen peinlich. Nicht das Bild an sich. Sie fragte sich nur, was Naomi wohl gedacht haben mochte, als sie damals den Block aufgeschlagen und dann auf einmal in ihr eigenes Gesicht geblickt hatte – und warum sie es bisher mit keinem Wort erwähnt hatte.

»Wieso hast du das gemacht?«, fragte Naomi und wackelte mit dem Fuß. »Mich gemalt?«

Lenka gab sich alle Mühe, sich nicht allzu sehr von der wippenden Bewegung und vor allem von dem Muskelspiel in Naomis Oberschenkel ablenken zu lassen.

»Weiß nicht«, sagte sie, um etwas Zeit zu gewinnen.

Naomi hörte auf zu wippen. »Wie, du weißt es nicht?«

Herrje, dachte Lenka. Ob Leonardo da Vinci das gleiche Problem gehabt hatte? Diese neugierige Fragerei? Diesen Rechtfertigungszwang? Ob er sich auch ständig erklären musste, immer wieder gedrängt wurde, darzulegen, warum er die Mona Lisa gemalt hatte? Warum sie? Und warum ausgerechnet so und nicht anders?

Und vor allem: Hatten ihn diese Fragen auch in derartige Erklärungsnot gestürzt, wie es jetzt bei ihr der Fall war?

Außerdem hatten Herr da Vinci und Mona Lisa garantiert nicht miteinander ...

... ja, was?

Spaß gehabt ...?

Denn mehr war es ja im Grunde nicht, was zwischen ihr und Naomi lief. Laufen konnte ... solange Janine im Bett zwischen ihnen lag. Bildlich gesprochen.

»Spaß ...« Das Wort entschlüpfte Lenka schneller als beabsichtigt. Sie hatte den Gedanken eingefangen – und dann einfach ausgesprochen.

»Wie bitte?« Naomi runzelte die Stirn.

Lenka hätte sich am liebsten auf die Zunge gebissen. Aber jetzt konnte sie nicht zurückrudern.

»Ich hab dich aus Spaß gezeichnet«, erklärte sie und zuckte die Achseln. Sie würde sich, beschloss sie in einem Anfall von Stolz, keine Blöße geben. Naomi sah in ihr eine nette Ablenkung von ihrem Liebeskummer? Na schön – dann würde Lenka auch nicht mehr daraus machen. »Du bist hübsch«, setzte sie erläuternd hinzu. »Es macht Spaß, hübsche Dinge zu zeichnen.«

»Oh«, machte Naomi, und über ihre eben noch so fröhlichen Augen schien sich ein Schatten zu legen. »Verstehe.«

Hatte Naomi tatsächlich eine weniger nüchterne, eine romantischere Erklärung erwartet? Oder war sie, Lenka, gerade einfach nur zu hart gewesen? Wenn sie jetzt darüber nachdachte, klang die Aussage selbst in ihren eigenen Ohren ziemlich gleichgültig, beinahe wirklich wie eine Rechtfertigung. Also entschloss sie sich, die Sache ein bisschen abzuschwächen, der Situation die Kälte zu nehmen.

»Wenn ich«, setzte sie erneut an, »etwas sehe, das mir gefällt, dann hab ich einfach das Bedürfnis, es zu malen. Ist das so ungewöhnlich?«

Du bist hübsch.

Das war eine objektive Feststellung, ein Faktum.

Du gefällst mir.

Das war ein persönliches Statement.

Eines, mit dem Lenka etwas von sich preisgab, so viel war ihr klar. Vielleicht auch eines, das sie verletzlich machte. Aber das war okay. Denn wenigstens war es ehrlich.

Und die Ehrlichkeit schien sich zu lohnen. Bildete Lenka sich das ein – oder überzog sich Naomis Gesicht gerade wirklich mit einer ganz feinen Röte?

»Jedenfalls«, stellte Naomi nach einer Pause fest, die ein winziges bisschen zu lang war, »hast du echtes Talent. Warum machst du eigentlich nicht mehr daraus?«

Lenka wand sich unbehaglich, wie immer, wenn dieses leidige Thema aufkam. Sie hatte, stellte sie verdrießlich fest, offensichtlich eine Schwäche für Morgenmenschen, die ständig an ihr herumkritisierten.

»Talent ist nicht alles.«

»Sondern? Was braucht man denn noch?«

»Zum Beispiel Kontakte.«

»Und? Hast du Kontakte?«

Lenka wand sich noch mehr. »Sagen wir ... ich arbeite daran.«

»Ja? Wie das?«

»Herrje.« Lenka hatte keine Lust, die Sache weiter zu vertiefen. »Frag mich solche Sachen doch nicht vor dem ersten Kaffee.«

»Ausrede.« Naomi nickte mit dem Kinn zu der Tasse hin. »Du hast deinen Kaffee doch längst.«

»Ja, schon, aber ... ach, du weißt doch, was ich meine.«

»Ach so?« Über Naomis Gesicht zog sich das breite Teufelslächeln, das Lenka nun schon zur Genüge kannte. »Na, wenn das so ist, dann hab ich da eine Idee, wie ich dir das Aufwachen etwas erleichtern kann.« Damit schwang sie ein Bein anmutig über Lenka hinweg – und zog ihr mit einem Ruck die Decke weg.

»Was –?« Lenka keuchte, als Naomi mit geschmeidigen Bewegungen auf sie zugekrochen kam wie eine Katze, die sich ein Schälchen Milch erschmeicheln wollte. »Du kannst doch nicht –«

»Doch, ich kann.« Naomis Hand stahl sich zwischen Lenkas Knie und zwang sie mit sanftem Nachdruck auseinander. Mehr unbewusst als mit Absicht steuerte Lenka dagegen an und presste die Oberschenkel fest zusammen.

»Komm schon«, flüsterte Naomi und drückte die Wange an Lenkas Knie, während ihre Finger sanft über Lenkas Beine glitten. Lenka spürte die Gänsehaut, die sich genau an den Stellen bildete, an denen Naomis Finger sie liebkosten. Naomi beugte sich vor und begann, die Innenseite von Lenkas Schenkel zu küssen.

Fast reflexartig öffnete Lenka sich nun doch. Sie spreizte die Beine so schnell und so weit, dass es ihr fast peinlich war. Naomis leises Lachen drang an ihr Ohr, während Naomis Lippen sich weiter vortasteten und ihre Finger fortfuhren, mit minimalen Bewegungen maximale Wirkung zu erzielen. Lenka bewegte unwillkürlich die Hüften und registrierte beschämt, dass sie eine feuchte Spur auf dem Laken hinterließ.

Naomis Gesicht war jetzt nur noch wenige Zentimeter vor Lenkas Scham entfernt.

Lenka fühlte sich hilflos.

Ausgeliefert.

Auf eine Weise entblößt, die so ganz anders war als gestern Nacht. So öffentlich – beziehungsweise halböffentlich – die Sache im Treppenhaus auch gewesen war, so heimlich hatte sie stattgefunden. Naomi hatte sie überall berührt. Doch Lenka war sicher, dass Naomi nicht viel gesehen hatte, ja, dass sie nicht einmal die Absicht gehabt hatte, allzu genau hinzusehen.

Jetzt hingegen sah sie alles von Lenka. Sah, wie bereitwillig Lenka sich für sie öffnete. Sah die Feuchtigkeit zwischen ihren Beinen, die alles verriet, was Lenka mit Worten vielleicht noch hätte verbergen können. Und vor allem spürte sie, wie Lenka auf sie reagierte. Die kleinste Berührung ihrer Zunge hatte heftige Zuckungen und tiefes, kehliges Stöhnen zur Folge. Als Lenka noch einmal versuchte, sich unter Naomi hervorzuwinden, packte diese ihre Oberschenkel mit beiden Händen und vergrub zugleich ihr Gesicht zwischen ihren Beinen.

Lenka keuchte und krallte sich an ihrem Kissen fest.

Sie schloss die Augen, während Naomi sie weiter in diesem festen Griff hielt und ihre kleine, flinke Zunge gekonnt ihre Arbeit verrichtete. Verzweifelt bemühte sie sich, leise zu sein und den Schrei zu unterdrücken. Es gelang ihr nicht. Auch diesmal nicht ...

Mit einem breiten Grinsen hob Naomi den Kopf. Ihre Augen funkelten triumphierend.

Schon wieder ...

»Na?«, fragte sie und schmatzte mit den Lippen. »Jetzt ein bisschen munterer geworden?«

Lenka atmete schwer aus und wischte sich den Schweiß von der Stirn. »Von wegen. Jetzt bin ich tot.« Sie lächelte schwach, und Naomi grinste zurück.

»Solange du noch nicht ganz tot bist«, bemerkte sie, »meinst du, du schaffst es noch, dich aus eigener Kraft aus dem Bett zu erheben und meine Wohnung zu verlassen? Ich hab keinen Bock, eine Leiche zu entsorgen. Im Film sieht man doch immer, wie viel dabei schief gehen kann ...«

Lenka blinzelte. »Ich dachte, du wolltest mich heute früh nicht rausschmeißen.«

»Ich schmeiße dich auch nicht raus, Süße«, sagte Naomi entschieden. »Ich sorge nur dafür, dass du pünktlich zur Arbeit kommst. Beziehungsweise dass *wir* pünktlich zur Arbeit kommen. Denn wirklich früh ist es, nebenbei bemerkt, auch nicht mehr. Schau mal auf die Uhr!«

Lenka blickte auf den Wecker, der neben dem Bett stand – und erschrak.

Nicht mehr wirklich früh, das war eine ziemliche Untertreibung. Laut dem digitalen Display war es bereits nach halb zwei. Was wiederum bedeutete: In weniger als zwanzig Minuten begann die Nachmittagsschicht.

»Oh nein!« Lenka sprang aus dem Bett. »Wieso sagst du mir das erst jetzt?«

»Weil ich sonst alles verdorben hätte.« Naomi lächelte treuherzig. »Oder hättest du mich sonst noch mal rangelassen?«

Naomi und Lenka mussten rennen und trafen trotzdem fast zehn Minuten zu spät im Kino ein. Die folgende Schicht überstand Lenka dann nur mehr schlecht als recht, und das lag sicherlich nicht bloß daran, dass sie außer ein paar Schlucken billigen Instantkaffees nichts im Magen hatte. Eigentlich hätte sich dieses Problem ganz leicht lösen lassen; Lenka hätte sich nur an der Snackbar bedienen müssen, an der sie heute Dienst hatte. Aber auf diese Idee kam sie gar nicht. Mehr noch: Sie bemerkte nicht einmal, dass sie mit leerem Magen vor einer vollen Snacktheke stand.

Jedenfalls nicht, bis ihr der würzige Geruch von Maischips in die Nase stieg und ihr Magen mit vernehmlichem Knurren antwortete, so laut, dass Lenka schon befürchtete, die Kunden könnten es mitbekommen.

Dafür begann sie jedoch ganz allmählich zu begreifen, warum sie sich in letzter Zeit immer so auf die Arbeit gefreut hatte. Warum es ihr rein gar nichts ausgemacht hatte, sich Schicht für Schicht an der Theke die Beine in den Bauch zu stehen oder sich an der Kasse mit nervtötenden Besuchern herumzuschlagen.

Sie hatte sich gar nicht wirklich auf das Kino gefreut.

Sondern ...

Lenka sah zu Naomi hinüber, die auf der anderen Seite des weitläufigen Raumes an der Kasse saß, Karten abzählte, Geld entgegennahm und Wechselgeld herausgab. Wenn Lenka genau hinschaute, konnte sie sogar die kleine, rote Zungenspitze zwischen ihren Lippen hervorlugen sehen.

Was natürlich sofort einige Erinnerungen weckte. Lenka hoffte, dass sie nicht rot wurde, aus Gründen, die nur sie selbst kannte. Am Ende bezog irgendein Kunde das noch auf sich und seinen – fälschlicherweise vermuteten – Sexappeal.

Wenn hier überhaupt jemand Sexappeal hatte, dann ...

Schluss damit. Lenka ertappte sich schon wieder dabei, wie sie Naomi anstarrte. Daher zwang sie sich, den nächsten Kunden, einen jungen Mann mit dicker Hornbrille, besonders zuvorkommend zu bedienen. Er wollte Nachos mit Käsesauce. Die würde er bekommen, und ein extrabreites Lächeln von Lenka gab es noch gratis dazu – auch auf die Gefahr hin, dass der Typ es falsch verstand.

Immer schön freundlich sein.

Nicht ablenken lassen.

Aber Lenka konnte es drehen und wenden, wie sie wollte: Sie war total abgelenkt.

Was, verdammt noch mal, war letzte Nacht eigentlich passiert? Na schön, die Fakten lagen auf der Hand. Die nackten Tatsachen – welch wunderschönes Wortspiel – konnte man wohl kaum leugnen.

Aber: Was *genau* war da passiert?

Lenka rief sich den gestrigen Abend noch einmal in allen Details in Erinnerung. Sie hatte Naomi nach der Arbeit nach Hause begleitet. Dabei hatten sie geredet. Über nichts Besonderes eigentlich. Über den Job. Über das Kino im Allgemeinen. Darüber, dass sie beide eigentlich die kleinen Familienkinos viel lieber mochten und wie sehr sie es bedauerten, dass ebendiese Kinos nach und nach wegstarben. Dann hatten sie vor Naomis Haus gestanden.

Und plötzlich hatte Naomi gewollt, dass Lenka mit nach oben kam.

Sie hatte von Anziehung gesprochen. Davon, dass sie keinen vernünftigen Grund sah, dieser Anziehung nicht nachzugeben.

Und dann . . . war es eben passiert. Einfach so.

Lenka waren, selbst in diesem Moment der Verwirrung, einige Gegenargumente eingefallen, allen voran natürlich Janine in Amsterdam. Aber sie hatte sich davon nicht bremsen lassen . . . nicht bremsen lassen wollen? Können?

Naomi waren diese Gegenargumente erst hinterher eingefallen.

Nein: währenddessen. Während Lenka sich um sie gekümmert hatte.

Gekümmert . . .

War es das gewesen? Hatten sie sich einfach nur »umeinander gekümmert«?

Lenka hatte den Sex mehr als genossen.

Und Naomi? Naomi hatte . . . vorgetäuscht.

Na, besten Dank.

Es war nicht so, dass Lenka Naomis Gründe nicht nachvollziehen konnte, dass sie nicht verstand, warum Naomi im entscheidenden Moment den Kopf nicht freibekam. Dass ausgerechnet beim Sex Bilder von Janine heraufbeschworen wurden, war nur natürlich. Und dass diese Bilder sowie die Gefühle, die damit einhergingen, den See zwischen den Beinen einer Frau auch mal ganz schnell in die Wüste Sahara verwandeln konnten, das war ebenso nachvollziehbar.

Trotzdem nagte die Sache an Lenka. Der Vernunft halber nahm sie sich zwar zum nunmehr hundertsten Male vor, die Sache nicht allzu persönlich zu nehmen. Aber so funktionierte das auch nicht ... jetzt nicht mehr. Denn, so musste Lenka erkennen, inzwischen *wollte* sie es persönlich nehmen. Wenn es nämlich nichts Persönliches war, dann war die ganze Nacht unpersönlich gewesen. Dann war Lenka vollkommen austauschbar, und Naomi hätte auch eine x-beliebige andere mit sich aufs Zimmer nehmen können.

Was ja auch nicht das erste Mal gewesen wäre, fiel Lenka ein. Schließlich hatte Naomi sie bereits bei ihrer ersten Begegnung zum Sex aufgefordert.

Damals hatte Lenka es auf den Alkohol geschoben.

Und was, fragte sie sich, was war es diesmal? Naomi war gestern vollkommen nüchtern gewesen, das war mal sicher.

Also, worum war es dann gegangen?

Um Bestätigung?

Um den Versuch, sich trösten zu lassen?

Du meine Güte, meldete sich nach langer Zeit wieder einmal das Teufelchen auf ihrer Schulter. *Jetzt freu dich doch mal ein bisschen, statt permanent herumzugrübeln. Du kriegst Sex, und du kriegst deinen Orgasmus. Ist doch nicht dein Problem, wenn die Kleine frigide ist.*

Sie ist nicht frigide, widersprach das Engelchen. *Sie ist ...*

Ja, was war Naomi eigentlich?

Traurig? Geknickt? Mit einem gebrochenen Herzen geschlagen?

Zumindest Letzteres schloss Lenka aus, denn dafür agierte Naomi im Alltag eigentlich zu fröhlich, zu lebendig. Andererseits – der Eindruck konnte täuschen. Vielleicht war Naomi einfach nur eine gute Schauspielerin? Im Grunde kannte Lenka sie immer noch nicht wirklich. Woher sollte sie also wissen, was echt war, was zu Naomis Normalzustand gehörte und was nur Fassade war?

Im Grunde lag die Erklärung auf der Hand: Naomi war verlassen worden, und so was kratzte nicht nur das Herz an, sondern auch das Ego. Das hatte Naomi gestern ja selbst zugegeben, fast wortwörtlich sogar. Demnach war sie vermutlich vor allem darauf aus, sich wieder begehrt zu fühlen. Wenn ihre Janine sie schon abserviert hatte, so gab es doch andere Frauen, die Naomi durchaus begehrenswert fanden.

Vermutlich wollte Naomi sich also nur selbst etwas beweisen. Sich, der Welt – und am allermeisten, wenn auch vielleicht nur unbewusst, dieser verflixten Janine in Amsterdam …

Na?, stichelte da das Teufelchen plötzlich mit wissender Stimme. *Ist da etwa jemand eifersüchtig?*

Ist sie nicht, widersprach das Engelchen.

Ist sie doch!, beharrte das Teufelchen.

Ist sie nicht!

Bin ich nicht!, dachte Lenka energisch und hätte das um ein Haar laut gesagt.

»Ähm … junge Frau?«

Lenka schreckte auf und sah in das bebrillte Gesicht ihres Kunden. Um Himmels willen. Wie lange war sie so weggetreten gewesen?

»Ich hab Nachos mit Käsesauce bestellt«, bemerkte er jetzt. »Und nicht Käsesauce mit Nachos.«

Lenka sah auf ihre Hände hinunter. Sie hielt gerade den Zapfhahn für die Käsesauce gedrückt. Und das augenscheinlich schon seit einer ganzen Weile, denn die Sauce floss nicht nur über die Nachos, die praktisch schon darin ertranken, sondern inzwischen auch über den Rand der Schale, über ihre Hand, und tropfte sogar schon munter auf den Boden.

»Schei…benkleister«, stieß Lenka hervor und verkniff es sich gerade noch rechtzeitig, vor dem Kunden zu fluchen. »Tut mir leid. Sie bekommen selbstverständlich gleich eine neue Portion.« Fahrig wischte sie sich die Hände ab und machte sich daran, die Bescherung zu beseitigen. Der junge Mann musterte sie dabei gutmütig lächelnd.

»Schöne Grüße«, sagte er dann unvermittelt.

»Wie bitte?«

»An die Person, die gerade Ihre Gedanken beschäftigt.« Er zwinkerte Lenka lächelnd zu. »Ich hoffe, sie ist es auch wert.« Damit zog er, immer noch lächelnd, von dannen, in der Hand seine frischen Nachos mit Käsesauce.

Kapitel 9

Die nächsten zwei Tage verbrachte Lenka mehr oder weniger permanent in einem Zustand mittelschwerer geistiger Verwirrung, durch die ihr noch diverse weitere Missgeschicke passierten. Einmal flutete sie fast die gesamte Theke mit Cola light, zu Hause rutschte ihr beim Abwasch ihre Lieblingstasse aus der Hand und ging in Scherben, und zu allem Überfluss lief sie einmal völlig neben der Spur bei Rot über die Straße – und fast in ein fahrendes Auto hinein. Die Kollegen begannen schon hinter ihrem Rücken herumzurätseln, was denn bloß mit ihr los sei. Lenka hatte, so wurde getuschelt, doch sonst immer alles im Griff ...?

Lediglich Miles grinste nur, so, als wisse er mehr als alle anderen.

Tja, in diesem Fall wusste er auch mehr als Lenka selbst. Sie fühlte sich einfach nur konfus, wie in Watte gepackt – und auch ein wenig wie damals, als sie diese komischen Brownies gegessen hatte.

Dass Naomi ihrerseits so tat, als sei alles wie immer, machte die Sache nicht einfacher.

Wobei: Wieso eigentlich »so tat«? Aus Naomis Sicht *war* vermutlich alles »wie immer«. Sie hatten eine Nacht miteinander verbracht, hatten sozusagen den One-Night-Stand nachgeholt und diesmal – fast – alles richtig gemacht. Und damit war's das. An diese Sicht der Dinge würde Lenka sich vermutlich gewöhnen müssen.

Umso überraschter war sie, als Naomi sie am dritten Tag nach der Arbeit fragte: »Darf ich dich heute Abend entführen?«

Lenka kramte gerade in ihrem Spind herum, auf der Suche nach dem Portemonnaie. Jetzt zuckte sie dermaßen zusammen, dass sie sich um ein Haar den Kopf angestoßen hätte.

»Wie bitte?«

»Du liebe Zeit!«, rief Naomi aus, der Lenkas etwas zu heftige Reaktion nicht entgangen war. »Ich hab das nicht wörtlich gemeint. Im Grunde meinte ich: ausführen. Und im Endeffekt läuft's ohnehin auf dasselbe hinaus. Ich dachte nur, Entführung klingt spannender. Sorry, wenn ich damit dein zartes Nervenkostüm überlastet hab.«

»Hast du ja gar nicht«, brummte Lenka und bemühte sich, diesmal nicht rot zu werden.

»Also? Kommst du?« Naomi lächelte.

Und Lenka zögerte.

Was dachte sich Naomi eigentlich? Da tat sie tagelang so, als wären sie nichts weiter als gute Freundinnen – beziehungsweise schon eher so was wie gute Bekannte –, und dann kam sie plötzlich mit einer Einladung, Entführung, Ausführung – oder was auch immer?

»Fragst du mich«, sprach Lenka den Gedanken laut aus, »etwa nach einem Date?«

Naomi zuckte die Achseln. »Wenn du es so nennen willst ...?«

Na, besten Dank. Eigentlich hatte Lenka wissen wollen, wie Naomi es nannte – was ihr wiederum sehr geholfen hätte bei der Frage, wie *sie* es nennen musste.

»Ich weiß nicht ...«, murmelte sie. Obwohl eigentlich alles in ihr danach schrie, zu sagen: »Ja! Klar! Sofort! Jederzeit!« Aber wie sah das denn bitte schön aus? Als würde Lenka nur darauf warten, dass Naomi sie fragte, ob sie etwas unternehmen wollten ... so als hätte Lenka nichts anderes zu tun.

Was streng genommen ja tatsächlich stimmte. Es war nach wie vor nicht so, als ob in ihrer leeren Wohnung irgendetwas Spannendes auf sie wartete. Abgesehen vielleicht von ihrem PC und dem Skizzenblock. Die Inspiration war so ziemlich das Einzige, was Lenka im Moment absolut treu war. Immerhin eine feste Konstante inmitten von all dem Chaos.

Doch inspiriert werden konnte man überall, nicht bloß in den eigenen vier Wänden. Es sprach also eigentlich nichts dagegen,

den Abend außer Haus zu verbringen.
»Wohin soll's denn gehen?«, fragte Lenka.
Naomi zwinkerte. »Überraschung!«
Natürlich. Was denn auch sonst?

Also stiegen Lenka und Naomi nach der Schicht gemeinsam in die Bahn. Eigentlich, so hatte Lenka beim Umziehen gemeint, sei sie überhaupt nicht auf Ausgehen eingerichtet und ihr Outfit – das übliche einfarbige Top und die Girlfriend-Jeans – nur bedingt für eine solche »Entführung« geeignet. Naomi hatte nur gelacht und versichert, das mache überhaupt nichts. Trotzdem kam Lenka sich neben Naomi, die wieder einmal einen schicken, kurzen Rock und hohe Stiefel trug, ein bisschen underdressed vor.

Nachdem sie ein paar Stationen gefahren waren, stiegen sie in einem Teil der Stadt aus, den Lenka kaum kannte. Anschließend gingen sie noch ein paar Straßenzüge zu Fuß weiter – auch hier kam Lenka keine einzige Ecke, keine Bar und kein leuchtender Schriftzug auch nur ansatzweise bekannt vor. Sie fragte sich gespannt, was Naomi wohl mit ihr vorhatte, registrierte aber auch mit einem leisen Anflug von Beunruhigung, dass die Gegend hier insgesamt ein bisschen schäbig wirkte. Als sie jedoch etwas genauer hinsah, stellte sie fest, dass die Leute, die außer ihnen auf der Straße unterwegs waren, sie an das typische Publikum in ihrer Lieblingskneipe, dem *Touchdown,* erinnerten. Also war »alternativ« vielleicht eine passendere Beschreibung. Zumindest erklärte das, warum sich hier niemand um Lenkas nicht ausgehtaugliche Klamotten scherte, denn es kümmerte sich offensichtlich auch kaum jemand allzu sehr um seine eigenen. Naomis schlanke Beine, die durch die Stiefel noch mehr zur Geltung gebracht wurden, ernteten aber dennoch einige anerkennende Blicke. Lenka störte das nicht; im Gegenteil, es machte sie vor allem stolz.

Sie war mit Naomi unterwegs. Naomi war *ihr* Date.

Oder zumindest so was Ähnliches ...

Schließlich blieben sie vor einem Gebäude stehen, das – genau wie die ganze Gegend – auf den ersten Blick alles andere als vertrauenerweckend aussah: Es ging zunächst durch einen Torbogen in einen heruntergekommenen Innenhof, dann standen sie vor einem grauen Hinterhaus. Der Putz blätterte an mehreren Stellen, und dort, wo er noch einigermaßen intakt war, hatten sich Graffitikünstler mit ihren Spraydosen ausgetobt. Allerdings, so stellte Lenka mit Kennerblick fest, hatten besagte Sprayer weder Talent noch Handwerk besessen. *Mia93* hätte sicherlich einiges zu diesen Schmierereien zu sagen gehabt.

Naomi zog Lenka zum Eingang. Auf einem windschiefen Neonschild prangte der Schriftzug CAPITOL. Gelegentlich stand dort auch nur CAPI, der zweite Teil des Wortes flackerte unbeständig. Wahrscheinlich waren diese Buchstaben an einen anderen Schaltkreis angeschlossen, und der hatte einen Wackelkontakt.

»Was ist das hier?«, fragte Lenka misstrauisch.

»Wart's ab.« Naomi schien fest entschlossen, die Geheimniskrämerei bis zum bitteren Ende durchzuziehen.

Lenka fügte sich und folgte Naomi in den düsteren Gebäudeeingang. Sie durchquerten eine Galerie mit Schaukästen, in denen Plakate klebten, bunt, aber schon ein bisschen zerrissen. Da wurde Margaret Rutherford alias Miss Marple angepriesen, Marlene Dietrich als »Zeugin der Anklage«, Arielle, die Meerjungfrau, noch in der alten Synchronfassung, natürlich mit dem Oscar-prämierten Song »Unter dem Meer«, sowie Liz Taylor und James Dean als »Die Giganten«. Eine feuerrot gefärbte »Lola« rannte durch eine graue Straße, und Joan Fontaine kämpfte in Hitchcocks Klassiker als unscheinbare Mrs. de Winter gegen den übermächtigen Geist von »Rebecca« an.

Als eine Kasse in Sicht kam und der unverkennbare Geruch nach Popcorn ihr in die Nase stieg, begriff Lenka endlich.

»Ist das hier etwa ein ... Kino?«

Naomi grinste. »Erraten.«

Im Grunde wirkte das Ganze ein wenig widersinnig: Sie kamen aus dem Kino – um anschließend gleich wieder ins Kino zu gehen.

Das CAPITOL hatte jedoch keinerlei Ähnlichkeit mit ihrem Arbeitsplatz. Es verfügte nur über einen einzigen Vorführraum, und die Leinwand wurde durch einen Vorhang abgeschirmt, den man noch von Hand aufziehen musste. Hinten im Vorführraum gab es eine altmodische Bar. Man konnte per Knopfdruck nach dem Kellner rufen und bekam sein Getränk dann direkt an den Platz geliefert. Lenka stellte sich vor, wie es wohl wäre, wenn Miles unter diesen Bedingungen arbeiten müsste. Dem würde es sicher nicht gefallen, ständig hin- und hergescheucht zu werden, anstatt gemütlich hinter dem Tresen zu stehen und mit cooler Pose den Cocktailshaker zu schwenken. Es sei denn, die Bestellung käme von ein paar hübschen Mädchen. Aber in diesem Fall wäre sogar Lenka gern Hilfskellnerin ...

»Übrigens«, unterbrach Naomi ihre Gedanken, »hier machen sie sogar das Popcorn noch selbst. In der Variante süß. Nicht salzig. *Richtiges* Popcorn hat nämlich süß zu sein. Alles andere ist neumodischer Unfug.« Sie strahlte Lenka an. »Also bitte sehr: wie versprochen. Ein kleines, gemütliches Kino mit familiärer Atmosphäre. Du hast doch gesagt, du magst so was.«

»Na ja«, korrigierte Lenka, »eigentlich warst du diejenige, die das gesagt hat.«

»Ach, echt? Tja, ich hab eben Geschmack«, meinte Naomi und nahm zwinkernd Lenkas Hand. »Und?«, fragte sie erwartungsvoll. »Sag schon, wie findest du's?«

Lenka ließ den Blick noch mal schweifen, dann nickte sie anerkennend. »Nicht schlecht. Wirklich nicht schlecht.« Sie sah Naomi an. »Bist du öfter hier?«

»Schlechte Anmache, Süße.« Naomi knuffte sie scherzhaft und grinste. »Ganz ehrlich? Ist auch mein erstes Mal.«

»Wie jetzt? Du bist noch nie hier gewesen?«

»Nö.« Naomi lächelte. »Ich bin zufällig im Internet drauf gestoßen. Und da hab ich spontan an dich gedacht. Dahin, so ging es mir durch mein wirres Köpfchen, würde ich gern mit Lenka gehen. Tolle Erlebnisse sollte man mit tollen Menschen teilen, meinst du nicht?« Für einen Moment drückte sie Lenkas Hand fester.

Lenkas Herz hörte für eine Sekunde auf zu schlagen.

Doch ehe sie etwas erwidern konnte, wandte sich Naomi schon wieder von ihr ab und dafür dem Mann an der Kasse zu, der aussah wie ein in die Jahre gekommener Hippie. »Zwei Karten, bitte!« Ein erneutes Lächeln in Lenkas Richtung. »Für mich und meine Freundin.«

Freundin, hm?

Lenka seufzte resigniert. Was auch immer das nun wieder heißen mochte ...

Ein wirkliches Familienkino in Privatbesitz, erzählte Naomi, während sie gemeinsam in den Vorführraum schlenderten, war das CAPITOL allerdings nicht, jedenfalls nicht mehr. Vielmehr handelte es sich um eine Art Kulturinitiative, denn auch das Programm war eher auf Nischenfilme und alte Klassiker ausgelegt. Ein Haufen Filmstudenten von der Kunsthochschule hatte sich des maroden Ladens angenommen, als es wie viele andere Kleinkinos geschlossen werden sollte, nachdem sein letzter Besitzer in Rente gegangen war. Diese findigen Köpfe hatten flugs einen Verein gegründet und das CAPITOL wieder flottgemacht. Nun wurden an drei Tagen in der Woche Filme gezeigt, die kein anderes Kino mehr spielte oder überhaupt je gespielt hatte. Die Sache finanzierte sich selbst, unterstützt durch Spendengelder.

Feste Sitzplätze gab es nicht, und weil sie den Saal ohnehin fast für sich hatten, zogen Lenka und Naomi sich in den oberen Bereich zurück, von wo aus man besonders gut sehen konnte.

Der Film – auch hier hatte Naomi in Eigenregie entschieden – war in der Tat interessant, aber auch ein bisschen anstrengend: ein Episodenfilm, zusammengesetzt aus losen Erzählfäden, die scheinbar nichts miteinander zu tun hatten. Obendrein war es ein Original mit Untertiteln. Lenka mochte zwar ungewöhnliche Filme, aber Untertitel waren nicht ihr Ding; da war man mitunter derart mit Lesen beschäftigt, dass man der Story zwar folgen konnte, von den Bildern aber kaum etwas mitbekam. Und Lenka war viel zu sehr Künstlerin und somit zu visuell veranlagt, um das nicht als Verlust zu empfinden.

Außerdem war Naomi neben ihr, nach Parfum duftend und leise Popcorn kauend, ebenfalls ein ganz beträchtlicher Reiz für sämtliche Sinne ... den man aber nur schlecht heimlich anhimmeln konnte, wenn man ständig aufs Lesen konzentriert war.

Nach und nach zog die Geschichte Lenka jedoch trotzdem in ihren Bann – vor allem, als eine zarte Annäherung zwischen den beiden weiblichen Hauptpersonen mehr und mehr in den Fokus rückte. Zwar, dachte Lenka und musste grinsen, war keine von beiden Natalie Portman und weder so wandelbar noch so scharf wie diese, aber ganz hübsch waren die zwei Mädels dennoch.

Natürlich enthielt der Film auch eine Sexszene. Das gehörte ja irgendwie dazu. Doch es war sehr dezent, nichts allzu Offensichtliches, nichts Voyeuristisches. Lediglich ein paar Andeutungen, die keinen Zweifel daran ließen, dass die beiden Figuren Sex miteinander gehabt hatten: Nahezu unerwartet küssten sie sich – und in der nächsten Szene wachten sie nackt nebeneinander auf.

Zumindest für Lenka kam der Kuss ziemlich überraschend.

Genau wie Naomis Lippen, die sie dabei unvermittelt an ihrem Ohr spürte – so als hätte Naomi extra auf diese Szene gewartet, um loszulegen. Ihre Zunge strich über Lenkas Hals, dann fanden die Zähne ihr Ohrläppchen und knabberten zärtlich daran.

Lenka erschauerte.

Als Nächstes merkte sie, wie Naomis Hand sich zwischen ihre Beine stahl. Die kleinen Finger hantierten kundig mit dem obersten Knopf ihrer Jeans und machten sich dann am Reißverschluss zu schaffen.

»Nein ...«, flüsterte Lenka.

»Doch«, hauchte Naomi ihr ins Ohr. Ihre Hand glitt in die Öffnung und berührte Lenkas Slip.

Lenka keuchte heiser – und wurde sich eine Sekunde später erschrocken bewusst, wo sie sich befand. Sie packte Naomis Hand und hielt sie fest.

»Nein«, wiederholte sie, diesmal mit ziemlichem Nachdruck.

»Komm schon!« Obwohl Naomis Hand sich in Lenkas fester Umklammerung befand, spielten ihre Finger munter weiter. Sie drückten von außen gegen Lenkas Slip und fanden auch durch den Stoff hindurch ihren empfindlichsten Punkt. Lenka wimmerte leise und wand sich.

»Das sieht doch keiner«, gurrte Naomi.

»Na und?« Lenka verstärkte ihren Griff. »Ich will das nicht. Nicht hier!«

»Im Treppenhaus hat's dir doch auch gefallen.«

»Das hier ist aber kein Treppenhaus. Und es ist auch nicht nach Mitternacht. Also, bitte«, Lenka suchte Naomis Blick im

Dunkeln, »bitte, lass mich!«

Naomi schaute zurück, sagte aber nichts. Dann machte sie weiter.

Lenka schob ihre Hand so hart weg, dass Naomi aufschrie. »Au! Hey, was zum –«

»Psst«, zischte es ein paar Reihen vor ihnen.

»Na bravo«, meinte Naomi. »Jetzt hast du genau die Aufmerksamkeit, die du nicht wolltest.« Sie drehte sich brüsk um und wandte sich der Leinwand zu. Jedoch nicht, ohne abschließend zu bemerken: »Mach dir lieber jetzt gleich die Hose zu, bevor du's nachher noch vergisst. Das wird sonst nämlich wirklich peinlich.«

Die zweite Hälfte des Films zog wie eine Art Nebel an Lenka vorbei, eine sinn- und zusammenhanglose Aneinanderreihung von Bildern, Szenen und Untertiteln. Die Schrift wechselte viel zu schnell, als dass Lenka noch hätte folgen können.

Naomi schaute dagegen die ganze Zeit wie gebannt geradeaus und schien konzentriert bei der Sache zu sein.

Lenka überlegte, ob es ein Fehler gewesen war, Naomis Annäherungsversuch abzuweisen. Es war ja keineswegs so, dass sie nicht gewollt hätte. Ihr Schritt pochte immer noch, und sie wusste, auch ohne es überprüfen zu müssen, dass ihr Höschen durch und durch feucht war. Diese Tatsache konnte auch Naomi nicht entgangen sein.

Umso klarer musste ihr nun sein, dass es nicht Lenkas Körper war, der sie abgelehnt hatte. Sondern dass es eine reine Kopfsache gewesen war.

In einem Punkt hatte Naomi recht gehabt: Im Treppenhaus hatte es Lenka tatsächlich gefallen, trotz der Gefahr, entdeckt zu werden. Allerdings nicht unbedingt *wegen* dieses Risikos, wie Naomi ihr zu unterstellen schien.

Es sollte ja Leute geben, die darauf standen, auf diesen vielgerühmten Sex an außergewöhnlichen Orten. Lenka fand diese Alternative ab und zu auch ganz spannend, und Naomi war auch nicht die Erste, mit der sie es außerhalb eines Bettes getrieben hatte. Aber für Lenka bestand kein wirklicher Reiz in der Sache an sich. Was für die meisten Leute den eigentlichen Kick ausmachte, nämlich die Gefahr, dabei erwischt zu werden, oder es sogar genau darauf anzulegen, das schreckte Lenka eher ab.

Obwohl ... Irgendwie war die Treppenhaus-Episode schon ziemlich geil gewesen. Aber eben etwas völlig anderes als hier im Kino. Dort hatte Naomi sie nämlich erfolgreich davon überzeugt, dass die Chance – oder die Gefahr – des Entdecktwerdens praktisch gegen Null strebte.

Und hier ...?

Lenka sah sich um, nur der Neugierde halber. Ja, die meisten Leute waren wirklich weit genug weg. Der Typ, der vorhin zur Stille gemahnt hatte, saß etwa fünf Reihen vor ihnen, drehte ihnen also den Rücken zu. Er konnte sie vielleicht hören, aber er konnte nichts sehen. Im Saal war es dunkel, und der entscheidende Teil passierte ja eher unauffällig, hinter der Sessellehne.

Hörte man denn nicht immer wieder von Sex im Kino ...?

Wenn es darum ging, glaubte Lenka eigentlich eher an einen Mythos. Immerhin saß sie in Sachen Kino gewissermaßen an der Quelle. Auf der Arbeit hatte sie noch nie jemanden beim Sex erwischt und wusste auch nicht von einem solchen Fall. Was aber natürlich nicht bedeuten musste, dass es so etwas nicht gab. Vielleicht lag die Betonung ja tatsächlich auf *nicht erwischt* ...

Lenka lächelte sacht in sich hinein.

Ihre Hand tastete sich vor und legte sich auf Naomis schlanken Oberschenkel. Naomi drehte den Kopf nicht, doch Lenka registrierte bei einem raschen Blick auf Naomis Profil, dass sie lächelte.

Ermutigt fasste Lenka fester zu.

Nur, um prompt weggeschoben zu werden.

»Nicht jetzt«, flüsterte Naomi, den Blick starr auf die Leinwand gerichtet. »Jetzt wird's gerade spannend!«

Den restlichen Film über hielt Lenka ihre Hände im Zaum – und mit ihren Gedanken gelang ihr das erstaunlicherweise auch. Sie konzentrierte sich auf die Bilder, studierte die Untertitel und sah einfach zu. Einen wirklichen Spannungsbogen konnte sie jedoch nicht erkennen. Und außerdem nahm es mit den beiden Frauen kein gutes Ende. Die eine starb sogar aufgrund einer unglückseligen Verkettung von Umständen. Darüber war Lenka an sich nicht enttäuscht; sie gehörte nicht zu den Menschen, die immer zwingend ein gutes Ende erwarteten – sofern das Ende zum Rest der Geschichte passte. Aber die hier gezeigte tragische Entwicklung wirkte auf sie eher künstlich und konstruiert. Echte Begeisterung konnte Lenka für diesen Film jedenfalls nicht aufbringen.

Ganz im Gegensatz zu Naomi. Die blieb noch während des gesamten Abspanns sitzen und lächelte verzückt. Da sie somit den Ausgang aus der Sitzreihe versperrte, musste Lenka gezwungenermaßen auch sitzen bleiben.

Sie wurde zunehmend grummelig, denn sie musste eigentlich dringend zur Toilette.

Schließlich, nachdem endlich der letzte Schriftzug von der Leinwand verschwunden und der Schlussakkord verklungen war, stieß Naomi Lenka an.

»Komm, lass uns los!«

Klar, dachte Lenka, und inzwischen kochte es bereits in ihr. *Wie immer du wünschst, Prinzessin.*

Auf der Straße plapperte Naomi fast ohne Pause. »Und? Was sagst du? Hat sich gelohnt, oder? Ich war ja anfangs ein bisschen skeptisch. Aber ich hab von dem Regisseur schon eine Menge gehört. Und siehe da, es ist sogar ein Film für uns gewesen. Ein bisschen lesbisches Beiwerk, das wusste ich vorher gar nicht. Aber auch nicht zu reißerisch, oder? Ich mag das ja gar nicht, wenn in den Filmen zu viel gezeigt wird, das hat immer so was Aufdringliches. Aber nun ja, wie sagt man so schön? Sex sells, und Lesbensex wohl erst recht. Trotzdem: Ich fand es klasse, wie sich die Erzählfäden nach und nach zusammengefügt haben. Am Anfang hab ich mich echt gefragt: Was will der Regisseur mir eigentlich sagen? Aber dann ergab plötzlich alles einen Sinn. Obwohl – das Ende mochte ich nicht. Viel zu traurig. Na ja, aber –«

»Ich bin nicht dein Spielzeug«, hörte Lenka sich auf einmal sagen. Sie hatte diese Äußerung nicht wirklich geplant, aber es musste einfach raus.

Naomi blieb abrupt stehen und drehte den Kopf ruckartig in ihre Richtung. »Was?«

»Ich sagte«, wiederholte Lenka mit mühsam unterdrückter Wut, »ich bin nicht dein Spielzeug!«

»Ja«, nickte Naomi. »Mit meinen Ohren ist alles in Ordnung, danke. Ich hab dich schon verstanden. Ich hab es nur nicht kapiert.«

»Ich bin es leid«, knurrte Lenka, »dass es immer nur nach deinen Launen geht. Du willst ausgehen – ich soll mitkommen. Du hast Lust auf Sex – und ich soll springen. Du willst vögeln – ich soll bereitstehen. Du willst es im Treppenhaus tun? Ich soll mitmachen. Du willst es im Kino – und wirst zickig, wenn es nicht so läuft, wie du dir das vorstellst. Du willst die Regeln bestimmen. Du bestimmst, wann, wie und wo wir Sex haben – oder auch, dass wir keinen haben. Ich habe keine Chance, auch mal die Initiative zu ergreifen. Und wenn ich es doch tue, dann weist du mich ab. Du agierst – ich reagiere. Sag mal, ganz ehrlich: Interessiert es dich überhaupt, was *ich* will?«

Naomi starrte sie mit großen Augen an. »Hey! Was ist denn auf einmal los?«

Lenka war immer noch wütend. Aber plötzlich auch auf eine unerklärliche Weise traurig. »Ich ... weiß auch nicht. Ach, Scheiße!« Sie spürte, wie ihr die Tränen kamen, und das war so ziemlich das Letzte, was sie jetzt gebrauchen konnte.

Naomis Augen weiteten sich noch mehr. Sie trat rasch an Lenka heran. »Lenka! Mensch, Süße, was hast du denn?«

»Nichts«, murmelte Lenka bockig und wischte sich mit dem Handrücken übers Gesicht. Sie wusste nur zu gut, wie albern und unglaubwürdig das wirken musste. Also hatte es wenig Sinn, Naomi weiterhin eine Souveränität vorzuspielen, die sie nicht besaß. »Es ist nur ... weißt du, ich komme einfach nicht an dich heran. Ich hab das Gefühl, da ist irgendwo ein Sperre. Zuerst lässt du mich ganz nah zu dir – und dann machst du plötzlich dicht. Bis hierher und nicht weiter. So, als ob da irgendwo eine Tür zufällt. Das tut einfach weh, weißt du? Und ich ... ach, verdammt noch mal! Ich weiß nicht mal, warum mir das so wehtut!«

Naomi musterte Lenka ganz schockiert. »Wow ...«, murmelte sie. Dann, einer spontanen Eingebung folgend, drückte sie Lenka an sich. »Tut mir leid«, flüsterte sie, das Gesicht in Lenkas Mantel geschmiegt. »Das ... ist mir nicht bewusst gewesen. Echt nicht.«

Natürlich nicht. Wie sollte es auch? Lenka wusste ja selbst nicht, was da gerade in ihr vorging.

»Hör zu«, flüsterte Lenka, »ich weiß, dass du an Janine denkst. Und ich bilde mir auch gar nicht ein, dass ich ... ich meine, dass wir –« Sie sprach den Satz nicht zu Ende. Teils aus Verlegenheit, teils aus falschem Stolz – und nicht zuletzt deswegen, weil sie einfach nicht wusste, wie sie ihn beenden sollte. Sie setzte noch einmal an: »Ich weiß, dass ich keinen Platz in deinem Leben habe. Und nur, dass wir uns da nicht missverstehen: Ich beanspruche auch gar keinen.«

Das war heraus, bevor Lenka darüber nachdenken konnte, dass sie damit vielleicht gerade das genaue Gegenteil von dem aussprach, was sie eigentlich meinte. Aber das spielte jetzt auch keine Rolle mehr: Es war gesagt und ließ sich nicht mehr zurücknehmen.

Sinnlos, darüber zu grübeln.

Sinnlos, zu bedauern.

»Aber nur, damit das klar ist«, fuhr sie fort. »Ich hab keine Lust darauf, dass du mich bloß in Treppenhäusern oder in Kinos befummelst, weil du im Bett immer an deine ach so tolle Janine denken musst.« Der letzte Satz hatte einen bitteren, ja, einen geradezu zickigen Unterton. Doch auch das war jetzt nicht mehr zu ändern. War ja auch egal ... Jetzt, wo Lenka ihr Inneres derart offengelegt hatte, machte diese kleine Blöße, der kleine Kratzer an der Fassade auch keinen Unterschied mehr.

Sie spürte, wie Naomis Körper zuckte. Weinte sie?

Nein ... Naomi – *lachte!*

Doch es war kein boshaftes Lachen. Es war ein viel feineres, zartes Geräusch. Naomi lachte Lenka nicht aus. Sie lachte, so wie man gutmütig über ein Kind lacht, das sich in etwas verrannt hat.

»Du meine Güte«, flüsterte Naomi und drückte ihr Gesicht an Lenkas Wange. »Da hat aber jemand gerade zwanzigmal um die Ecke gedacht. Du glaubst echt, ich lasse dich nicht in mein Bett, um dich nicht in mein Leben zu lassen? Herrje, wo hast du das denn gelesen?«

Lenka hob skeptisch den Kopf. »Du meinst, da ist nichts dran?«

»Absolut nicht. Und, Lenka-Süße, lass dir eines gesagt sein: Wer immer dein Psychologe ist – du solltest ihn feuern. Im Ernst!«

Jetzt musste auch Lenka lächeln, obwohl sie eigentlich nicht wollte.

»Aber ich bin kein Spielzeug«, wiederholte sie, nur noch mal zur Sicherheit.

»Spielzeug?« Naomi lächelte. »Aber natürlich nicht, liebste Lenka! Du bist meine Ma'am!« Sie hakte sich bei Lenka unter. »So, und jetzt lass uns zu mir gehen. Falls«, setzte sie schnell hinzu, »du auch Lust hast.«

»Ja«, sagte Lenka heiser. »Und ob ich Lust habe.« Sie legte Naomi den Arm um die Taille und zog sie eng an sich. »Mein Gott, und ich dachte schon, du fragst nie.«

Kapitel 10

Und ...?«, fragte Naomi gedehnt und küsste Lenka zuerst auf den Hals und anschließend auf die Nasenspitze. Lenka öffnete gierig die Lippen, und die kleine Jelly-Bohne fand den Weg aus Naomis Mund in den ihren.

»Na?«, fragte Naomi und leckte sich die Lippen. »Wonach schmeckt die?«

Lenka seufzte genüsslich. »Nach dir.«

»Menschenskinder!« Naomi schnalzte tadelnd mit der Zunge. »Das hier ist ein hochwichtiges Experiment. Ein bisschen mehr Ernsthaftigkeit, bitte.«

Nun, falls das wirklich ein Experiment war, dann eines unter erschwerten Bedingungen. Lenka lag nämlich auf Naomis Bett. Natürlich nackt. Naomi hatte zwei Seidenschals aus einer Schublade gezaubert, mit dem einen Lenkas Augen verbunden und mit dem anderen sanft ihre Hände gefesselt. Lenka hatte das zuerst nicht gewollt, doch Naomi hatte ihr so behutsam »Vertrau mir« ins Ohr geflüstert, dass Lenka sich schließlich doch ergeben hatte und Naomi tun ließ, was immer sie vorhatte.

Nämlich besagtes Experiment. Bei dem es vornehmlich darum ging, den Geschmack von Jelly-Beans einzuordnen.

Während der Arbeit hatte Naomi immer wieder fasziniert die Jelly-Beans-Automaten umkreist. Sie hatte verfolgt, wie die Besucher sich daraus bedienten, hatte sogar einige Leute frei heraus angequatscht und gefragt, welche Sorte die beste wäre – bis Lenka sie dezent darauf hingewiesen hatte, dass es vielmehr Aufgabe des Personals war, den Gästen besagte Bohnen aufzuschwatzen. Und zwar indem man ihre Vorzüge anpries, anstatt die Kundschaft darüber auszufragen, worin diese Vorzüge genau bestünden.

Aber wie sollte sie das denn machen, hatte Naomi mit großen Augen gefragt, wenn sie keine Ahnung hatte, welche Geschmacksvariante besonders lecker war?

»Ist doch egal«, hatte Lenka gemeint. »Die schmecken sowieso alle gleich.«

»Ach, echt?« Naomi hatte Lenka skeptisch angesehen – und dann die Jelly-Beans etwas enttäuscht betrachtet.

Weil sie sich allerdings nicht mit Informationen aus zweiter Hand abfinden wollte, hatte sie sich selbst eine große Tüte der bunten Bohnen für den Abend besorgt und diese ganz dreist ins CAPITOL geschmuggelt – wo sie ihren Plan allerdings völlig vergessen hatte. Irgendwo, auf halbem Wege nach Hause, hatte sie dann zufällig in ihre Tasche gegriffen und die Packung wiedergefunden.

»Ah«, hatte sie gesagt. »Da war ja was.«

Naomi hatte bezüglich der Geschmacksrichtungen eine Theorie entwickelt, basierend auf ihrem eher bruchstückhaften Wissen aus der Ernährungspsychologie: »Ich hab mal von einem Experiment gelesen, da hat man Kindern zwei Sorten Pudding angeboten. Der eine war braun, der andere gelb. Den braunen haben die Kleinen durch die Bank als Schokopudding identifiziert, während sie den anderen für Vanille hielten. In Wirklichkeit schmeckten beide Puddingsorten genau gleich, sie waren nur anders eingefärbt. Und weil die Kleinen nun mal gelernt haben, dass Schokopudding immer braun und Vanille immer gelb zu sein hat, sind sie prompt drauf reingefallen. Mit anderen Worten: Ihre Augen haben ihre Geschmacksnerven verarscht.«

Vielleicht, glaubte Naomi, traf das ja auch auf die Jelly-Beans zu. Vielleicht schmeckten die in der Tat alle gleich, und die verschiedenen Farben gaukelten den Geschmacksnerven lediglich verschiedene Geschmacksempfindungen vor? Nach dem Muster: Gelb = Zitrone; Rot = Erdbeere; Grün = Waldmeister ...

Naomi hatte vorgehabt, in der Dunkelheit des Kinosaales, wo die unterschiedlichen Farben nicht zu erkennen waren, ein bisschen mit den Bohnen zu experimentieren; nur für den Fall, dass sich nicht andere interessante Dinge ergaben, die mit Lenka zu tun hatten. Und ebendieses Experiment wollte Naomi jetzt nachholen – und gleich mit interessanten Dingen Lenka betreffend verbinden.

Und so fand sich Lenka gefesselt, blind und nackt auf dem Bett wieder und wurde von Naomi mit Jelly-Beans gefüttert. Wobei Naomi übrigens ebenfalls nackt war. Das hatte Lenka zuerst lediglich am Rascheln von Kleidung gehört, aber nun spürte sie außerdem Naomis warmen, weichen Körper auf ihrem – was die Sache mit dem Geschmacksrichtungen-Erraten natürlich nicht gerade erleichterte.

»Und was ist das?«, fragte Naomi jetzt.

»Zitrone?«

»Falsch. – Und das?«

»Erdbeer?«

»Nein, Ananas. – Und das?«

»Das ist jetzt aber Erdbeere!«

»Quatsch. Waldmeister. – Und das?«

»Wieder Waldmeister. Ja, genau! Schmeckt ein bisschen wie Maibowle.«

»Tja, tut mir leid, Süße, hab dich reingelegt. Waldmeister war kein einziges Mal dabei.«

»Nee, oder?«

»Doch. So, Ma'am.« Naomi klatschte gebieterisch in die Hände. »Jetzt noch mal ein paar Minuten Konzentration, bitte! Sonst wird das nichts. Also, was haben wir hier?«

Lenka grinste, als sie anstatt des erwarteten Bonbons plötzlich eine von Naomis Brustwarzen zwischen ihren Lippen spürte.

»Du scheinst eine Sache nicht begriffen zu haben«, stellte sie schmatzend fest, während sie den Nippel vorsichtig mit den

Zähnen umfasste. »Wirklich solide Testergebnisse unterliegen gewissen Kriterien. Und eines davon besagt, dass ein Experiment immer wieder von beliebigen Leuten unter den gleichen Umständen wiederholt werden kann und trotzdem die gleichen Ergebnisse liefert.«

»Hmm-hmm«, machte Naomi und schmiegte ihre Brüste noch enger an Lenkas Gesicht. »Und?«

»Ich meine«, murmelte Lenka und schnappte etwas mühsam nach Luft, »dass ich mir nur schwer vorstellen kann, dass andere Leute dieses Experiment hier *genau so* wiederholen.«

»Nicht? Ach, Mist.« Naomi zog sich von Lenka zurück. »Dann war die ganze Mühe umsonst? Okay, dann hören wir besser auf.«

»Hey!« Lenka hob den Oberkörper und versuchte vergeblich, Naomis Brüsten mit den Lippen zu folgen, doch ihre Zunge haschte ins Leere. »So hab ich das nicht gemeint.«

»Ich aber schon.« Lenka spürte, wie Naomi sich erneut über sie schob. Und auf einmal fand sie sich vollständig unter ihr begraben wieder. Naomi hatte sich einfach breitbeinig vor ihr Gesicht gesetzt.

Genauer gesagt: auf ihr Gesicht.

»Erst die Arbeit«, murmelte Naomi und seufzte zufrieden. »Dann das Vergnügen. Und wenn die ganze Arbeit sowieso sinnlos ist, tja, dann können wir uns ja gleich den Vergnügungen widmen. So, Ma'am. Dann erzähl doch mal.« Sie drückte Lenka ihren triefnassen Schritt ins Gesicht. »Wonach schmeckt das? Und lass dir Zeit mit der Antwort.«

Diesmal, dachte Lenka hinterher, hat sie nicht vorgetäuscht. Sogar ganz eindeutig nicht. Zu deutlich waren die Zuckungen der Schenkel gewesen, zu unkontrolliert die Bewegungen, als Naomi angefangen hatte, ihre Hüften zu bewegen, ihre Öffnung Lenkas Zunge entgegenzudrängen. Und einen so heiseren Lustschrei hatte Lenka bislang nicht einmal in einem Pornofilm gehört.

»Na?«, fragte sie, als sich eine völlig verschwitzte Naomi auf sie herabsinken ließ. »Wie war ich?«

»Phänomenal«, hauchte Naomi. »Dieses Experiment müssen

wir dringend wiederholen. Und zwar genau so und nicht anders.«

Es dauerte noch eine Weile, bis Naomi so weit wiederhergestellt war, dass sie zu etwas anderem in der Lage war als zu stöhnen, zu zittern und leise zu kichern. Und danach ließ sie es sich natürlich nicht nehmen, Lenka weiterhin gefesselt liegen zu lassen, so lange, bis diese ebenfalls rundum befriedigt war.

Da!, schoss es Lenka durch den Kopf. *Sie tut es schon wieder. Sie bestimmt schon wieder die Regeln ...*

Aber sie ließ es geschehen. Das hier war wohl kaum der rechte Zeitpunkt, um sich zu beschweren. Herumzumäkeln, während man gerade sanfte Fesselspielchen genoss und die Zunge eines hübschen jungen Mädchens zwischen den Beinen hatte, das wäre nun wirklich Jammern auf allerhöchstem Niveau.

»Siehst du?«, sagte Naomi hinterher, als sie sich an Lenka schmiegte und die Bettdecke über sie beide zog. »Ist schließlich doch noch ein schöner Abend geworden. Meinst du nicht?«

»Klar.« Lenka lächelte und pustete ein paar von Naomis Haaren beiseite, die ihr ins Gesicht geraten waren. »Es war von Anfang an ein schöner Abend. Ich hatte nur ... zwischenzeitlich ...«

»Pst.« Naomi legte ihr den Finger auf die Lippen. »Sag einfach nichts mehr, okay?«

»Okay.« Lenka schwieg. Etwa eine Sekunde. »Ich fand den Film übrigens auch toll«, flüsterte sie dann, weil sie mit einem Mal das Bedürfnis hatte, ihrem Wutanfall von vorhin ein bisschen seine Schärfe zu nehmen. »Hast du gut ausgesucht, Süße, im Ernst. Nur das Ende«, schränkte sie dann ein, »das war tatsächlich doof. Warum musste die Geschichte denn so tragisch ausgehen?«

Naomi zuckte die Achseln. »Weil die besten Liebesgeschichten immer tragisch enden. Scheint ein ungeschriebenes Gesetz zu sein.«

Lenka schluckte trocken. Ihr Magen krampfte sich plötzlich zusammen.

»Tja, dann«, sagte sie, und es war mehr eine Frage als eine Feststellung, »ist es ja gut, dass wir keine haben. Keine Liebesgeschichte, meine ich.«

»Haben wir nicht?«, fragte Naomi prompt zurück. »Nein«, beantwortete sie ihre Frage nach einer Weile selbst und kuschelte sich dichter an Lenka. »Wir beide haben einfach nur Spaß zusammen.«

Aha, dachte Lenka. So sah Naomi das also.

Keine Liebesgeschichte.

Bloß Spaß . . .

Ja. Warum auch nicht? Wahrscheinlich war es so am besten.

Denn was man nicht hatte, das konnte man nicht verlieren.

Und was es gar nicht gab, das konnte auch nicht tragisch enden.

Kapitel II

Naomis Prognose sollte sich bewahrheiten: Sie und Lenka hatten Spaß zusammen.

Sie hatten sogar jede Menge Spaß.

Sie unternahmen alles Mögliche, vom Spaziergang im Grünen über Shoppingtouren bis hin zu gemütlichen Abenden mit Fernsehen und Knabberzeug. Wenn sie Lust zum Ausgehen hatten, machten sie Kneipen, Bars und Partys unsicher. Manchmal trafen sie dabei auch Bekannte, vor allem alte Schulkameraden von Naomi, die genau wie sie in derselben Stadt hängengeblieben waren. Und wenn jemand sie fragte, was sie so machten, dann antworteten sie immer nach demselben Muster.

Naomi: »BWL!«

Lenka: »Grafikdesign!«

Und dann unisono: »Aber nicht praktizierend!« Anschließend lachten sie sich halbtot über die dummen Gesichter der anderen.

Ab und zu verirrten sie sich auch auf eine Studentenfete. Solche hatte Lenka seit Jahren nicht mehr besucht. Das war mit dem Tag vorbei gewesen, als Corinna ihr Diplom bekam und dafür ihren Studentenausweis abgeben musste. Und sobald Corinna einen festen Job gefunden hatte, gab es für sie ohnehin kein wirkliches Partyleben mehr. Eigentlich hatte Lenka das seinerzeit nichts ausgemacht, doch jetzt entdeckte sie die Freude daran sehr schnell wieder – nur musste sie dabei leider auch entdecken, dass sie ziemlich aus der Übung war. Während Naomi nach einer durchzechten Nacht taufrisch aus den Federn sprang, brauchte Lenka oft einen ganzen Tag und mehr als ein Aspirin, um sich zu erholen.

»Ich werde alt«, jammerte sie und zog sich die Bettdecke über den Brummschädel.

»Quatsch«, meinte Naomi. »Du bist nur nicht in Form.«

Das entsprechende Trainingsprogramm, verordnet von Naomi persönlich, war recht simpel: mehr Party, mehr Drinks, mehr Sex, weniger Schlaf.

Es hätte wahrlich schlimmer sein können.

Bei der Arbeit hatten Lenka und Naomi bereits bewiesen, dass sie ein gutes Team bildeten – und im Bett waren sie bald noch ein viel besseres. Nach einer Weile kannten sie den Körper der jeweils anderen genau, wussten, was die andere mochte, wussten um die heimlichen erogenen Zonen, kurz gesagt: Sie hatten ziemlich schnell raus, wie sie einander um den Verstand vögeln konnten.

Manchmal verbrachten sie mehrere Tage ausschließlich miteinander (und einen guten Teil davon im Bett), dann wiederum beschränkte sich ihr Kontakt auf die Arbeit, und sie sahen sich nur dann, wenn sie zufällig die gleiche Schicht hatten. Keine Fragen, keine Verpflichtungen.

Sie sprachen nie über Gefühle und schon gar nicht über die Zukunft – zumindest nicht die Art von Zukunft, die weiter als drei Kalendertage entfernt war. Und Lenka fand das okay. Sie machte sich keinerlei Gedanken mehr darüber, wie man das nennen sollte, was sie und Naomi miteinander teilten. Überhaupt: Warum mussten die Dinge immer einen Namen haben? Warum musste immer alles in ein Schublade gesteckt werden?

Affäre klang zu unverbindlich.

Beziehung wiederum viel zu verbindlich.

Und irgendwie traf beides nicht richtig zu. Für eine reine Fickgeschichte, wie es in der Vulgärsprache so schön hieß, waren sie einander viel zu nah – und für eine echte Beziehungskiste noch lange nicht nah genug. Am ehesten, dachte Lenka, könnte man es als *Freundschaft plus* bezeichnen. Oder *friends with benefits* – wieder so ein neumodischer Amerikanismus, der Lenka nicht sonderlich gefiel.

Also blieb es dabei: Warum unbedingt eine Bezeichnung, eine Definition finden? Warum nicht einfach genießen, was man hatte? Warum allzu viel darüber nachdenken? Vor allem über die Dinge, die man *nicht* haben konnte? Denn eine richtige Beziehung mit allem Drum und Dran, das war Lenka klar, konnten sie für den Moment vergessen. Naomi hing immer noch an Janine. Zumindest hing sie dem Traum nach, den sie und Janine gemeinsam geträumt hatten. Janine hatte jahrelang zu Naomis Leben gehört, sie war ihre erste große Liebe gewesen. Und auch wenn Janines Verhalten – abhauen und dann Schluss machen – total mies und außerdem durch und durch egoistisch gewesen war (inzwischen schämte Lenka sich solcher Gedanken nicht mehr, oder höchstens noch ein bisschen), so erwartete Lenka trotzdem nicht, dass Naomi all das so schnell vergaß. Sie wollte auch nicht, dass Naomi sich ihre Beziehung im Nachhinein schlechtredete. Wenn man drei Jahre mit jemandem zusammen gewesen war, dann konnte in dieser Zeit ja nicht alles völlig daneben gewesen sein, oder? Zumindest waren das Lenkas Empfindungen in Bezug auf Corinna und die fünf Jahre, die sie beide miteinander geteilt hatten.

Was Corinna betraf, so machte sich Lenka keinerlei Illusionen mehr: Das war vorbei. Es war bereits vorbei gewesen, noch ehe sie sich getrennt hatten. Ihre Beziehung hatte in der letzten Zeit nur noch aus Gewohnheit bestanden. Sie hatten beide an etwas Bewährtem festgehalten, weil sie Angst vor dem Ungewissen hatten. Wenigstens diese Erkenntnis hatte Lenka aus ihren nächtlichen Grübeleien gewonnen.

Corinna und sie: Das hatte sich erledigt.

Bei Naomi und Janine war das anders. Die Wunde war noch zu frisch, der Traum zwar zerplatzt, aber noch nicht wirklich ausgeträumt.

Und deshalb wollte Lenka gar nicht, dass Naomi Janine vergaß. Irgendwann vielleicht, klar – aber jetzt noch nicht.

Denn wenn es Naomi dermaßen leichtfallen würde, Janine und alles, was sie geteilt hatten, alles, was sie einander einmal bedeutet hatten, in den Wind zu schießen – dann würde das nur bedeuten, dass ihre Gefühle wankelmütig und ohne wirklichen Tiefgang waren. Wer sich so leicht von jemandem abwenden konnte, der wandte sich auch viel zu schnell jemand Neuem zu.

Lenka war nach wie vor nicht ganz sicher, ob sie Naomi wollte, und wenn ja, auf welche Weise. Aber sie wollte es auf jeden Fall nicht – so. Das wäre zu einfach und somit nicht wirklich wertvoll. Falls Naomi eines Tages freiwillig zu ihr kam und sich offen zu ihr bekannte, als Partnerin und nicht nur als Fickfreundin, dann sollte es eine bewusste Entscheidung sein. Doch Lenka wollte keine Zwischenstation sein, an der Naomi sich parkte, bis sie genug um Janine getrauert hatte, um sich dann nach etwas Besserem umzusehen.

Oder *jemand* Besserem.

Wenn sie mit ihren Überlegungen an diesem Punkt angekommen war, musste Lenka sich regelmäßig sagen: *Hör auf zu grübeln! Hör auf zu hoffen! Und hör vor allem auf, zu viele Gefühle in dieses Mädchen zu investieren. Das geht nur schief. Ganz im Ernst: In so kurzer Zeit gleich zweimal verlassen zu werden, das verkraftest du nicht.*

Erstaunlicherweise gelang es Lenka ziemlich gut, ihre Gedanken im Zaum zu halten. Wenn das Grübelkarussell ansprang, dann stürzte sie sich mit Feuereifer in die Arbeit. Weniger an der Kinokasse als vielmehr in der Kunst, ihrem eigentlichen Element. Die Inspiration ließ sie nach wie vor nicht im Stich, und im Moment brachte sie pro Tag mindestens ein bis zwei Bilder zum Abschluss.

Ihre persönliche Seite bei *you.and.meART* wurde regelmäßig mit neuen Motiven bestückt, und die Resonanz war nicht die schlechteste.

Bloß *Mia93* war natürlich nicht um einen kleinen Seitenhieb verlegen. Aber wenn das nicht der Fall gewesen wäre, stellte Lenka fest, dann hätte ihr schon beinahe etwas gefehlt.

»Na?«, stichelte ihre alte Hassfreundin auf Lenkas Pinnwand herum. *»So viel neues Zeug am Start? Bist du im Schaffensrausch, oder was? Denk dran: Van Gogh hatte auch so was, und was hat es ihm ge-*

nützt? Der hat zeit seines Lebens nicht mehr als ein einziges Bild verkauft – und obendrein den Verstand verloren und sich in einem Anfall von Wahnsinn ein Ohr abgeschnitten. Und du? Wie viele Bilder hast du schon für Geld unters Volk gebracht? Ich höre.«

Lenka nahm es diesmal locker und reagierte nicht auf diese Provokation. Doch im Stillen dachte sie sich: Wow! Ein Vergleich mit Vincent van Gogh, einem der ganz Großen in der Kunstszene? Nicht schlecht. Damit hatte diese Mia ihr, ohne es zu merken, ein beachtliches Kompliment gemacht.

Oder – *war* das hier möglicherweise sogar Mias Art, Komplimente zu machen? War es am Ende ganz bewusst und mit Absicht geschehen?

Wie auch immer.

Was Mias Frage anging: Natürlich hatte Lenka bislang noch kein einziges Bild unter die Leute gebracht, jedenfalls nicht für Geld. Das hatte der gute Vincent ihr eindeutig voraus, so ehrlich musste man sein. Andererseits: Sie, Lenka, hatte noch beide Ohren, was zumindest in ästhetischer Hinsicht eindeutig ein Vorteil war. So gesehen war das Konto fast wieder ausgeglichen.

Außerdem gab es etwas, das *sie* wiederum Vincent voraus hatte, und zwar ganz entschieden. Der hatte nämlich hauptsächlich Landschaften gezeichnet. Die Inspiration für seine besten und berühmtesten Bilder war die Natur gewesen.

Lenkas Inspiration hieß – Naomi.

Und sie war überzeugt: Naomi als Muse, kombiniert mit van Goghs überragendem Talent, das hätte den guten Vincent unter Garantie schon zu Lebzeiten steinreich gemacht – und dann hätte er vielleicht auch seinen Verstand und beide Ohren behalten.

Lenka war nicht steinreich und rechnete auch nicht damit, es jemals zu werden. Aber sie war glücklich – und, was ihre Kunst betraf, zumindest im Reinen mit sich selbst.

Sollte Mia doch maulen, so viel sie wollte. Lenka war viel zu zufrieden, um sich davon angegriffen zu fühlen.

Gelegentlich bedrängte Naomi Lenka übrigens regelrecht, noch einmal für sie Modell stehen zu dürfen. Manchmal ließ sich Lenka darauf ein, manchmal aber auch nicht. Zumindest was diesen Punkt betraf, ging es ausnahmsweise nicht nach Naomis Nase.

Lenka war die Künstlerin. Und alles, was die Kunst betraf, bestimmte sie ganz allein.

Eines Tages saßen Naomi und Lenka gerade gemütlich in einem Straßencafé und debattierten über die Vorzüge, die ein Latte macchiato gegenüber einem Milchkaffee hatte. Da fiel plötzlich ein Schatten auf sie.

»Hi!«, sagte eine Stimme, die Lenka nur allzu gut kannte. Immerhin hatte sie über fünf Jahre lang mit dieser Stimme zusammengelebt.

Naomi sah zuerst auf. »Hi!«, sagte sie und lächelte Corinna freundlich an.

Na super, da traf die Exfreundin auf die ... nun ja, was auch immer Naomi war. Lenka sah von einer zur anderen. »Corinna!«, zwang sie sich dann hervorzustoßen, etwas zu überschwänglich vielleicht, und merkte an ihren schmerzenden Mundwinkeln, dass sie offenbar hysterisch lächelte. »Du hier! Na, so eine Überraschung ...«

Überraschung? Von wegen. Du checkst doch genau, was hier läuft, oder, Corinna? Falls du also für 10 Cent Menschenkenntnis hast, dann checkst du auch, dass du störst. Und wenn du auch nur einen Funken Anstand besitzt, dann verziehst du dich, aber ein bisschen plötzlich ...

»Setz dich doch«, meinte Naomi genau in diesem Moment und klopfte zu Lenkas Entsetzen auf den noch freien Stuhl an ihrem Tisch.

Nein, dachte Lenka. *Nein!*

Doch zu ihrem noch viel größeren Entsetzen sagte Corinna: »Klar. Warum nicht.«

Warum nicht?

Darum nicht!

Verdammt, ich hab's dir doch gesagt: Für die Freundschaftsnummer ist es noch zu früh. Und für die Exfreundin-lernt-potentielle-neue-Freundin-kennen-Nummer erst recht.

Lenka versuchte, Corinna durch Blicke, Gesten und vor lauter Verzweiflung sogar auf telepathischem Wege zu verstehen zu geben, dass sie sich auf sämtliche freien Plätze setzen durfte, die das Café, die Stadt, das Land und die Welt zu bieten hatten, nur eben nicht auf *diesen* Stuhl an *diesem* Tisch. Aber entweder hatte sich mit ihrer Beziehung auch die Fähigkeit der wortlosen Verständigung in Luft aufgelöst, oder Corinna ignorierte Lenkas stumme Botschaften mit voller Absicht. Jedenfalls saß sie nun, wo sie saß: auf dem einzigen Stuhl auf der Welt, wo sie nicht sitzen dürfte.

Zuerst herrschte verlegenes Schweigen, bei ihnen allen.

»Tja«, sagte Corinna schließlich.

»Hm«, machte Naomi.

Lenka sagte nichts.

»Und sonst so?«, fragte Naomi.

»Muss ja«, antwortete Corinna.

Lenka sagte noch immer nichts. Sie wünschte sich nur, der Erdboden würde sich auftun und einen von ihnen verschlingen. Egal wen.

Naomi schielte zu Corinna hinüber. Corinna schielte zurück. Doch es war, wie Lenka zu ihrer Verwirrung feststellte, keineswegs der Blick, mit dem sich zwei Rivalinnen musterten. Sondern ...

»Hm?«, fragte Corinna und hob die Brauen.

»Na?«, meinte Naomi und prustete plötzlich los. »Sollen wir es ihr sagen?«

»Jetzt schon?«

»Warum nicht?«

»Na, wo bleibt denn da der Spaß?«

»Moment mal«, schaltete Lenka sich ein. »Was sollte man wem sagen?«

»Na, wir dir!«, entgegnete Naomi und kicherte erneut.

»Wie, wir – ich meine, ihr? Was –« Dann fiel bei Lenka der Groschen. »Sekunde mal! Ihr beide ... kennt euch?«

Naomi und Corinna sahen sich an.

»Wie man's nimmt«, meinte Corinna.

»Irgendwie schon«, räumte Naomi ein.

»Also«, erklärte Corinna dann, »falls du jetzt einen Catfight erwartest, frei nach dem Motto: eifersüchtige Ex gegen nicht weniger eifersüchtiges Betthäschen, dann müssen wir dich leider enttäuschen.«

»Wer ist hier wessen Betthäschen?«, brauste Naomi auf.

»Na, wer wohl?«, gab Corinna grinsend zurück.

»Moment mal, Moment mal! Auszeit!« Lenka starrte von einer zur anderen und hatte mehr und mehr das Gefühl, es mit einem eingespielten Team zu tun zu haben und keineswegs mit zwei Personen, zwischen denen sie das einzige Verbindungsglied war. »Würde mich bitte irgendwer mal aufklären?«

»Wer denn?«, fragte Corinna. »Die Ex oder das Betthäschen?«

Die Situation klärte sich schließlich auf recht simple Weise. Naomi und Corinna kannten sich nicht wirklich. Sie waren einander nur schon begegnet und hatten sich dabei auch gleich erkannt – als das, was sie eben waren.

»Exfreundin«, wiederholte Corinna und tippte sich an die Brust.

»Betthäschen.« Naomi strahlte Lenka an.

Die zwei, so berichteten sie, waren sich an jenem Morgen über den Weg gelaufen, nachdem Lenka und Naomi in der Bar aufeinandergetroffen waren. Zur selben Zeit, als Corinna an besagtem Tag bei Lenka vorbeigeschaut hatte, um ein paar alte Sachen zu holen, war Naomi auf dem Weg zu ihr gewesen, im Gepäck den vergessenen Skizzenblock, eine Tüte Brötchen und ein furchtbar schlechtes Gewissen.

Die beiden Frauen waren im Eingangsbereich aufeinandergestoßen. Naomi hatte gesehen, wie Corinna sich mit der vollen Kiste mühsam durch die Tür quälte, und hatte ihr selbige hilfsbereit aufgehalten. Sie hatten sich mit einem kurzen »Danke« – »Keine Ursache« – »Bis dann« – »Ja, tschüss« verabschiedet. Dann hatte Naomi, einer plötzlichen Eingebung folgend, Corinna aufgehalten und gefragt: »Hey, warte mal! Kennst du eine gewisse Lenka?«

»Ja«, hatte Corinna gemeint und dann etwas unbedacht hinzugefügt: »Da komm ich grad her.«

Naomi hatte die volle Kiste beäugt. Dann Corinna. Und wieder die Kiste.

»Aha«, hatte sie gesagt.

»Aber jetzt«, hatte Corinna hastig versichert, »bin ich weg.«

»Ach so«, hatte Naomi gemeint. »Na, gut zu wissen.«

Dann hatten sie sich eine Weile still gemustert. Schließlich hatte Naomi auf die Klingel gedeutet.

»Ähm … macht's dir was aus, wenn ich jetzt zu ihr –?«

»Nein.« Corinna hätte gern beide Hände gehoben oder mit den Schultern gezuckt, als Geste des Großmuts und der Gleichgültigkeit. Nur leider erwies sich beides mit einer schweren Kiste in beiden Händen als etwas schwierig. »Geh nur.«

Also war Naomi gegangen. Und hatte sich aus dem, was sie bereits wusste, und dem, was Lenka durch die Sprechanlage herausgesprudelt hatte, den Rest zusammengereimt.

»Tja«, meinte Naomi abschließend. »So war das.«

»Genau«, bestätigte Corinna. »So war das.«

Lenka saß da und blickte noch immer verwirrt von einer zur anderen. Im Grunde müsste sie ja jetzt froh sein. Immerhin gingen Naomi und Corinna nicht wie zwei stutenbissige Tussis aufeinander los. War doch schön, dass die beiden sich so prima verstanden. Ja, mehr noch: Sie schienen einander regelrecht sympathisch zu sein.

Was absolut logisch war. Denn beide *waren* sympathisch – und mehr. Jede auf ihre ganz eigene Weise.

Aber plötzlich hatte Lenka irgendwie das Gefühl, ausgeschlossen zu werden.

Naomi und Corinna verstanden sich nicht nur gut. Sie verstanden sich *zu* gut.

Nicht in Bezug darauf, dass Lenka eine körperliche Anziehung zwischen ihnen beiden vermutete. So weit ging das sicherlich nicht. Streng genommen hatte sie auch nichts dagegen, dass die zwei sich sympathisch waren; das war allemal besser als eine Eifersuchtsszene. Doch was Lenka beunruhigte, war das auffällige, ja, das vollständige Fehlen von Eifersucht – und zwar auf beiden Seiten.

Denn dass die beiden Frauen so offensichtlich nicht eifersüchtig waren, sondern eher das absolute Gegenteil – gab es eigentlich ein Wort dafür? –, ließ im Grunde nur einen einzigen logischen Schluss zu: Lenka bedeutete ihnen nicht allzu viel.

Nicht *mehr,* soweit es Corinna betraf.

Noch nicht, wenn es um Naomi ging.

Sonst hätten die beiden einander doch wenigstens ansatzweise als Bedrohung empfunden.

Tja, dann musste man die Dinge wohl beim Namen nennen:

Für Corinna war sie die Ex und somit erledigt. Und wenn Naomi sich als ihr Betthäschen betrachtete – dann war Lenka im Umkehrschluss auch Naomis Betthäschen. Nicht weniger, aber eben auch nicht mehr. Da konnte Naomi sie hundertmal Ma'am nennen …

Um sich keine Blöße zu geben, nahm Lenka rasch einen Schluck Kaffee.

Er war kalt. Und er schmeckte bitter.

»Lenka hat mir einen Job besorgt«, sagte Naomi in diesem Augenblick.

Corinna hob die Brauen. »Ach, echt?« Sie sah Lenka fragend an. »Was für einen Job denn?«

»Im Kino.«

»Ah …« Corinna nickte mit einem wissenden Ausdruck in den Augen, der Lenka nicht gefiel, weil sie ihn viel zu gut kannte. »Im Kino. Und? Gefällt's dir?«

»Sehr«, beteuerte Naomi.

»Hm.« Corinna nickte. »Du weißt aber schon, dass unsere Lenka nicht bloß eine passionierte Thekenkraft ist, oder?«

Unsere Lenka? Was waren denn das jetzt für Töne? Das klang ja schon fast, als sei sie ein gemeinsames Besitztum der beiden.

Na, wer ist denn heute dran? Wer nimmt sie heute so richtig durch, du oder ich …?

»Ich weiß«, entgegnete Naomi. »Lenka ist eine echte Künstlerin.« Das sagte sie sehr ernsthaft. Dennoch gewann Lenka mehr und mehr den Eindruck, dass sie zwar Gegenstand des Gesprächs war, aber selbst dabei nichts zu melden hatte.

»Eine ganz tolle Künstlerin sogar«, betonte Naomi jetzt.

Corinna nickte.

Lenka riss die Augen auf.

Corinna … nickte? Corinna, die, soweit Lenka sich erinnern konnte, all ihre Anstrengungen immer nur belächelt hatte?

»Ja, an Talent mangelt es ihr nicht«, sagte Corinna jetzt.

»Nur leider ist das nicht alles«, ergänzte Naomi, sich dabei Lenkas eigener Worte bedienend. »Stimmt's? Man braucht auch Kontakte.«

»Genau«, versetzte Corinna. »Kontakte.«

»Aber sie arbeitet dran.«

Lenka umfasste ihre Kaffeetasse fester. *Hallo?*, wollte sie sagen. *Hallo, Mädels? Ich bin übrigens auch noch da. Nur falls ihr das nicht gemerkt habt.*

»Richtig. Sie arbeitet dran«, nickte Corinna. »Weil sie allmählich kapiert, worauf es ankommt. Auf Kontakte. Kritiken. Resonanz. Auf ein Publikum!«

»Ich hab ein Publikum«, platzte Lenka heraus.

Beide, Corinna und Naomi, drehten die Köpfe in ihre Richtung.

»Ach ja?«, fragte Naomi. »Wen denn?«

Lenka sah stur auf den Tassenboden. »So eine Website. *You-and.meART* heißt die.«

»Was ist *you.and.meART?*«, fragte Naomi, prompt hellhörig geworden.

»Ja, was?«, echote Corinna. »Das ist mir nämlich auch neu.«

»Eben eine Website«, wiederholte Lenka. »Hab ich doch gesagt.«

Corinna lächelte. »Herrje. Wieder mal viel zu bescheiden, die süße Lenka.«

»Verdammt«, brauste Lenka auf. »Jetzt lasst mich doch mal in Ruhe, alle beide! Ist ja furchtbar mit euch!«

»Verstehe.« Corinna lächelte nachsichtig und schob ihren Stuhl zurück. »Wisst ihr was, Mädels? Ich lass euch dann mal allein, damit Lenka das Rätsel um diese onimöse Website lösen kann. Macht's gut.« Sie lächelte, ein klein wenig länger in Lenkas Richtung. »War nett, euch zu sehen.«

Und weg war sie.

Na toll, dachte Lenka. Sich ausgerechnet dann verziehen, wenn es ernst wurde. Das war ja wieder mal typisch.

»Jetzt sag doch mal«, quengelte Naomi und zupfte erwartungsvoll an Lenkas Ärmel. »Was ist denn nun dieses *you.and-meART?*«

Nachdem das Thema nun einmal angesprochen war und Naomi natürlich nicht zu den Menschen gehörte, die wieder lockerließen, wenn sie sich erst einmal in etwas verbissen hatten, blieb Lenka nichts anderes übrig, als die Sache aufzuklären.

Also saßen sie nun gemeinsam in Naomis Wohnung vor dem

PC, und Lenka erläuterte das *you.and.meART*-Prinzip. Anschließend öffnete sie die Seite und ließ Naomi erst mal ein wenig stöbern, damit sie sich einlesen konnte. Während Naomi sich durch die Bilder klickte – wieder einmal mit leicht herausragender Zungenspitze –, sah Lenka ihr zu und spürte plötzlich ein seltsames Gefühl in sich aufsteigen: Nervosität. Aufregung. Sowohl im positiven als auch im negativen Sinne.

Sie fragte sich, ob sie überhaupt wollte, dass Naomi ihre Bilder sah. Die Kleine kannte die Skizzen, das schon. Aber das war eher unfreiwillig geschehen, ein Unfall sozusagen, und Lenka hatte nichts mehr daran ändern können. Und außerdem konnte sie immer noch auf die beliebte Ausrede zurückgreifen: Es sind ja nur Skizzen.

Schmierereien, Halbfertiges, Experimentelles.

Nichts, was man wirklich ernst nehmen musste.

Was auf der Seite von *you.and.meART* zu sehen war, waren hingegen fertige Werke. Bilder, die man für gut genug hielt, um sie zu veröffentlichen. Und die man damit auch der Kritik preisgab.

Womit Lenka im Grunde ja auch kein Problem hatte. Nicht einmal die Pöbeleien einer *Mia93* konnten sie noch wirklich aus der Bahn werfen.

Sie war bloß nicht auf *Naomis* Kritik vorbereitet. Es war etwas anderes, Kommentare und Bemerkungen in Form von mehr oder weniger anonymen Botschaften zu erhalten – oder von einer realen Person. Noch dazu von einer Person, die einem nahestand und deren Meinung einem recht wichtig war.

Wichtiger, das stellte Lenka jetzt fest, als sie bislang zuzugeben bereit gewesen war …

Sie fragte sich, ob sie Naomi überhaupt jemals von ihren künstlerischen Ambitionen erzählt hätte, wenn sich die Sache nicht zufällig, quasi von selbst, ergeben hätte.

Sie war Lenka, 29, Studentin. Die unernannte Chefin des Kinopersonals. Dass sie außerdem eine bislang erfolglose Künstlerin war, verriet sie eigentlich nicht so gern.

Andererseits: Ohne die Panne mit dem Skizzenblock hätte Naomi niemals vor Lenkas Tür gestanden, und sie beide hätten nie zueinandergefunden …

»So«, verkündete Naomi in diesem Moment. »Und jetzt will ich deine Seite sehen.«

»Okay …« Mit vor Aufregung etwas feuchten Händen gab Lenka die entsprechenden Befehle ein, öffnete ihre Seite und machte alles für Naomi zugänglich.

Während Naomi sich wieder dem Bildschirm zuwandte, zog Lenka die Beine an ihren Körper und wackelte ganz hibbelig mit den Zehen, so gespannt war sie auf Naomis Urteil. Doch eigentlich konnte so viel ja nicht schiefgehen. Lenka hatte immerhin nur Bilder eingestellt, die ihren eigenen Ansprüchen genügten, Werke, die ihrer Vorstellung von Perfektion einigermaßen nahekamen – zumindest soweit sich das mit ihrem bescheidenen Talent realisieren ließ.

Mit anderen Worten: Die Sachen waren gut.

Sogar ziemlich gut.

»Was soll das?«, fragte Naomi, sehr plötzlich und vor allem sehr, sehr scharf.

Lenka hob den Kopf – und starrte mit Schrecken in Naomis funkelnde Augen. Über ihrer Nasenwurzel hatten sich zwei tiefe Falten gebildet, und auch ihre Stirn war gefurcht.

»Was … soll was?«, fragte Lenka, völlig überrumpelt von Naomis Sinneswandel und absolut unfähig, ihn richtig zu deuten.

»Das da«, schnappte Naomi und deutete auf den Bildschirm, so heftig, dass sie ihn fast mit dem Fingernagel streifte. »Die Bilder da.«

»Gefallen sie dir nicht?«, fragte Lenka, nach wie vor zu verwirrt, um Enttäuschung zu empfinden.

»Ob sie mir gefallen? Das ist deine einzige Sorge? Ist das alles, was dich interessiert?«

»Aber ich –«

»Es spielt überhaupt keine Rolle, ob sie mir gefallen.« Naomi schrie jetzt. »Das da bin ich, verdammt noch mal! Du hast Bilder von mir veröffentlicht!«

Ja, in der Tat. Das hatte Lenka. Naomis Gesicht hatte für einige ihrer Bilder Pate gestanden – für ziemlich viele, um genau zu sein. Leicht verfremdet zwar, so, dass niemand von den Bildern direkt auf Naomi schließen würde. Aber doch nicht so stark verändert, dass jemand, der dieses Gesicht täglich im Spiegel ansah, die Ähnlichkeiten und Anspielungen, das ganze heimliche Vorbild nicht erkennen würde.

Lenka schluckte trocken. »Aber – ich dachte, du magst es, wenn ich dich male. Das hast du doch selbst gesagt ...«

»Ja«, wütete Naomi. »Wenn du mich *malst!* Aber niemand hat etwas davon gesagt, dass du mich öffentlich zur Schau stellen darfst.«

»Ich stelle dich doch nicht zur Schau, ich –«

»Doch, genau das tust du. Das da bin ich! Das ist mein Gesicht. Mein Körper. Ist ja sehr schön, wenn du mich so toll findest. Ist ja ganz wunderbar, wenn ich dich inspiriere, wenn ich deine Muse sein darf, dein Modell, dein ... was weiß ich. Nur: Hast du dabei mal eine Sekunde an mich gedacht? Hast du mal daran gedacht, mich zu fragen, bevor du die Bilder online stellst? Bist du überhaupt auf die Idee gekommen, mich um Erlaubnis zu bitten?«

Lenka sah stumm zur Seite.

»Ich hab mir gleich gedacht«, fuhr Naomi fort, »dass du so seltsam reagiert hast, wann immer das Thema Kunst zur Sprache kam. Du wolltest nie darüber reden, bist immer nur ausgewichen. Ich dachte, du wärst vielleicht schüchtern oder möchtest dich, ganz die Diva, einfach ein bisschen mehr bitten lassen. Aber jetzt begreife ich langsam, woher der Wind wirklich weht. Sag mal, hättest du mir die Bilder überhaupt gezeigt, wenn ich nicht danach gefragt hätte? Und hast du es jetzt vielleicht nur getan, weil du keine Wahl mehr hattest? Weil du dich dummerweise Corinna und mir gegenüber verplappert hast?«

Nein, wollte Lenka rufen. *So war das nicht.*

Allerdings – sie hatte ja tatsächlich nicht mit den Bildern rausrücken wollen. Wenn auch nicht aus den Gründen, die Naomi annahm. Oder hatten diese Gründe vielleicht tatsächlich eine Rolle gespielt? Mehr, als es ihr selbst bewusst gewesen war ...?

Lenka wusste es nicht. Also biss sie sich bloß auf die Unterlippe. Und sagte nichts.

»War ja klar.« Naomi nickte bitter. Dann sah sie noch mal hin. »Scheiße, du hast sogar meine Gefühle abgebildet. Du hast meine Scheißgefühle ausgenutzt für deine Scheißkunst. Dazu hattest du, verdammt noch mal, kein Recht, Lenka!« Sie presste die Lippen zusammen, fixierte Lenka und schüttelte dann den Kopf. »Und mir erzählst du, *ich* würde keine Rücksicht auf *dich* nehmen! Du spinnst doch!«

»Aber ...« Lenka stockte. »Ich wollte nicht –«

Doch Naomi ließ nicht mit sich reden. »Spar dir das, okay? Ich pfeife auf deine Erklärungen! Ich pfeife auf deine Rechtfertigung. Ich pfeife auf deine Kunst. Weißt du was? Ich pfeife auf dich, Lenka Reuter!«

Lenka erhob sich wie in Trance vom Stuhl und griff nach ihrer Tasche. »Ich ... geh dann wohl besser.«

Naomi sah vielsagend an ihr vorbei. »Das ist so ziemlich die beste Idee, die du heute hattest.«

Das Erste, was Lenka tat, als sie nach Hause kam, war, den PC anzuschmeißen, *you.and.meART* aufzurufen und sämtliche Bilder aus dem Netz zu nehmen, die auch nur im Entferntesten etwas mit Naomi zu tun hatten.

Danach legte sie sich bäuchlings auf ihr Bett und weinte.

Kapitel 12

Es folgte eine Woche voller eisigem Schweigen.
Eine Woche demonstratives Aneinander-Vorbeisehen.
Eine Woche, in der Lenka litt wie ein Hund.
Und dann kam der große Knall.

»Himmelherrgott noch mal, Lenka!« Naomi schraubte die Wasserflasche zu, warf sie ins Fach zurück und knallte dann mit Wucht ihren Spind zu. »Jetzt tu doch nicht so, als würde ich Gott weiß was von dir verlangen! Es sind nur zwei Schichten, verdammt! Zwei kleine, beschissene Schichten für zwei kleine, beschissene Tage!«

»Es geht weder um diese zwei Tage, noch um diese zwei Schichten«, blaffte Lenka zurück. »Es geht ums verdammte Prinzip! Ich bin es so was von leid, dass du dir ständig alles anders überlegst und dass alles immer nach deiner Nase gehen muss. Du bist total unstet!«

»Da, wo ich herkomme, nennt man das spontan!«

»Und da, wo ich herkomme, nennt man das egozentrisch und unzuverlässig!«

Naomi hieb mit der Faust gegen den Schrank, dass es nur so rumste. »Wann war ich jemals unzuverlässig?«

»Na, jetzt zum Beispiel.«

»Es sind doch«, wiederholte Naomi mühsam beherrscht, »nur zwei Tage.«

»Und damit wären wir wieder auf Anfang. Du benutzt ständig dieselben Argumente. Ist dir das schon mal aufgefallen?«

»Ach, leck mich doch!«

»Wozu? Damit du wieder vortäuschst?«

»Also, das muss ich mir nun wirklich nicht anhören. Vor allem nicht von dir!«

Lenka stöhnte, lehnte sich gegen ihren Spind und schloss kurz die Augen. Vielleicht, dachte sie, meinten die Priester genau das, wenn sie von den guten und den schlechten Zeiten predigten. Und ganz offensichtlich folgten auf gute Zeiten auch notwendigerweise die schlechten.

Sie und Naomi hatten eine ziemlich, ziemlich gute Zeit gehabt. Demzufolge kam jetzt die schlechte Phase.

Und es war eine verdammt schlechte.

Seit der *you.and.meART*-Katastrophe hatte sich Lenka zu Hause eingeigelt und war Naomi so weit wie möglich aus dem Weg gegangen. Nein – so ganz stimmte das nicht. Vielmehr war sie auf Distanz gegangen, damit Naomi sich wieder einkriegen konnte. Lenka wollte ihr Zeit geben, die Sache zu verdauen.

Im Grunde konnte sie ihren Ärger sogar nachvollziehen.

Und dann auch wieder nicht.

Jetzt denk doch mal nach, sagte das Engelchen auf ihrer Schulter. *Fändest du das so toll, als Modell herzuhalten? Noch dazu, wenn dich keiner gefragt hat?*

Na, jetzt mach mal halblang, hielt der kleine Teufel dagegen. *Erstens ist sie ja kaum zu erkennen, und zweitens: Eigentlich ist das doch ein Kompliment. Glaubst du, die Musen von Raffael oder Leonardo haben sich jemals beschwert? Meinst du, die Mona Lisa hätte es gestört, dass sie jetzt im Louvre hängt und als das berühmteste, meistbestaunte Kunstwerk der Welt gehandelt wird?*

Nun ja, räumte der Engel ein, ebenso direkt wie gnadenlos. *Sehen wir doch mal den Tatsachen ins Auge: Unsere Lenka ist kein Leonardo.*

Und Naomi, versetzte das Teufelchen trotzig, *ist nicht Mona Lisa.*

Nein, gab der Engel zu. *Sie ist ungleich hübscher und viel, viel reizvoller.*

An diesen Punkt der Diskussion kamen sie immer wieder. Und irgendwie, dachte Lenka, hatten beide recht.

Eines stimmte definitiv: Es war ziemlich unbedacht von ihr gewesen, die Bilder öffentlich auszustellen. Da half auch die Ausflucht »Ist doch nur *you.and.meART*« nichts, denn das Internet vergaß bekanntlich niemals etwas. Die Seite war zugänglich für jedermann, und das theoretisch weltweit. So hatte man letztlich keine Kontrolle darüber, wer diese Bilder zu sehen bekam und wer nicht, egal, ob man nun Künstler war oder Modell.

Nur konnte man sich als Künstler immer noch hinter einem Pseudonym verstecken. Die Kritik richtete sich dann niemals gegen Lenka persönlich, sondern gegen ihr *you.and.meART*-Profil, jene Identität, die sie extra fürs Netz, extra für diese Seite geschaffen hatte. Naomi dagegen wurde schutzlos präsentiert, ohne den Schleier der Anonymität. Zwar verfremdet, aber dennoch so, wie sie war.

Lenka hatte es als Kompliment gedacht. Das heißt – eigentlich hatte sie überhaupt nicht besonders viel gedacht. Die Inspiration machte, was sie wollte. Das Kunstwerk entschied, was daraus wurde, nicht der Künstler. Und so war Naomi zur Muse wider Willen geworden.

Wenn Lenka einmal ganz ehrlich zu sich selbst war, dann war die Aktion wirklich nicht so ganz in Ordnung gewesen. Naomi hatte schon recht: Malen war die eine Sache, Veröffentlichen eine ganz andere. Lenka hätte sie wenigstens fragen können. Das wäre das Mindeste gewesen.

Demzufolge war hier wohl eine Entschuldigung angebracht.

Aber aus irgendeinem Grund brachte Lenka das nicht über sich. Vielleicht, weil sie sich vor lauter Gewissensbissen nicht traute. Weil sie sich vor Naomis Reaktion fürchtete. Weil sie aller Voraussicht nach – wieder einmal – nicht die richtigen Worte finden würde. Das war in Naomis Gegenwart ja schon fast zu einer schlechten Angewohnheit geworden.

Aber ein ganz kleines bisschen vielleicht auch, weil das hier schon wieder so eine Situation war, in der es nach Naomis Nase gehen musste. Da traf Lenka einmal eine eigenmächtige Entscheidung, in die sie Naomi nicht mit einbezog – nicht aus böser Absicht, sondern einfach, weil sie die Notwendigkeit dazu nicht gesehen hatte –, und prompt passte Naomi das nicht.

Als Lenka diesen Gedanken einmal zu Ende gedacht hatte, erwachte plötzlich die Sturheit in ihr: Sie würde nicht schon wieder diejenige sein, die nachgab. Sie würde sich nicht schon wieder allen Launen Naomis widerspruchslos unterwerfen. Sie hatte die Bilder aus dem Netz genommen, so weit, so gut. Aber sie würde sich kein schlechtes Gewissen einreden lassen, weil sie diese Bilder *erstellt* hatte.

Frei ist die Kunst, dachte sich Lenka. Und frei ist die Künstlerin. Also würde sie sich in diesem Fall ausnahmsweise die Freiheit nehmen, nicht schon wieder nach Naomis Pfeife zu tanzen und demütig angekrochen zu kommen. Zu Abwechslung war nun einmal Naomi an der Reihe, den ersten Schritt zu machen.

Doch am Ende strich Lenka nur unruhig ums Telefon und wartete auf einen Anruf, der niemals kam.

Und irgendwann fühlte sie, dass der Moment, in dem sie selbst die Initiative hätte ergreifen, in dem sie vielleicht doch selbst eine Entschuldigung hätte anbringen können, unrettbar verstrichen war.

Möglicherweise, versuchte sie sich einzureden, war Naomi ja auch gar nicht der Typ, der alles ausdiskutieren musste? Vielleicht musste ja nur ein bisschen Gras über die Sache wachsen, und irgendwann wäre alles wieder ... nun ja, dann wäre eben »alles wieder gut«?

Eine räumliche Trennung hätte vielleicht dafür sorgen können, dass sich die Wogen auf diese Weise glätteten. Aber das war unmöglich, denn da war ja immer noch der Job. Im Kino konnten Lenka und Naomi einander nicht aus dem Weg gehen, oder zumindest nicht vollständig. Zwar taten sie ihr Bestes: Sie saßen nicht nebeneinander an der Kasse, sondern platzierten sich mit Bedacht an entgegengesetzten Seiten des Saales. Wenn Lenka an der Snackbar bediente, wies Naomi die Plätze an. Wenn Lenka am Ende der Schicht Saal 1 kontrollierte, inspizierte Naomi Saal 8. Wenn Lenka eine Pause machte, arbeitete Naomi umso eifriger, und wenn Naomi sich für die Pause bereitmachte, dann beeilte sich Lenka, die ihre zu beenden. Sie sprachen so gut wie gar nicht miteinander, und wenn doch, dann nur das Nötigste und niemals ein privates Wort.

Aber es half alles nichts: Sie liefen sich dennoch viel zu oft über den Weg. Das Kino war einfach nicht groß genug, als dass es nicht Tausende von Möglichkeiten gegeben hätte, um aufeinanderzutreffen. Und selbst die zwei Kassen, die am weitesten voneinander entfernt waren, versperrten die Sicht nicht gut genug. Lenka ertappte sich immer noch allzu oft dabei, wie sie Naomi anstarrte, notfalls eben auch über den ganzen Saal hinweg. Manchmal bemerkte Naomi das. Dann starrte sie so durchdringend zurück, dass Lenka ganz flau im Magen wurde: *Wenn Blicke töten könnten …*

Natürlich entging auch den Kollegen nicht, dass zwischen den beiden von einem Tag auf den anderen totale Funkstille herrschte. Lenka konnte sich gut vorstellen, dass die Leute nun schon wieder tratschten, aber das taten sie natürlich bevorzugt hinter ihrem Rücken.

Mit Ausnahme von Miles. Der war der Einzige, der Lenka einmal direkt ansprach und fragte, was denn bei ihnen los sei.

»Misch dich da nicht ein«, bat Lenka. »Ich komme schon klar.«

»Wie du meinst«, sagte Miles achselzuckend. Doch er glaubte Lenka augenscheinlich kein Wort.

Da sie und Naomi jetzt offiziell nicht mehr miteinander redeten, war Lenka umso überraschter gewesen, als Naomi sie eine Woche nach der unglückseligen *you.and.meART*-Geschichte beiseite genommen und gefragt hatte, ob sie einen Moment Zeit hätte. Für ein Gespräch unter vier Augen. Naomi lächelte bei dieser Frage – freundlich, aber auch kühl.

Von einem Vier-Augen-Gespräch erhoffte Lenka sich natürlich einiges. Entsprechend enttäuscht war sie, als Naomi sich dann bloß erkundigte, ob Lenka zwei ihrer Schichten übernehmen würde: am kommenden Wochenende, Samstag und Sonntag. Einmal Mittelschicht, einmal Spätschicht. Dafür wäre sie ihr sehr verbunden.

Lenka war nicht nur enttäuscht. Sie war wütend. Oder, um ganz genau zu sein: Sie wurde stinksauer.

»Am kommenden Wochenende, hm?«, schnauzte sie Naomi an. »Und das sagst du mir *jetzt?* Wir haben bereits Donnerstag, Süße.«

»Ja, und morgen ist Freitag. Wie viel Bedenkzeit brauchst du denn – *Süße?*«

»Bist du vielleicht mal auf die Idee gekommen,« fragte Lenka, »dass ich vor allem ein freies Wochenende ziemlich gut gebrauchen könnte? Ich arbeite seit Sonntag durch, verdammt.«

»Du hast den Freitag«, versetzte Naomi eigensinnig.

»Und du bist der Meinung, das reicht?«

Naomis Mundwinkel zuckte. »Wieso? Hast du«, ihre Stimme wurde eisig, »vielleicht was Bestimmtes vor? Ein Date oder so?«

Lenka lauschte hoffnungsfroh nach einem leisen Unterton von Eifersucht. Aber da war keiner. Vielmehr nahm sie eine Art Triumph wahr, die von der festen Überzeugung, ja, mehr noch, von Wissen herrührte: dem Wissen darüber, dass Lenka definitiv *kein* Date haben würde.

Das war natürlich nicht gerade etwas, das Lenka versöhnlich stimmte.

»Und was ist mit dir?«, fragte sie brüsk zurück. »Warum genau soll ich deine Schichten übernehmen?«

»Tja, ob du's glaubst oder nicht: *Ich* habe nämlich tatsächlich etwas vor.«

»Ach!« Lenka verschränkte die Arme vor der Brust. »Das heißt also, du bittest mich gar nicht, für dich einzuspringen, sondern du verlangst es? Du fragst nicht, ob du diese zwei Tage frei kriegen kannst, sondern es ist schon beschlossene Sache, dass du nicht erscheinen wirst? Sag mal, hast du sie noch alle? So läuft das nicht, kleines Fräulein!«

»Nenn mich nicht kleines Fräulein!«, schrie Naomi sie an. »Die Ma'am ist dir wohl zu Kopf gestiegen, was?«

»Hör auf, hier herumzuschreien!«

»Ich schreie, wann und wo ich will!«

»Klar, du machst ja sowieso immer nur das, was du willst!«

»Hey, hey, hey, Mädels!« Die Stimme gehörte zu Miles, der in diesem Augenblick den Personalraum betrat. Lenka hatte prompt das Gefühl eines Déjà-vu. Nur hatte Miles, als er beim letzten Mal in einer ganz ähnlichen Situation in ihre Unterhaltung geplatzt war, eindeutig fröhlicher ausgesehen. Jetzt wirkte sein Lächeln gezwungen und aufgesetzt. »So, ihr zwei Hübschen, jetzt mal ruhig Blut, okay? Ich meine, ich persönlich hab ja nichts dagegen, wenn ihr hier gleich 'ne Schlammschlacht veranstaltet – vorausgesetzt natürlich, ihr sagt mir vorher Bescheid, damit ich mich in die erste Reihe setzen kann. Aber andere sind nicht so tolerant wie ich. Man hört euch nämlich bis raus auf den Flur. Und ich glaube, das findet der Chef nicht so prickelnd.«

Die beiden Frauen starrten ihn an.

Miles hob die Hände. »Ich wollt's nur gesagt haben. Schließlich«, setzte er mit einem unbeholfenen Zwinkern hinzu, »wollen wir alle auch morgen noch einen Job haben, stimmt's?«

»Och, ich weiß nicht.« Lenka musterte Naomi herausfordernd. »Gewisse Leute legen auf ihren Job offensichtlich nicht mehr besonders viel Wert.«

»Zwei Tage, Lenka«, fauchte Naomi. »Es sind nur beschissene zwei Tage!«

»Miles?« Lenka hob die Stimme, hatte den Blick aber nach wie vor auf Naomi gerichtet. »Willst du der Dame nicht mal ein paar Takte zu ihrer Arbeitsmoral erzählen?«

»Zieh ihn da doch nicht mit rein!«, rief Naomi aus.

»Genau«, sagte Miles heftig nickend, während er bereits etwas panisch von einer zur anderen blickte und dabei langsam den Rückzug Richtung Tür antrat. »Zieh mich da nicht mit rein!«

»Und du«, blaffte Naomi Lenka an, »solltest besser mal schön still sein! Von wegen Arbeitsmoral! Tu bloß nicht so, als sei der Job hier das Nonplusultra! Du hängst doch auch nur hier fest, weil du nichts anderes auf die Reihe kriegst!«

»Hey!«, riefen Miles und Lenka unisono, beide gleichermaßen empört. Sie sahen einander kurz an. Miles musste grinsen, doch Lenka schäumte nach wie vor.

»Also, ich«, meinte Miles, »mag den Job.«

»Ich zufällig auch«, knurrte Lenka in Naomis Richtung. »Und das weißt du genau.«

Naomi blickte zwischen den beiden hin und her und gab dann klein bei. Es war nicht ganz klar, ob es an Miles' Anwesenheit lag und somit an der Tatsache, dass sie sich anstatt mit einer nun plötzlich mit zwei Personen auseinandersetzen musste – zwei Personen, die im Zweifelsfall zusammenhalten würden, weil es um ihren Job ging. Vielleicht sah Naomi aber auch von sich aus ein, dass sie gerade zu weit gegangen war.

»Na schön, das war blöd von mir. Sorry«, sagte sie und brachte es fertig, zerknirscht auszusehen. Falls sie schauspielerte, tat sie das ziemlich gut.

»Geschenkt«, meinte Miles, sofort wieder versöhnt.

»Okay«, meinte Lenka, zwar alles andere als versöhnt, aber des Streitens allmählich müde.

Einen Moment schauten sie sich gegenseitig an.

Dann meinte Miles: »Was immer hier gerade abläuft: Kriegt ihr Ladys das hin, ohne dass ihr euch an die Kehle geht? Oder muss ich bleiben und aufpassen, dass ihr keinen Unsinn macht?«

»Geh«, brummte Lenka.

»Bleib«, sagte Naomi beinahe zeitgleich.

Miles blickte hilflos von einer zur anderen. Dann murmelte er etwas, das Lenka nicht verstand. Wahrscheinlich war das auch besser so, denn es klang wie ein Ausdruck, für die ihm alle Feministinnen dieser Welt postwendend den Hintern versohlt hätten.

»Okay, ich bleibe«, meinte er dann, »aber nur damit hier keine Missverständnisse aufkommen: Ich tue das nicht für euch, sondern bloß, damit ich hinterher nicht den großen Scherbenhaufen beseitigen muss, den zwei Weiber hinterlassen, wenn sie sauer aufeinander sind. Also tut, was ihr tun müsst, aber macht es kurz, ja?« Damit lehnte er sich an die Tür und schaute sehr betont in eine andere Richtung.

Lenka und Naomi tauschten einen eisigen Blick.

»Okay«, meinte Lenka schließlich, um Beherrschung bemüht. »Was ist so wichtig, dass du es nicht langfristig planen oder verschieben kannst?«

»Geht dich das etwas an?«, fragte Naomi prompt zurück.

»Jetzt werd nicht schon wieder frech, Kleine! Du willst doch schließlich etwas von mir, stimmt's?«

»Der Punkt geht an Lenka«, versetzte Miles von der Tür aus.

»Schnauze!«, fuhren ihn beide Frauen gleichzeitig an.

Miles seufzte. Aber er gehorchte brav.

»Nenn mir einen guten Grund«, beharrte Lenka. »Dann überlege ich's mir. Vielleicht.«

»Okay.« Naomi atmete heftig ein und wieder aus, bevor sie die Bombe platzen ließ. »Ich fahre nach Amsterdam. Jetzt zufrieden?«

Lenka starrte sie an.

Naomi starrte zurück.

Miles schielte von seinem Posten aus zu ihnen hin, sagte aber nichts.

»Amsterdam«, wiederholte Lenka mit flacher Stimme.

»Amsterdam«, bestätigte Naomi.

Lenka schluckte. Das war ja irgendwie klar gewesen ...

»Ich hab da«, setzte Naomi hinzu, »etwas zu erledigen. Etwas sehr Wichtiges.«

Janine.

Nun, auch das war irgendwie klar gewesen.

»Okay«, sagte Lenka.

Naomi blinzelte verblüfft. »Du bist einverstanden?«

»Ja.«

»Jetzt auf einmal?«

»Ja.«

»Dann ... übernimmst du die Schichten?«

»Ja.« Lenkas Lächeln war ebenso dünn wie ihre Stimme. »Samstag früh. Sonntag spät. Stimmt's?«

»Stimmt ...« Naomi nickte langsam. »Also dann ... wäre das ja geklärt.« Damit trat sie erneut an ihren Schrank und kramte geschäftig darin herum. Schließlich schien sie zu finden, was sie gesucht hatte, und klappte den Spind mit etwas zu viel Schwung wieder zu. »Tja«, meinte sie etwas unsicher. »Ich gehe lieber mal wieder an die Arbeit, was ...?«

Lenka hob die Hand zu einem kraftlosen Gruß. »Ja, mach nur.

Ich ... komme gleich nach.«

Miles ging nicht beiseite, als Naomi sich an ihm vorbeischieben wollte. »Du könntest wenigstens danke sagen«, bemerkte er.

»Danke«, murmelte Naomi. Sie sah Lenka dabei nicht an.

»Na bitte«, nickte Miles. »Geht doch.«

Naomi huschte durch den Türrahmen und verschwand um die Ecke. Doch als Lenka ihr folgen wollte, vertrat Miles auch ihr den Weg. »Nichts da«, sagte er sehr bestimmt. »Du siehst aus, als müsstest du dich dringend erst mal hinsetzen.«

Lenka setzte sich. Und zwar genau dorthin, wo sie gerade stand. Sie lehnte sich an die Wand, rutschte im Zeitlupentempo daran hinab, umschlang die Knie mit den Armen und vergrub den Kopf zwischen den Knien.

Miles zögerte kurz, sah unschlüssig zur Tür hin, dann wieder zu Lenka. Dann murmelte er: »Ach, scheiß drauf.« Er schloss die Tür, kam langsam auf Lenka zu und setzte sich neben sie.

»Taschentuch?«

»Nein.«

»Willst du reden?«

»Nein.«

»Vielleicht eine Umarmung?«

»Wag es, und du trägst den Arm die nächsten Tage in der Schlinge!«

»Okay.« Miles nickte. »Ähm ... aber falls es dir hilft: Manchmal ist das Leben eben einfach Mist.«

»Ich meine, mal ganz im Ernst«, fragte Miles, »was hast du erwartet? Du wusstest bei Naomi doch von Anfang an, was Sache ist, oder?«

Sie saßen schon seit einer ganzen Weile im Personalraum, immer noch auf dem Boden neben den Spinden. Wie lange genau, wusste Lenka nicht, aber es war lange genug, dass ihr nun doch nach Reden zumute war.

Tja, was hatte sie erwartet?

Nichts.

Und was hatte sie gehofft?

Ganz offensichtlich zu viel.

»Sie hat dir nichts vorgespielt«, gab Miles zu bedenken. »Das kannst du ihr wirklich nicht vorwerfen.«

»Idiot«, knurrte Lenka. »Könntest du bitte mal aufhören, so verdammt ... fair zu sein?«

Denn dummerweise hatte Miles absolut recht. Man konnte Naomi vieles nachsagen, aber keine Vorspiegelung falscher Tatsachen. Sie hatte Lenka von Anfang an von Janine erzählt – am Anfang sogar weit mehr, als Lenka hatte hören wollen. Und genau das war der Knackpunkt: Naomi hätte noch viel mehr erzählt, wenn Lenka das zugelassen hätte. Inzwischen könnte Lenka wahrscheinlich alles über Janine wissen, von der Schuhgröße bis hin zu Lieblingsfilmen, ihrer Lieblingsschauspielerin und gegen welche Lebensmittel sie allergisch war.

Aber das hatte Lenka immer abgeblockt.

Weil sie der Ansicht war, dass man sich nicht in fremde Beziehungen einmischte. Schon gar nicht in fremde, verflossene Beziehungen.

Zumindest hatte sie sich das eingeredet.

In Wirklichkeit, so viel war ihr inzwischen klar, hatte sie all das vor allem deshalb nicht wissen wollen, weil sie Angst gehabt hatte. Davor, zu viel über Janine zu erfahren. Weil sie dann anfangen könnte, Vergleiche zu ziehen – und dabei schlechter abzuschneiden.

Ja, Janine hatte ihr Angst gemacht. Doch je weniger Lenka über sie wusste, desto mehr war diese Angst genährt worden; ironisch, aber wahr. Inzwischen war Janine in ihrem Kopf zu einer Mischung aus der jungen Liz Taylor, Marilyn Monroe und Catwoman geworden: schön, stark, absolut unwiderstehlich.

Lächerlich, neben ihr bestehen zu wollen.

Und trotzdem hatte Lenka gehofft.

Was natürlich noch viel, viel lächerlicher war.

»Ich bin so blöd«, murmelte sie. »So blöd ...«

»Na ja.« Miles zuckte die Achseln. »Bestreiten will ich's nicht.«

Lenka sah ihn scheel von der Seite an. »Na, vielen Dank! Du bist mir echt eine Hilfe.«

Miles zwinkerte mit seinen großen Knopfaugen, ein Blick, dem selbst Lenka nicht widerstehen konnte, aus welchen Gründen auch immer. Wahrscheinlich weckte er bei ihr Mutterinstinkte oder so was.

»Nennen wir das Kind doch mal beim Namen«, meinte Miles. »Naomi wollte mit ihrer Janine nach Amsterdam. Und wegen der Kohle hat das nicht hingehauen. Daraufhin zieht Janine die Sache allein durch und macht bald darauf mit Naomi Schluss – ziemlich bescheuert und nicht so recht nachvollziehbar, aber lassen wir das *Warum und wieso?* einfach mal außen vor. Du wiederum hast die kleine Naomi verheult und abgebrannt von der Straße aufgelesen. Und dann hast du ihr einen Job verschafft. Das bedeutet nicht nur Kohle, sondern auch Hoffnung. Neue Hoffnung auf Amsterdam und neue Hoffnungen auf ihre wunderbare Janine. Du hast, wenn man so will, einem verzweifelten jungen Mädchen Hoffnung auf eine zweite Chance gegeben. Sehr löblich. Nur dann hast du dich dummerweise in sie verknallt – und genau das war, wenn ich das so sagen darf, richtig idiotisch von dir. Denn nun findest du dich in einer reichlich paradoxen Situation wieder: Streng genommen, liebe Lenka, bist *du* diejenige, der das Mädchen, das *du* liebst, den Trip nach Amsterdam verdankt. Zurück zu dem Mädchen, das *sie* liebt. Richtig?«

Lenka lächelte freudlos. »Richtig.«

»Tja, falls es einen Nobelpreis für Dämlichkeit gibt, dann hast du ihn soeben gewonnen. Herzlichen Glückwunsch!«

Lenka presste die Lippen zusammen.

»Was meinst du, was sie dort tun wird?«, fragte sie dann. »In Amsterdam, meine ich?«

»Jetzt, dieses Wochenende?« Miles zuckte die Achseln. »Keine Ahnung. Vielleicht muss sie irgendwas wegen der Uni in die Wege leiten. Ein Konto eröffnen. Einen Wochenendsprachkurs machen. Was weiß denn ich, was man alles tun muss, wenn man im Ausland studieren will.«

Lenka hörte kaum hin. In ihrem Kopf kreiste nur ein einziger Gedanke: *Sie will zu Janine ... sie will verdammt noch mal zu Janine.*

Janine ...

»Oder«, sagte Miles in diesem Augenblick, »sie will einen Schlussstrich ziehen.«

Lenkas Kopf ruckte in die Höhe. »Was?«

Miles öffnete den Mund und schloss ihn wieder, so als bereue er bereits, was er gesagt hatte. »Hör mal, Lenka, ich will dir keine falschen Hoffnungen machen –«

»Aber ...?«

Miles winkte ab. »Kein Aber! Vergiss es einfach.«

»Von wegen.« Lenka schüttelte heftig den Kopf. »Was meinst du mit einem Schlussstrich?«

Miles gab nach, wenn auch nur mit sichtlichem Widerwillen. »Na ja ...« Zögern. »Sie hat doch gesagt, sie will ein paar Dinge klären.«

»Ja.« Lenka nickte. »Und?«

»Das könnte – und die Betonung liegt auf dem Wort *könnte*«, Miles hob beschwörend den Finger, »immerhin auch bedeuten, dass sie Janine nun ihrerseits in den Wind schießen will. Ein letztes klärendes Gespräch. Eines von der Sorte, die man nicht am Telefon führen kann. Und dann wird das Kapitel Janine für immer geschlossen. Eben ein Schlussstrich gezogen. Finito.«

Lenka nagte an einer Haarsträhne.

»Glaubst du das?«, fragte sie. »Ich meine, hältst du es wirklich für möglich, dass sie deshalb nach Amsterdam will? Um Janine persönlich zu sagen, dass ...« *... sie eine dämliche, gemeine, falsche Schlange ist?* »... dass es endgültig aus ist?«

Miles blies die Wangen auf und ließ die Luft dann ganz langsam wieder entweichen. »Ach, Mädchen, frag mich doch nicht so was. Woher soll ich denn wissen, was in euren Köpfen vorgeht? Ich meine, seh' ich vielleicht aus wie ein Frauenversteher?«

»Vielleicht bist du das. Mehr als du glaubst«, meinte Lenka und lächelte schwach. Dann seufzte sie. »Aber du hast schon recht: Wir Mädels verstehen uns ja selbst kaum. Und einander erst recht nicht.«

Kapitel 13

Lenkas freier Freitag begann bereits um sechs Uhr morgens.

Ohne eigenes Zutun. Ohne Hilfe eines Weckers. Ohne nervigen Lärm im Treppenhaus. Ohne einen Telefonanruf von jemandem, der die falsche Nummer gewählt hatte. Ohne einen verfrühten Paketboten, der sich beim Namensschild geirrt hatte.

Lenka schlug einfach die Augen auf – und war wach.

Es gab diese Momente, da wusste man eben, dass man putzmunter war und nicht wieder würde einschlafen können. Was Lenka natürlich nicht daran hinderte, es trotzdem zu versuchen. Sturheit war schon immer eine ihrer Charakterschwächen gewesen. Und möglicherweise auch einer der Gründe, warum sie so hartnäckig an gewissen Dingen festhielt, auch an solchen, die ihr nicht guttaten: an Corinna zum Beispiel, seinerzeit. An ihrem Traum vom Künstlerdasein. Oder an der unsinnigen Hoffnung, Naomi könnte vielleicht doch etwas für sie empfinden. Zumindest etwas, das über eine bloße Bettgeschichte hinausging.

Freundschaft plus ...

Nun machte diese Sturheit das Einschlafen auch nicht gerade leichter.

Es wurde halb sieben.

Sieben.

Halb acht.

Um Viertel nach acht war Lenka endlich bereit, nachzugeben. Sie stieß einen tiefen, frustrierten Seufzer aus, schwang die Beine aus dem Bett und ging in die Küche, um sich einen Kaffee zu kochen. Während der Kaffee in seiner Tasse erkaltete, überlegte sie, was sie mit dem freien Tag anfangen sollte.

Es wurde neun.

Halb zehn.

Viertel vor zehn ...

Um Punkt zehn Uhr nahm Lenka sich, ganz entgegen ihrer Gewohnheit, die Küche vor. In einem plötzlichen Anfall von

Putzwut wienerte sie die Arbeitsflächen, das Waschbecken und alles, was sonst noch dazugehörte, blitzeblank. Sie legte sich sogar flach auf die Erde und säuberte den Boden unter dem Schrank. Und weil sie nun einmal so schön dabei war, kam als Nächstes gleich das Badezimmer an die Reihe. Eine Küche zu haben, in der man vom Boden essen konnte, dafür aber ein Bad, in dem man auf den Fliesen kleben blieb, vermutlich aufgrund diverser Shampoo- und Haarsprayrückstände, das passte nun einmal nicht zusammen. Und überhaupt: Wenn man schon so viel geschafft hatte, dann konnte man auch noch den Rest der Wohnung in Ordnung bringen.

Am frühen Nachmittag hatte Lenka alles geputzt, was es zu putzen gab, und hatte das Gefühl, noch nie eine so blitzsaubere Wohnung gehabt zu haben. Wenn Corinna jetzt hier wäre, Ordnungsfreak, der sie war – na, die würde aber Augen machen.

Lenka setzte sich an den Tisch, kochte sich noch einen Kaffee und rührte lustlos in einem Becher Joghurt herum. Sie erwog kurz, an den Laptop zu gehen. Doch jetzt, wo Naomi als Motiv ausfiel, da war es auch vorbei mit der Inspiration. Es war, als seien die notwendigen Synapsen in ihrem Gehirn blockiert – als sei so ziemlich alles blockiert, woher Lenka ihre Kraft, ihre Energie und ihre Kreativität geschöpft hatte. Sie fühlte sich ausgelaugt, müde und – wieder einmal – wie ausgekotzt.

Gegen drei begann sie zu überlegen, wo Naomi jetzt wohl gerade war. Saß sie bereits im Zug Richtung Amsterdam? Fuhr sie überhaupt mit dem Zug, oder hatte sie sich für den besonderen Anlass ein Auto geliehen? War sie vielleicht gerade kurz vor der richtigen Autobahnausfahrt und musste sich jetzt nur noch durch den Stadtverkehr schlängeln?

Lenka fuhr nun doch ihren PC hoch und rief aus purer Neugier Google Maps auf. Bis Amsterdam waren es, wie sie feststellte, nicht einmal vier Autostunden und mit der Bahn etwa viereinhalb – Stadtverkehr sowie Bus und Straßenbahn natürlich nicht mitgerechnet. Wenn Naomi einigermaßen zeitig weggekommen war, dann müsste sie ihr Ziel bald erreicht haben. Vielleicht war sie ja sogar schon da? Vielleicht saß sie soeben in der Universität und schrieb sich fürs neue Semester ein? Vielleicht eröffnete sie gerade ein Konto? Vielleicht saß sie auch bereits bei

Janine und erzählte ihr voller Stolz, dass es nun doch mit dem gemeinsamen Studium klappen würde? Vielleicht taten sie gerade ja noch ganz andere Sachen, als nur zusammenzusitzen ...?

Nein!

Lenka schüttelte heftig den Kopf, als sie spürte, wie eine Welle von Eifersucht sie regelrecht zu überrollen drohte. Das wollte sie sich gar nicht vorstellen.

Moment mal, schoss es ihr dann durch den Kopf. Wer sagte denn, dass Janine nicht schon längst von der Neuigkeit wusste? Wie kam Lenka eigentlich darauf, dass Janine bis heute im Dunkeln getappt war? Vielleicht hatte Naomi sie im Gegenteil über alles auf dem Laufenden gehalten. Vielleicht sogar schon von dem Tag an, als sie ihren ersten Euro im Kino verdiente, ebenjenen Euro, der den Grundstock für Amsterdam bilden sollte?

Ja, wieso hätte Naomi Janine nichts von all dem sagen sollen?

Ganz einfach, flüsterte der kleine, boshafte Teufel in Lenkas Ohr. *Deinetwegen.*

Lenka schluckte und spürte plötzlich einen bitteren Geschmack im Mund, der mit dem Kaffee rein gar nichts zu tun hatte.

Sie hat sie sich warmgehalten, wisperte der Teufel weiter. *Genau genommen hat sie sich euch beide warmgehalten: dich und Janine. Warum auch nicht? Deine süße kleine Naomi ist schlauer als ich gedacht hätte. Und viel abgebrühter als sie aussieht. Gefällt mir!*

Nein, dachte Lenka und stand abrupt vom Tisch auf. So war das nicht. So konnte das nicht gewesen sein – schon allein deshalb, weil es Janine und sie gewissermaßen zu Leidensgenossinnen machte, zu Spielbällen von Naomis Launen. Weil es sie beide auf eine Stufe stellen würde. Und etwas mit dieser Janine gemeinsam zu haben, war so ziemlich das Letzte, was Lenka wollte.

Und so enttäuscht sie auch von Naomi sein mochte: Sie konnte ihr wirklich nicht vorwerfen, ein falsches Spielchen mit ihr getrieben zu haben. Naomi hatte Lenka nie belogen. Und dass sie ihr einiges verschwiegen hatte, war Lenkas eigene Schuld, denn es war ja sozusagen auf eigenen Wunsch hin geschehen ...

»Verdammt«, murmelte Lenka. »Verdammt, verdammt, verdammt.«

Um vier Uhr wusste sie, dass sie es nicht aushalten würde, weiterhin allein in der Wohnung zu sitzen. Sie schnappte sich ihr Handy und wählte die erstbeste Nummer, die ihr in den Sinn kam.

»Hallo?«, meldete sich Corinna am anderen Ende.

»Ich muss mit dir reden«, sagte Lenka. »Das ist übrigens keine Bitte!«

»Okay«, meinte Corinna, als sie sich keine halbe Stunde später in der Innenstadt trafen. »Was ist so wichtig, dass ich meinen letzten drei Patienten absagen musste?«

Sie saßen in ihrem Lieblingscafé, um der guten alten Zeiten willen. Oder um der guten und der schlechten Zeiten willen, ganz wie man es nahm. So oder so, fand Corinna, gab es keinen Grund, warum dieser Laden nicht ihr Lieblingscafé bleiben sollte. Liebe ging, guter Geschmack blieb.

»Du hast deinen Patienten abgesagt?«, fragte Lenka und traute ihren Ohren kaum. »Gleich dreien am Stück? Ist das dein Ernst?«

»Natürlich nicht«, wehrte Corinna ab und lachte. »Ich hab freitags meistens eher Schluss. Schon vergessen? Aber«, räumte sie dann ein, »wenn ich noch Patienten gehabt hätte – vielleicht hätte ich ihnen abgesagt. Wenn ich das Gefühl gehabt hätte, dass es wirklich wichtig ist.«

Lenka biss sich auf die Unterlippe und seufzte. *Wirklich wichtig* war vor allem eine Frage der Definition.

»Hey«, Corinna legte Lenka die Hand auf den Arm. »Erzähl! Was ist los? Obwohl ... ich kann's mir schon denken. Es geht um dein Betthäschen, stimmt's?«

»Sie hat einen Namen!«, schnappte Lenka erbost.

»Okay, okay!« Corinna hob die Hände. »Das sollte ein Witz sein, nun reg dich doch nicht gleich so auf. Also, lass hören: Was hat sie angestellt, deine Naomi?«

Während Lenka erzählte, wurde ihr der Widersinn in dem klar, was sie da gerade tat. Sie war doch immer diejenige gewesen, die rein gar nichts vom Einmischen in fremde Beziehungskisten hielt – die der Ansicht war, wenn zwei Menschen ein Problem miteinander hatten, dann mussten sie das auch miteinander ausmachen.

Und jetzt saß sie hier und ließ nichts, aber auch gar nichts aus: weder die Sache mit Janine noch den Abend im CAPITOL oder die Panne mit *you.and.meART* und Naomis schroffe Reaktion, als sie sich als Kunstmodell wider Willen auf dieser Seite wiedergefunden hatte.

Tja, hier saß sie, Lenka Reuter, 29, Künstlerin und Popcornverkäuferin – und erzählte ausgerechnet ihrer Verflossenen von ihrer verpatzten Beziehung.

Einer Beziehung, die eigentlich keine war. Aber irgendwie doch ...

Corinna hörte geduldig zu und unterbrach sie nicht ein einziges Mal. Sie vermied auch alles, was als tröstende Berührung hätte gelten können. Das wäre in Anbetracht der Umstände einfach zu viel gewesen. Und Lenka war dankbar für so viel Taktgefühl.

»Tja«, meinte Corinna schließlich, »wenn du meine Meinung hören willst ...« Sie machte eine Pause, um Lenka Bedenkzeit zu geben, ob besagte Meinung überhaupt gewünscht war. Als Lenka nicht widersprach, fuhr Corinna fort: »Ich kann in Naomis Verhalten nichts Falsches finden. Nichts, was man ihr vorwerfen könnte. Sie hat dir nichts vorgemacht.«

Verdammt, dachte Lenka. Dass sich immer alle so verflucht einig sein mussten. Und dass Naomi am Ende immer als diejenige ohne Fehl und Tadel dastand, während Lenka die Idiotin war, die ihre Gefühle nicht im Griff hatte. »Und Janine?«, hakte sie deshalb nach. »Hat Naomi nicht irgendwie auch Janine betrogen?«

Corinna zuckte die Achseln. »Wer weiß schon, was die beiden für eine komische Beziehungsform führen. Vielleicht leben sie dieses neumodische Konzept namens Polyamorie? Oder die sogenannte offene Beziehung? Ein fester Partner fürs Herz – und trotzdem Sex, mit wem immer man will ...?«

Lenka grummelte weiter. »Nichts für mich«, murmelte sie.

»Nein«, bestätigte Corinna. »Für mich auch nicht.«

Einen Moment lang sahen sie sich an, und Lenka spürte einen Anflug der alten Vertrautheit, die früher einmal zwischen ihnen bestanden hatte. Doch diese verflog genauso schnell wieder, als ihr etwas einfiel, das sie Corinna schon seit einer ganzen Weile hatte fragen wollen.

»Da gibt's nur eins, was mich wundert«, begann sie.

»Ach ja?« Corinna hob die Brauen. »Was denn?«

»Warum du ausgerechnet die Sache mit meinen Bildern ansprechen musstest.«

Corinna runzelte die Stirn. »Wie bitte?«

»Na, von wegen ich und Künstlerin!«, rief Lenka aus. »Du hast mich doch als solche angepriesen! Schon vergessen? Und dann auch noch die Sache mit *you.and.meART*. Ich meine, mal ganz im Ernst: Du hast doch gewusst, was dabei rauskommen würde, oder? Sobald das einmal angesprochen wäre, würde Naomi natürlich nicht lockerlassen. Sie würde die Webseite unbedingt sehen wollen. Und du bist – abgesehen von mir – die Einzige, die wusste, was sie dort vorfinden würde: nämlich Bilder von sich selbst. Denn immerhin warst du diejenige, die mein erstes Porträt von ihr überhaupt zu sehen gekriegt hat. Deswegen hast du Naomi auch so gekonnt als sogenanntes Betthäschen identifiziert, stimmt's? Du hattest das Bild schließlich nur wenige Minuten vorher auf meinem PC gesehen – damals, als du bei mir warst, um deine restlichen Sachen zu holen. Du hast mir sogar noch Komplimente dafür gemacht, weißt du noch? Und nur wenige Minuten später bist du ihr dann an der Tür direkt in die Arme gelaufen, sozusagen live und in Farbe.« Lenka spürte, wie sie sich in Rage redete, spürte, wie ihr die Hitze in die Wangen stieg. »Und ich wette, genau aus diesem Grund hast du dich so eingehend mit ihr unterhalten, stimmt's? Weil du gecheckt hast, wer sie ist und was da läuft. Beziehungsweise weil du wissen wolltest, was da laufen könnte. Hast mal eben, heimlich, still und leise, ein kleines Pläuschchen mit deiner Nachfolgerin gehalten, was? Und letztens hast du dich dann ebenso entspannt zu uns ins Café an den Tisch gesetzt – und dabei natürlich nicht vergessen, die Bilder wieder zu erwähnen. Weil du geahnt hast, dass Naomi sich eben nicht vor Begeisterung überschlagen würde, wenn sie davon erfährt, sondern – na, dass sie eben so reagieren würde, wie sie reagiert hat. Und jetzt sitze ich hier – und sie ist erstens in Amsterdam und zweitens stinksauer auf mich!« Ihre Stimme war immer lauter geworden, weitaus lauter, als es sich mit dem normalen Geräuschpegel eines öffentlichen Cafés vertrug. Aus dem Augenwinkel registrierte Lenka, dass sich an den Nebentischen mehrere Gesichter in ihre Richtung gedreht hatten. Sie und Corinna waren plötzlich der Mittelpunkt der Aufmerksamkeit. Lenka spürte die Blicke auf sich ruhen, manche verwirrt, andere verärgert über die Ruhestörung. Aber was die Leute dachten, das war ihr für den Moment, verdammt noch mal, herzlich egal.

»Ich will nicht behaupten, dass es irgendwas ändern würde, wenn sie nichts von den Bildern wüsste«, fuhr sie fort, ohne ihre Stimme nennenswert zu senken. »Vor allem nicht an ihren Gefühlen für Janine – aber wer weiß? So oder so: Ich würde es vorziehen, wenn Naomi in Amsterdam wäre, *ohne* sauer auf mich zu sein. Und dass sie so sauer ist, liebe Corinna, das ist ganz allein deine Schuld!« Sie machte eine kleine Pause, um Luft zu holen, und starrte Corinna wutentbrannt an. »Ganz ehrlich: Was sollte das? Bist du eifersüchtig? Ist es das? Hast du mir nicht mal das bisschen Glück gegönnt, das ich mit Naomi hatte – auch wenn es nur eine Sache auf Zeit war?«

Corinna hatte Lenka erneut kein einziges Mal unterbrochen. Nur ihre Augenbrauen hatten sich nach und nach immer weiter gehoben und ihre Kinnlade im gleichen Maße gesenkt. Jetzt atmete sie tief durch. Dann stützte sie die Ellbogen auf den Tisch, legte die Hände in einer etwas geziert wirkenden Geste übereinander, setzte das Kinn darauf und musterte Lenka.

»War's das?«, fragte sie.

»Ja«, sagte Lenka. »Das war's.«

»Darf ich jetzt was sagen?«

»Ich bitte darum.«

»Ganz ehrlich, Lenka?« Corinna seufzte. »Ich frage mich gerade ganz ernsthaft, was und wer – bitte entschuldige den Ausdruck – dir ins Hirn geschissen hat.«

Es brauchte einige Zeit und noch wesentlich mehr Überzeugungsarbeit, bis Corinna Lenka klargemacht hatte, dass nicht *sie* es gewesen war, die Naomi die entscheidenden Hinweise gegeben hatte.

Nicht Corinna hatte Lenkas künstlerische Betätigung angesprochen.

Nicht Corinna hatte auf *you.and.meART* hingewiesen.

»Das hab ich alles selbst getan?«, fragte Lenka verblüfft.

»Oh ja, das hast du«, versetzte Corinna. »Und so langsam wünsche ich mir, ich hätte ein Diktiergerät dabeigehabt, um dir das Gespräch wortwörtlich wiederzugeben.«

Aber das war inzwischen gar nicht mehr nötig, das wussten sie beide.

Sie ist eine große Künstlerin, hallte Naomis Stimme in Lenkas Kopf wider. *Eine ganz tolle Künstlerin sogar.*

Ich hab ein Publikum, hörte sie dann sich selbst sagen. *So eine Website. Heißt you.and.meART.*

Sie hatte selbst davon angefangen. Sie und niemand sonst.

Lenka schluckte.

Schluckte, wo sie schon mal dabei war, auch gleich ein paar Tränen hinunter. Vor allem Tränen der Scham.

»Herrje …!«, murmelte sie. Und jetzt war sie es, die Corinnas Hand berührte, über den Tisch hinweg. »Tut mir leid … verdammt, es tut mir so leid …«

Corinna sah ihr fest in die Augen. »Ich hoffe, du hast es kapiert?«

»Ja.«

»Hast eingesehen, dass ich keine eifersüchtige Trulla bin, die über den Verlust deiner Wenigkeit nicht hinwegkommt?«

»Ja … ich meine, nein … nein, du bist keine – ach, was auch immer.« Lenka beugte sich vor und vergrub den Kopf in den Händen. »Tut mir leid, ehrlich. Ich bin irgendwie vollkommen durch den Wind.« Sie stockte, seufzte, zögerte eine Weile. Dann fragte sie zaghaft: »Corinna?«

»Ja?«

»Wie hast du es eigentlich so lange mit mir ausgehalten?«

»Oh, bitte!« Corinna hieb mit der flachen Hand auf den Tisch. »Jetzt fang bloß nicht so an. Du bist zwar total bescheuert, aber trotzdem schwer in Ordnung, so, wie du bist.«

»Warum hast du dann Schluss gemacht?«

»Ach, verdammt noch mal! Manchmal, da passen zwei Menschen einfach nicht zusammen.«

»Und was genau hat dir plötzlich nicht mehr an mir gepasst?«

»Ach, Lenka!« Corinna sah aus, als wisse sie nicht, ob sie wütend werden oder Lenka wie einem Kind den Kopf streicheln sollte. »Es war eben ...« Sie brach mitten im Satz ab und sah zur Seite. »Es kam nicht so plötzlich, wie du denkst, okay? Ich war schon lange –«

»Was? Unglücklich?«

»Nein«, sagte Corinna, sehr ruhig, aber auch sehr bestimmt. »Nicht im Reinen. Und zwar mit mir. Mit mir, mit der Welt und mit meinem Leben. Mit dir – tut mir leid, dir das sagen zu müssen – hatte das am allerwenigsten etwas zu tun.«

Lenka hob die Brauen, und Corinna schien einzusehen, dass diese Erklärung so noch nicht ausreichte.

»Weißt du ... ich denke, Leute in unserem Alter, so Ende zwanzig, Anfang dreißig, fangen an, sich Fragen zu stellen. Fangen an, sich zu fragen, ob sie in etwa da stehen, wo sie stehen wollen. Mit ihrem Beruf. Mit ihren Zielen. Sie fangen an, zu vergleichen, ob das, was sie sich für ihr Leben erhoffen, sich in etwa mit der Situation deckt, in der sie leben. Und dann ... ach, ich kann das auch nicht so richtig erklären. Irgendwie hatte ich plötzlich das Gefühl, ausbrechen zu müssen, und als wäre das hier meine letzte Gelegenheit. So eine Art verfrühte Midlife-Crisis, weißt du? Kommt dir das denn kein bisschen bekannt vor? Oder ist das für dich so normal, dass du es gar nicht mehr wahrnimmst? Ich meine, ihr Künstlerpack steckt doch ohnehin ständig in irgendwelchen Sinnkrisen, oder?«

Es gelang Lenka ganz gut, diese letzte Spitze zu überhören, denn eigentlich war es gar keine. Corinna lächelte sogar ein bisschen.

Und ja: Natürlich kam Lenka das Ganze bekannt vor, mehr als Corinna vielleicht ahnte. Je näher ihr eigener Geburtstag rückte, je weiter die magische 30 unaufhaltsam heranrollte, desto mehr Zweifel hatte sie, ob sie mit ihren künstlerischen Ambitionen jemals etwas erreichen würde. Ob es nicht langsam zu spät für sie wurde: zu spät, um als Künstlerin noch richtig durchzustarten. Und langsam, aber sicher auch zu spät, um in der Arbeitswelt Fuß zu fassen. Der *richtigen* Arbeitswelt natürlich. Mit 40-Stunden-Woche, 21 Tagen bezahltem Urlaub und gesetzlicher Krankenversicherung.

»Ja«, sagte sie. »Ich denke, ich verstehe das schon. Und,

ähm ... also du warst ... unzufrieden? Mit mir?«

»Oh, du egozentrisches kleines Biest!«, rief Corinna aus. »Wie oft soll ich es denn noch sagen: Es lag nicht an dir, zumindest nicht nur. Du bist nicht das Zentrum des Universums, klar?«

»Klar«, meinte Lenka.

»Und falls es dich interessiert«, fuhr Corinna fort, »ich hab mir die Sache wirklich nicht leicht gemacht. Es gab sogar Momente, da hab ich es bitter bereut, dich verlassen zu haben. Aber im Endeffekt war es die richtige Entscheidung.« Sie sah Lenka zweifelnd an. »Lenka, ich ... bin mir nicht sicher, ob du das verstehst. Beziehungsweise ob du das jetzt schon verstehst – oder ob du immer noch sauer bist und das Gefühl hast, ich hätte dich hängenlassen. Aber ich hoffe, irgendwann begreifst du, was ich dir zu sagen versuche.«

Und plötzlich verstand Lenka tatsächlich. Sie begriff, warum sie Corinna angerufen hatte, begriff den eigentlichen Grund, warum sie dieses Gespräch gesucht hatte.

Es ging, stellte sie fest, nämlich schon längst nicht mehr um Naomi.

Es ging um sie und Corinna. Beziehungsweise darum, dass sie eben nicht mehr Lenka und Corinna waren. Jetzt waren sie zwei Individuen.

Lenka.

Corinna.

Jede für sich.

Aber wenn Lenka jetzt, in genau diesem Moment, einmal sorgfältig in sich hineinhorchte, dann fühlte sie sich trotzdem kein bisschen allein.

Jetzt nicht mehr ...

Sie hob den Kopf und sah wieder zu Corinna auf. »Wow! Hat ja ganz schöne Kreise gezogen, die Sache hier. Dabei wollte ich –«, sie unterbrach sich und fing an, verwirrt zu lächeln, »... ich wollte doch eigentlich nur mit dir reden ...«

»Tja, das hast du ja jetzt.« Corinna lächelte ebenfalls. »Schätze, dieses Gespräch war einfach mal fällig, hm?«

»Ja.«

Schweigen. Dann ein Grinsen auf Corinnas Seite. »Siehst du?

Exfreundinnen müssen nicht immer die Bösen sein, stimmt's?«

»Stimmt.«

»Also, mir geht's jetzt besser.«

»Ja, mir auch ...«

Sie lächelten sich an.

»Und noch mal zum Mitschreiben«, betonte Corinna. »Du bist echt okay, Lenka. Mehr als okay. Du bist eine echt tolle Frau. Und wenn dein süßes Betthäschen das nicht erkennt, dann ist sie selbst schuld.«

»Sie ist kein Betthäschen«, gab Lenka zurück. »Vor allem nicht meins.« Sie verschränkte die Arme. »Und wenn man es recht bedenkt, ist sie noch nicht mal süß. Sie ist eine kleine, unberechenbare, kindische, blöde Kuh.«

Corinna betrachtete sie mit einem fast wehmütigen Lächeln. »Au weia!« Jetzt legte sie ihre Hand auf Lenkas. »Dich hat's wirklich ganz schön erwischt, was?«

»Hmpf«, machte Lenka.

»Weißt du was?« Corinna klopfte ihr auf den Unterarm. »Vielleicht hat Miles ja recht: Vielleicht ist Naomi wirklich in Amsterdam, um diese Janine ein für alle Mal abzuservieren.«

Lenka lächelte dünn. Dann stellte sie Corinna dieselbe Frage, die sie schon Miles gestellt hatte: »Glaubst du das wirklich?«

»Na ja, die Hoffnung stirbt zuletzt, oder?«

»Ja«, murmelte Lenka. »Irgendwie schon ...«

»Apropos Hoffnung«, sagte Corinna plötzlich. »Ich rechne fest mit einer Einladung zu deinem Dreißigsten. Der ist nächste Woche, ich hoffe, das vergisst du nicht?«

Lenka zog ihre Hand weg und grinste Corinna gequält an. »Vielen Dank! Du hast mich soeben daran erinnert! Was meine Laune übrigens ungemein verbessert.«

Corinna grinste breit. »Das betrachte ich als eine meiner Pflichten. Ab und zu muss eine Exfreundin doch mal böse sein.«

»Aber nur ein bisschen.«

»Ja, nur ein ganz kleines bisschen!«

Falls Lenka bis jetzt noch angenommen hatte, sie könne sich erfolgreich vor der magischen Dreißig drücken, könne sich einfach mit einer ausreichenden Menge Alkohol in ihrer Wohnung verkriechen und auf den schrecklichen Anlass heimlich, still und leise und vor allem nur mit sich selbst anstoßen, dann hatte sie sich geschnitten: Corinna erwartete eine Feier. Vor allem aber erwartete sie, zu dieser Feier eingeladen zu werden. Falls sie nicht eingeladen werden würde, dann würde sie trotzdem kommen. Da jedoch eine Privatparty unter Exfreundinnen ein klein wenig seltsam anmutete, würde sie einfach noch ein paar Leute mitbringen. Und weil Lenka ihrerseits keine Lust auf eine Party voller unbekannter Sprachtherapeutinnen hatte, würde auch sie selbst einigen Leuten Bescheid geben. Miles zum Beispiel. Und noch ein paar anderen Kollegen aus dem Kino.

Natürlich bedurfte eine solche Party einer gewissen Vorbereitung, und Corinna erklärte sich spontan bereit, Lenka dabei unter die Arme zu greifen. Vermutlich wollte sie sichergehen, dass Lenka die Sache auch wirklich durchzog und sich am fraglichen Tag nicht doch mit einer Flasche Schnaps in ihrer Wohnung einschloss und so tat, als sei sie nicht zu Hause.

Also begannen sie eine Einkaufstour, um schon mal einen Grundstock zu besorgen. Das war natürlich auch Corinnas Idee, und Lenkas Protest dagegen war nur mehr eine Formsache. Insgeheim war sie ganz froh darüber, dass sie das ganze Zeugs nicht allein schleppen musste. Zumindest in dieser Hinsicht war Corinna Gold wert – und ihr Auto erst recht.

Sie drehten eine Runde durch die Super- und Getränkemärkte und beförderten Wasserkisten, Bier, Cola und Unmengen an Chips ins Auto. Lenka standen bald die Haare zu Berge, als sie nachrechnete, was die ganze Nummer sie kosten würde. Doch Corinna winkte ab.

»Entspann dich. Man wird nur einmal dreißig.«

»Du musst es ja wissen«, gab Lenka bissig zurück. »Du hast es schon hinter dir.«

Sie waren gerade dabei, die Getränkekisten in den Kofferraum zu laden, als Corinna plötzlich fragte: »Sag mal, kann ich noch jemanden mitbringen?«

»Klar«, meinte Lenka. »Gar kein Problem.«

»Bist du sicher?«

»Sicher bin ich sicher!«

»Ich meine ja nur ...«, Corinna druckste plötzlich herum.

»Weil es jemand ist, den du gar nicht kennst.«

»Eine Freundin?«

»Gewissermaßen.«

»Wieso sollte ich ein Problem damit haben, dass ich sie nicht kenne? Dann lerne ich sie eben kennen.«

»Ich meine ja nur«, wiederholte Corinna.

Lenka musterte sie einmal von oben bis unten. Sie war zu lange mit Corinna zusammen gewesen, um nicht zu merken, dass mehr dahintersteckte. Also stellte sie die Wasserkiste, die sie gerade hatte hochhieven wollen, wieder auf dem Boden ab und stemmte die Arme in die Hüften.

»Okay, Corinna: Was ist los?«

Corinna trat von einem Fuß auf den anderen. »Na ja, also ... Lenka, ich ...« Sie wich Lenkas Blick aus. »Ich hab da jemanden kennengelernt. So, jetzt ist es raus.«

Lenka schluckte. Nur unwillkürlich, aber sie schluckte trotzdem.

Deswegen war Corinna nicht eifersüchtig geworden. Deswegen hatte sie die Sache mit Naomi einfach hingenommen. Weil sie selbst längst wieder jemanden hatte. Oder zumindest jemanden in Aussicht.

Corinna hatte sich neu verliebt, oder wenigstens war sie gerade dabei. Nun war es ja nicht so, als wäre das bei Lenka nicht auch der Fall. Trotzdem war es seltsam, sich auch an Corinnas Seite jemand anderen vorzustellen.

Und außerdem: Ein bisschen plötzlich kam das ja schon ...

Lenka schluckte erneut. Dann überlegte sie. Überlegte, ob sie das störte. Überlegte, ob sie sich verletzt fühlte, ob sie eifersüchtig wurde. Ob diese Mitteilung ihr irgendwo, in einem versteckten Winkel ihres Herzens Schmerz bereitete.

Sie horchte sehr sorgfältig in sich hinein. Vielleicht ein bisschen zu sorgfältig, denn angesichts ihres langen Schweigens ruderte Corinna schließlich wieder ein Stück weit zurück. »Hör zu, vergiss es einfach, okay? Ich dachte nur, weil du jetzt das mit Naomi am Laufen hast ... na ja, wie auch immer. Ich werd' sie nicht mitbringen. Ist wahrscheinlich noch zu früh –«

In diesem Augenblick legte Lenka ihr die Hand auf den Arm. »Ich find's toll.«

Corinna sah sie misstrauisch an. »Bist du sicher?«

»Natürlich bin ich sicher«, sagte Lenka lächelnd. »Im Ernst: Ich freue mich wahnsinnig für dich. Und du darfst sie gern mitbringen. Ich bin nämlich außerdem ein bisschen neugierig.« Sie musste grinsen. »Schließlich muss ich mir mal ansehen, was oder wen du dir da ins Haus holst.«

Corinna blinzelte. Dann, ganz plötzlich, umarmte sie Lenka und drückte sie fest an sich. »Uff«, flüsterte sie. »Jetzt bin ich aber erleichtert.«

Nachdem sie ihre Einkaufstour beendet hatten, fuhren sie zu Lenka nach Hause. Sie standen gerade an einer Ampel und plauderten über irgendetwas, als Lenka plötzlich ein Gesicht auf der anderen Straßenseite erspähte, das ihr nur allzu bekannt vorkam. Dazu kamen haselnussfarbenes Haar, hohe Stiefel, knielanger Rock.

»Was zum Teufel –«, stieß sie hervor.

»Hä?«, fragte Corinna ganz erschrocken. »Was hast du denn?«

»Das ist Naomi!«

»Was?«

»Da drüben, an der Ampel!«

Corinna reckte den Hals, dann schüttelte sie den Kopf. »Ich seh' nichts.«

»Wohl!«, rief Lenka. »Guck doch hin, Mensch! Da drüben!«

Im selben Augenblick sprang die Ampel auf Grün, und Corinna musste Gas geben. Lenka drehte sich hektisch auf ihrem Sitz um. Doch das haselnussfarbene Haar war bereits aus ihrem Blickfeld verschwunden. Sie sackte in ihren Sitz zurück und atmete tief aus. Ihr Puls war plötzlich so heftig, als stünde sie kurz vor einem Herzinfarkt.

Naomi.

Hier. Nicht in Amsterdam.

Wieso ...?

Und dabei hatte es fast so ausgesehen, als würde das hier doch noch ein schöner freier Tag werden ... tja, bis gerade eben.

Corinna sah sie besorgt von der Seite an. »Alles okay bei dir?«

»Nein«, fauchte Lenka. »Nein, es ist überhaupt nichts okay.« Sie spürte, wie ihre Hände zitterten.

»Du hast dich bestimmt geirrt«, meinte Corinna, doch irgendwie klang sie selbst nicht ganz überzeugt. »Ich meine, das kann doch gar nicht Naomi gewesen sein. Die ist doch in Amsterdam, oder? Hat sie dir selbst gesagt.«

»Ja«, knurrte Lenka. »Das hat sie gesagt. Und demzufolge – hat sie mich angelogen.«

»Und wieso«, meinte Corinna, »sollte sie das tun?«

»Tja.« Lenka verschränkte die Arme vor der Brust und starrte stur in den Verkehr vor ihnen. »Das ist eine verdammt gute Frage.«

Kapitel 14

Corinna tat, was sie konnte, um den Schaden zu begrenzen. So verdonnerte sie Lenka und sich selbst erst mal zur Arbeit: Auto auspacken, Sachen einräumen und ordentlich in der Wohnung verstauen. Körperliche Tätigkeit, behauptete sie, sei gut, um auf dem Boden der Tatsachen zu bleiben. Und wo sie schon mal dabei waren, könne Lenka vielleicht noch eine kleine Putz-Session einlegen. Beim letzten Mal habe die Wohnung nämlich ein bisschen schmuddelig ausgesehen, wenn ihr die Bemerkung gestattet sei …

Als Corinna dann die frisch gesäuberten Räume betrat, picobello aufgeräumt und blitzblank, schaute sie ein bisschen dumm aus der Wäsche. Normalerweise hätte Lenka über das verdutzte Gesicht gelacht. Doch jetzt war ihr nicht danach zumute.

Anschließend versuchte Corinna, die Sache abzutun: Lenka habe sich bestimmt geirrt, meinte sie. Sie müsse jemanden mit Naomi verwechselt haben. Jemanden mit einer ähnlichen Statur, einer ähnlichen Haarfarbe, und vielleicht hatte dieser Jemand auch zufällig den gleichen Kleidungsstil – bevorzugt Stiefel und Minirock. Viele junge Mädels trugen doch Stiefel und Minirock, oder? Und immerhin hatte Lenka besagte Person ja nur einen kurzen Moment gesehen, eigentlich nur aus dem Augenwinkel. War eine Verwechslung da wirklich so abwegig?

Und überhaupt: Wenn es tatsächlich Naomi gewesen war, wieso hatte Corinna sie dann nicht auch wiedererkannt? Zugegeben, sie kannte Naomi nicht so gut wie Lenka, aber völlig fremd waren sie beide einander schließlich auch nicht.

Von wegen, polterte Lenka dazwischen. Es war eindeutig Naomi gewesen. Sie würde ja wohl die Frau erkennen, in die sie ebenso heftig wie hoffnungslos verliebt war. Die Frau, die ihr pausenlos im Kopf herumspukte, ihre Muse, ihr neustes Lieblingsmodell für all ihre Bilder ...

»Weißt du denn ganz sicher«, erwog Corinna die nächste Möglichkeit, die ihr plausibel schien, »dass sie heute schon losfahren wollte? Vielleicht bricht sie ja erst morgen auf?«

»Nein«, meinte Lenka. »Sie wollte heute fahren. Definitiv!«

»Selbst wenn«, hielt Corinna dagegen. »Vielleicht ist ihr ja was dazwischengekommen? Vielleicht musste sie schnell noch etwas besorgen oder so?«

»Schnell?« Lenka lächelte ironisch. »Sie sah nicht aus, als wäre sie sonderlich in Eile. Im Gegenteil. Sie sah ziemlich entspannt aus.«

Inzwischen war Corinna schon ziemlich genervt. »Dann hat sie eben einen anderen triftigen Grund gehabt, die Reise zu verschieben.«

»Oder«, schloss Lenka messerscharf, »sie hatte gar nicht vor zu reisen.«

Ja, vielleicht war es das. Vielleicht hatte Naomi niemals die Absicht gehabt, nach Amsterdam zu fahren. Nur: Warum hatte sie es dann behauptet? Bloß, um ein freies Wochenende zu haben? Wohl kaum.

Oder doch ...?

Konnte Naomi, überlegte Lenka, wirklich so dreist sein? Aber dafür hatte sie doch gar keinen Grund. Wenn sie ein paar freie Tage brauchte, dann hätte sie es doch einfach sagen können. Da hätte sich sicherlich eine Lösung gefunden.

Okay, Lenka hatte sich schon ein bisschen angestellt. Sie war sauer geworden, weil Naomis Abmeldung so kurzfristig kam – und, zugegeben, auch wegen der Gesamtsituation. Die angespannte Stimmung zwischen ihr und Naomi hatte ein Übriges getan.

Trotzdem hätte Naomi nicht gleich schweres Geschütz auffahren und ihr die dreisteste Lüge überhaupt auftischen müssen.

Oder – Lenka schluckte bei diesem Gedanken – hatte Naomi das mit Amsterdam vielleicht nur behauptet, um Lenka zu verletzen ...?

Corinna beobachtete Lenka während dieser Überlegungen mit schiefgelegtem Kopf. Schließlich platzte ihr der Kragen. »Verdammt noch mal! Erst heulst du rum, weil Naomi nach Amsterdam fährt – und jetzt heulst du, weil sie nicht fährt. Dir kann man aber auch gar nichts recht machen!«

Da war natürlich etwas dran. Wenn Naomi nicht nach Amsterdam gefahren war, dann bestand vorerst vielleicht nicht die Gefahr, dass sie endgültig dorthin verschwinden würde. Dann gab es vielleicht noch kein Auslandskonto, keinen Sprachkurs und keine Einschreibung für das kommende Semester.

Vorerst jedenfalls nicht.

Andererseits hatte sie dann auch nicht vorgehabt, Janine ein für alle Mal abzuservieren.

Vorerst jedenfalls nicht ...

Als Corinna bemerkte, wie sehr ihre Exfreundin neben sich stand, seufzte sie, nötigte Lenka auf den nächsten Stuhl, kochte ihnen beiden einen Tee und stellte die Tassen dann mit ziemlichem Nachdruck auf den Tisch.

»Sag mal«, meinte sie. »Wenn dir die Sache so wahnsinnig wichtig ist – warum fragst du Naomi dann nicht einfach?«

Als Lenka sich am Montagmittag für die Arbeit vorbereitete, stand für sie eines fest: Sie würde Naomi *ganz bestimmt nicht* fragen. Sie würde den angeblichen Ausflug nach Amsterdam einfach überhaupt nicht ansprechen. Naomi hatte sie in dieser Sache bereits einmal belogen. Und die Möglichkeit, dass sie es noch einmal tun könnte, tat einfach zu sehr weh. Deswegen hoffte Lenka, dass Naomi auch von sich aus nicht mit dem Thema anfangen würde. Die Vorstellung, wie sie von Hollands Hauptstadt, von Grachten, Gouda und legalem Grasrauchen schwärmen würde, obwohl alles nur frei erfunden war, bereitete Lenka beinahe körperliche Schmerzen.

Naomi hatte ihr nie falsche Hoffnungen gemacht. Sie war in

Bezug auf Janine immer offen gewesen und hatte damit auch klargemacht, welchen Platz Lenka in ihrem Leben haben konnte: Affäre – ja. Freundschaft plus – gern.

Liebe – nein.

Ja, Naomi war ehrlich gewesen. Nur warum hörte sie jetzt damit auf? Wenn sie wegen der *you.and.meART*-Geschichte nicht mehr mit Lenka zusammen sein wollte, ja, selbst wenn sie ihren Kontakt nur noch auf das Allernötigste beschränken wollte: Warum in drei Teufels Namen sagte sie das nicht einfach?

Lenka wäre traurig darüber, klar. Sie wäre verletzt, würde sich vor den Kopf gestoßen fühlen, wütend werden und sicherlich im stillen Kämmerlein ein paar heimliche Tränen vergießen. Es würde einfach verflucht wehtun. Aber dann wüsste sie wenigstens, woran sie war.

Lieber das Pflaster mit einem Ruck abreißen.

Lieber einmal richtig vor Schmerzen aufschreien, anstatt sanft, aber stetig vor sich hin zu leiden.

Aber fürs Erste hieß die Devise: Klappe halten und die Dumme spielen. Mein Name ist Hase, dachte sie, und offiziell weiß ich von nichts.

Lenka hatte sich gerade für die Schicht umgezogen und verplauderte die letzten Minuten vor dem ersten Besucheransturm bei Miles an der Bar. Da legte ihr jemand von hinten eine Hand auf die Schulter.

»Hi, Lenka!«, erklang Naomis fröhliche Stimme und fügte rasch noch ein »Hallo, Miles!« hinzu.

»Hi, Na-«, begann Miles und riss dann unvermittelt die Augen auf. »Krass!«, rief er aus. »Was hast du denn gemacht?«

Lenka betrachtete einen Moment lang Miles' überrascht-verwirrtes Lächeln, dann drehte sie sich zu Naomi um.

»Wow!«, entfuhr es nun auch ihr. Naomis haselnussfarbene Mähne war – weg. Stattdessen waren ihre Haare jetzt streichholzkurz und mit ein paar blonden Strähnchen durchsetzt. »Wow«, sagte Lenka noch einmal. Und fügte dann das Dümmste hinzu, was man in so einer Situation sagen konnte: »Warst du beim Friseur?«

»Nein, das war ein Unfall mit dem Rasenmäher.« Naomi

grinste schief, was mit der neuen Frisur zwar vertraut, aber zugleich auch irgendwie fremd wirkte. Ein Anflug von Unsicherheit mischte sich in ihr Lächeln. »Und?«, fragte sie. »Wie findet ihr es?«

»Tja ...«, machte Lenka.

»Uff ...«, fügte Miles hinzu. Er fing sich als Erster, was möglicherweise daran lag, dass er Naomi gegenüber nicht halb so befangen war wie Lenka. »Ungewohnt, aber elegant«, kommentierte er. »Interessant und stilsicher.«

Naomi schielte zu Lenka hinüber, aber die sagte nichts. Noch weiter verunsichert, wandte Naomi sich wieder Miles zu. »Komm, sei ehrlich! Was du in Wirklichkeit meinst, ist, dass es schrecklich aussieht, oder?«

»Nicht doch.« Miles, der die nervöse Spannung zwischen Naomi und Lenka förmlich zu riechen schien, versuchte die Situation mit einem besonders strahlenden Lächeln zu überspielen. »Aber wie ist denn das passiert? Lass mich raten: Du hast die Kohle so nötig, dass du sogar deine Haare verkaufen musstest. Oder du hast in Amsterdam so viel gekifft, dass du plötzlich dachtest, eine radikale Typveränderung wäre eine gute Idee – und inzwischen bereust du es bitter.«

Nein, dachte Lenka. Er hat es gesagt.

Er hat *Amsterdam* gesagt.

Miles, dieser ahnungslose Trottel, hatte das Unwort des Tages benutzt – und würde damit fraglos eine Lawine lostreten ...

»Hä? Gekifft ...?« Naomi blinzelte verwirrt. Doch dann fiel der Groschen. »Ach so! Nein, Quatsch. Die neue Frisur war zwar eine spontane, aber immerhin eine ganz bewusste Entscheidung. Und ob ich sie bereue, weiß ich bis jetzt ehrlich gesagt noch nicht.« Wieder glitt ihr Blick fragend zu Lenka. Aber als diese stur weiter schwieg, fügte Naomi hinzu: »Und falls es euch interessiert: Ich hatte die Idee nicht in Amsterdam. Da bin ich nämlich gar nicht gewesen.«

Miles runzelte verwirrt die Stirn.

Und Lenkas Kinnlade klappte herunter.

»Du bist gar nicht da gewesen?«, wiederholte sie ein bisschen dümmlich, was sie ohnehin schon wusste – und was die Sache trotzdem nicht einfacher machte.

»Nein«, war Naomis lakonische Antwort.

»Ja, aber –«, begann Lenka.

»Oh!«, rief Miles plötzlich aus. »Ich seh' grad, wir haben keine Eiswürfel mehr! Da geh ich doch lieber mal schnell welche holen.« Weg war er, zweifellos entschlossen, nicht wieder zwischen die Fronten zu geraten – und diesmal gelang es ihm tatsächlich, rechtzeitig aus der Schusslinie zu flüchten.

Lenka und Naomi standen nun allein an der Bar und sahen sich an.

»Du bist gar nicht da gewesen?«, fragte Lenka noch einmal, und auch beim zweiten Mal klang es nicht gerade schlauer.

»Nein«, wiederholte Naomi.

Dann hatte Lenka also recht gehabt: Sie hatte Naomi am Freitagnachmittag auf der Straße gesehen – offensichtlich bevor ein Friseur mit der Schere über ihre Haare hergefallen war.

Na, immerhin: keine Lüge. Keine falsche Grachten-Gouda-Gras-Geschichte. Naomi verlegte sich also auf die Wahrheit. Schön und gut. Aber irgendwie machte das die ganze Sache bloß noch komplizierter. Da spazierte Naomi einfach so mir nichts, dir nichts mit ihrer neuen Frisur herbei und erzählte freimütig, dass sie gar nicht in Amsterdam gewesen war – und brachte Lenka damit prompt in Zugzwang. Jetzt konnte Lenka dem Thema nämlich nicht mehr ausweichen, weil das wie bewusstes Ignorieren gewirkt hätte. Jetzt *musste* sie Naomi fragen, wo sie denn stattdessen gewesen war. Beziehungsweise warum sie nicht dort gewesen war, wo sie eigentlich hatte sein wollen.

Nach Amsterdam zu fragen, bedeutete wiederum gleichzeitig, nach Janine zu fragen.

Amsterdam.

Janine.

Zwei Worte. Und doch Synonyme für dieselbe Sache.

Naomi lehnte am Tresen und sah Lenka immer noch an.

»Du sagst ja gar nichts«, stellte sie schließlich fest.

»Sollte ich?«

»Weiß ich nicht.« Naomi hob die Schultern. »Musst du nicht. Aber vielleicht willst du?«

Diesmal war es Lenka, die sagte: »Weiß ich nicht.«

Verdammt noch mal, glaubte Naomi eigentlich, sie könne alles mit Lenka machen? Könne ihr ein paar freie Tage abschwatzen, um in Ruhe shoppen zu gehen und ganz nebenbei eine komplette Typveränderung vorzunehmen? Was kam dann als Nächstes? Bezahlter Urlaub für einen Tag im Nagelstudio?

»Also.« Naomi hielt das angespannte Schweigen offenbar nicht mehr aus. »Ich …« Sie brach ab, atmete tief durch und setzte dann erneut an. »Amsterdam hat sich für mich erledigt«, erklärte sie.

Lenka starrte sie nur an. »Wie, erledigt?«

»Na, erledigt eben. Ich will da nicht mehr hin. Ich bleib hier!«

Lenka starrte sie weiterhin an wie vom Donner gerührt. Sie war nicht sicher, was sie von alledem halten sollte.

Naomi lächelte etwas nervös. »Du sagst ja immer noch nichts.«

Womit sie fraglos recht hatte.

»Tja, na ja …« Naomi hob die Schultern. »Das wollte ich dir nur gesagt haben. Und das – ähm – hab ich ja jetzt.« Sie streckte die Hand nach Lenka aus, als wolle sie sie berühren. Doch auf halbem Wege überlegte sie es sich plötzlich anders, lächelte nur verhalten und murmelte etwas von »Muss an die Arbeit …« Damit drehte sie sich um und setzte sich eilig in Bewegung. Auf dem Weg zur Kasse kreuzte sie den Weg von Miles, der gerade mit einem Arm voller Eiswürfel-Tüten herankam. Sie nickte ihm im Vorbeigehen zu, und Miles lächelte verwirrt und deshalb etwas mechanisch zurück. Dann blickte er auf Lenka, die wie eine Salzsäule am Tresen stand und Naomis schmaler Gestalt mit dem ungewohnten Kurzhaarschnitt hinterhersah.

»Klappe zu, es zieht!«, bemerkte er, bevor er das Eis mit einem vernehmlichen Aufatmen neben dem Spülbecken abstellte. »Und außerdem sieht es dämlich aus.«

Lenka machte tatsächlich den Mund zu, fühlte ihren IQ dadurch aber nicht nennenswert ansteigen. Und schlauer aus Naomis kryptischen Andeutungen machte es sie auch nicht.

»Okay.« Miles stützte sich mit beiden Händen rechts und links von den Eistüten ab. »Nicht, dass ich mich einmischen will. Ich möchte bloß eine Anmerkung machen. Neutral und absolut wertfrei. Also: Punkt Eins.« Er hob den rechten Daumen. »Deine kleine Freundin war gar nicht in Amsterdam, obwohl sie, seit ich sie kenne, von kaum etwas anderem faselt. Punkt Zwei«, damit schnellte der linke Daumen in die Höhe, »gerüchteweise ist mir zu Ohren gekommen, dass Frauen sich immer dann die Haare abschneiden, wenn sie ihr Leben verändern wollen. Äußere Veränderung als Symbol für innere Veränderung – oder so ähnlich. Kombiniert man nun die Punkte Eins und Zwei«, Miles wackelte mit beiden Daumen, »und bezieht sie auf die aktuelle Situation, dann ...« Er ließ den Halbsatz dramatisch in der Luft hängen.

»Dann?«, fragte Lenka.

»Dann muss das natürlich rein gar nichts bedeuten.« Miles grinste über Lenkas enttäuschtes Gesicht. »Aber«, hier hob er anstatt des Daumens den Zeigefinger, »es könnte auch heißen: Es gibt einen Silberstreif am Horizont. Meinst du nicht?«

Lenka begriff nicht gleich, was er meinte, geschweige denn was sie denken sollte.

Was sie hoffen konnte.

Was sie sich an Hoffnung überhaupt zugestehen durfte.

Amsterdam hat sich erledigt ..., hatte Naomi gesagt.

Wenn Amsterdam sich erledigt hatte und *Amsterdam* in Naomis persönlichem Sprachcode praktisch gleichbedeutend war mit *Janine*, dann hieß das in logischer Folge: *Janine hat sich für mich erledigt.*

Konnte das wirklich wahr sein ...?

Ich bleibe hier, hatte Naomi hinzugefügt. *Das wollte ich dir nur sagen ...*

Filterte man hier ebenfalls das Wesentliche heraus, entschlüsselte den Code und verstand die Botschaft dahinter, dann bedeutete das ...

Lenka schluckte hart.

Vielleicht bedeuteten Naomis Worte am Ende tatsächlich so etwas wie: *Ich bleibe hier. Bei dir.*

»Wie jetzt?«, fragte Corinna, als Lenka ihr später am Telefon Bericht erstattete. »Naomi erzählt dir, dass sie beschlossen hat, Amsterdam sausen zu lassen – und du hast nur dagestanden und blöd geglotzt? Na, großartig! Da steckt die Kleine dir durch die Blume, dass sie sich für dich entschieden hat – und du gibst nicht mal im Ansatz ein Zeichen der Freude von dir? Mein Gott, Lenka! Du bist wirklich bescheuert, weißt du das?«

Lenka schluckte die Schelte anstandslos. Denn im Grunde hatte Corinna ja recht.

»Es ist aber doch noch gar nicht gesagt, dass sie sich für mich entschieden hat«, wandte sie vorsichtig ein. »Vielleicht findet sie ja auch nur Amsterdam doof. Oder die Uni dort . . .«

»Also, wenn ich das richtig verstanden habe«, unterbrach Corinna sie, »dann war sie ohnehin nie besonders scharf auf Amsterdam. Das war doch alles nur wegen ihrer Schnecke dort, oder nicht?«

»Weiß nicht.« Lenka klemmte sich den Hörer zwischen Ohr und Schulter und fuhr sich mit beiden Händen durch die Haare. »Herrje, im Moment weiß ich gar nichts mehr.«

Corinna seufzte. »Dann frag Naomi, was Sache ist, verdammt noch mal!«

»Wollte ich ja, aber –«

»Aber was? Welche Ausrede hast du diesmal?«

Tja, welche Ausrede hatte Lenka diesmal? Sie hatte wirklich mit Naomi reden wollen. Nur war irgendwie immer etwas dazwischengekommen. Wann immer Lenka ein paar Minuten erübrigen konnte, war Naomi vollauf beschäftigt gewesen, und wenn Naomi Zeit gehabt hatte, dann war es umgekehrt. In der ruhigen Phase zwischen Nachmittagsvorstellung und dem frühen Abend, jener Zeit, während der man normalerweise ein paar Minuten für sich hatte, musste Lenka dann zu allem Überfluss auch noch als Notfall-Putzfrau einspringen: Ein kleines Mädchen hatte sich mit zu viel Popcorn und Cola förmlich überfressen – vielleicht war der Film auch zu aufregend gewesen. Jedenfalls passierte dem Mädchen ein kleines Malheur, und Lenka war eine ganze Weile davon in Anspruch genommen, eine eklige Masse aus Cola und halbverdautem Popcornbrei wegzuwischen und obendrein die hysterische Mutter zu beruhigen, die steif und fest behauptete, mit besagtem Popcorn müsse etwas nicht stimmen.

Hinterher war Lenka ziemlich geschlaucht und bekam außerdem den säuerlichen Gestank nicht aus der Nase, was ihre Stimmung nicht gerade hob. Keine optimalen Bedingungen, um

Naomi gegenüber ein heikles Thema anzusprechen. Aber die war sowieso gerade vom Rest des Teams in Beschlag genommen worden und kassierte ein Kompliment nach dem anderen für ihren neuen Haarschnitt.

Lenka war sich übrigens immer noch nicht sicher, ob sie diese neue Frisur wirklich so toll fand.

Danach war auch schon wieder Feierabend gewesen – und Naomi war verschwunden, während Lenka noch die letzte Kasse auswertete. Und dann, bei einem flüchtigen Blick auf die Dienstpläne, hatte Lenka mit Schrecken festgestellt, dass sie und Naomi diese Woche keine gemeinsame Schicht mehr haben würden. Das bedeutete, die Gelegenheit für ein unverbindliches Gespräch kam frühestens nächste Woche.

»Und so lange willst du warten?«, fragte Corinna. »Das ist nicht dein Ernst!«

Lenka biss sich auf die Lippen. »Ich werde Naomi nicht hinterherlaufen.«

»Und stattdessen lässt du sie auflaufen?« Man konnte förmlich hören, wie Corinna am anderen Ende der Leitung den Kopf schüttelte. »Sie ist auf dich zugegangen, und du hast null Reaktion gezeigt. Und jetzt – spielst du die Unnahbare? Menschenskind, Lenka! Du bist dreißig Jahre alt! Also benimm dich gefälligst auch so!«

»Neunundzwanzig«, insistierte Lenka, obwohl das natürlich noch kindischer war als alles andere. »Noch bin ich *nicht* dreißig!« Sie stockte. Dann glitt plötzlich ein Grinsen über ihr Gesicht. *Noch nicht dreißig* ...

»Du, ich muss Schluss machen, Corinna, sorry! Hast mir wirklich sehr geholfen. Besten Dank! Ciao!«

»Keine Ursache ...«, murmelte eine völlig verblüffte Corinna. Aber da hatte Lenka die Verbindung schon getrennt und erneut eine Nummer gewählt.

»Hallo ...?« Naomi klang völlig verschlafen, als sie den Hörer abhob.

»Ups.« Lenka warf einen raschen Blick auf die Uhr und stellte mit Schrecken fest, dass es bereits auf halb zwölf in der Nacht zuging. Sie erwog einen Augenblick, einfach aufzulegen.

Doch da murmelte Naomi schon: »Lenka? Bist du's?«

»Ja.« Lenka nickte betreten, bis ihr einfiel, dass Naomi das ja nicht sehen konnte. »Tut mir leid. Hab ich dich geweckt?«

»Na, du bist ja lustig!« Am anderen Ende raschelte es, als ob sich Naomi gerade aus einem Bett wühlte und aufsetzte. »Erst entschuldigst du dich – und dann fragst du nach, ob es überhaupt etwas gibt, wofür du dich entschuldigen müsstest? Manchmal werd ich echt nicht schlau aus dir.«

»Ich aus dir auch nicht«, entgegnete Lenka, etwas zu spontan.

»Nicht zu fassen, was wir alles gemeinsam haben«, gab Naomi zurück, und Lenka war nicht ganz sicher, ob das nun Sarkasmus war oder bitterer Ernst. »Und überhaupt: Was war denn das für eine Begrüßung? *Ups?* Ich melde mich, und du sagst *Ups?* Wolltest du vielleicht jemand anderen erreichen? Eins deiner anderen niedlichen Betthäschen vielleicht?«

»Du bist kein Betthäschen.«, antwortete Lenka schnell.

»Ach nein? Dann hast du mich also abserviert? Komisch, daran kann ich mich gar nicht erinnern ...«

»Naomi!«

»Ja, am Apparat!«

»Herrgott, Naomi! Mach es mir doch nicht immer so schwer!«

»Du machst es einem aber auch nicht gerade leicht.«

Stures Schweigen auf beiden Seiten.

»Hör mal, Lenka«, sagte Naomi dann. »Wegen heute Nachmittag ... ich weiß, ich hab dich da ein bisschen überfallen. Aber ich schwör dir: Ich hab dich nicht angeschwindelt. Als ich dir am Donnerstag meine Schichten aufgeschwatzt habe, da war ich wirklich noch absolut überzeugt davon, dass ich fahren würde. Du weißt schon, nach Amsterdam. Aber jetzt – ach, verdammt, es ist einfach verflixt schwer zu erklären ...«

»Du musst mir nichts erklären«, sagte Lenka, wieder einmal viel zu vorschnell. Denn natürlich hörte sich das schon wieder so an, als wolle sie es gar nicht wissen.

Was in gewisser Weise ja auch stimmte. Vielleicht, gestand sie sich widerwillig ein, fürchtete sie sich einfach ein bisschen zu sehr vor der Wahrheit.

»Ich meine«, verbesserte sie sich deshalb rasch, »du musst dich nicht vor mir rechtfertigen.«

»Ich weiß. Aber ich möchte es gern. Nur … eben noch nicht jetzt. Es ist noch zu früh dafür. Ich bin selbst noch total durcheinander. Bitte, lass mir ein bisschen Zeit, okay?«

Plötzlich sah Lenka Naomi vor sich, sah sie wieder als kleines, hilfloses Häuflein Elend in einem Hauseingang sitzen, spürte noch einmal, wie sich der schlanke, zitternde Körper schutzsuchend an sie drängte. Ein warmes Gefühl durchlief sie – der Wunsch, Naomi zu umarmen, an sich zu drücken und vor der Welt zu beschützen …

Na Glückwunsch, kommentierte das Teufelchen auf ihrer Schulter. *Du bist ja auch eine Frau von Welt, stimmt's? Frau Superstudentin, Frau Superkünstlerin, Frau Ich-bin-fast-dreißig-und-hab-noch-nichts-auf-die-Reihe-gekriegt. Wer wäre besser geeignet als du, um jemanden zu beschützen …?*

»Bist du noch da?«, fragte Naomi. Ihre Stimme klang dabei fast ängstlich.

»Ja«, sagte Lenka und lächelte. »Ja, ich bin noch da. Und du nimmst dir so viel Zeit, wie du brauchst, okay? Niemand hetzt uns.«

Sie gebrauchte das *uns* ganz bewusst.

Naomi widersprach nicht.

»Danke«, murmelte sie.

Schweigen.

»Und was wolltest du?«, fragte Naomi dann.

»Hm?« Lenka stutzte. »Wie, was wollte ich?«

»Na, du hast mich doch angerufen, oder nicht? Demzufolge hattest du doch einen bestimmten Grund, meinen Schönheitsschlaf zu unterbrechen. Zumindest«, jetzt klang ihre Stimme wieder nach ihrem üblichen Grinsen, »hoffe ich das für dich.«

Nun erinnerte sich auch Lenka wieder. Natürlich hatte sie sich eine Ausrede zurechtgelegt, um Naomi unverbindlich anrufen zu können, doch dann hatte sie sie überhaupt nicht gebraucht. Manche Dinge erledigten sich eben von selbst.

»Eigentlich wollte ich dich einladen«, sagte sie. »Für Freitag. Zu meinem Geburtstag.«

»Ach nee.« Jetzt grinste Naomi eindeutig. »Werden wir etwa dreißig?«

»Hmpf«, knurrte Lenka, und Naomi lachte. »Ja«, fuhr Lenka

dann etwas unbeholfen fort. »Ich hatte ganz vergessen, dass wir uns diese Woche gar nicht mehr sehen. Und es dir über Miles ausrichten zu lassen, fand ich irgendwie blöd. Er kommt übrigens auch. Und Corinna.« *Mit ihrer neuen Freundin,* hätte sie fast noch hinzugefügt, überlegte es sich dann aber doch anders. »Es sind also nicht nur lauter unbekannte Gesichter da. Kein Haufen alter Säcke, die du noch nie im Leben gesehen hast, will ich damit sagen.«

»Falls du gerade versuchst, Werbung für deine Party zu machen, dann machst du deine Sache ziemlich schlecht«, kommentierte Naomi. »Aber weißt du was? Ich komme. Ist mir ganz egal, wer sonst noch da ist. Ich bin dabei. Sofort. Um ehrlich zu sein ... ich freu mich wahnsinnig, dass du überhaupt an mich gedacht hast.«

»Echt?«, fragte Lenka perplex.

»Echt!«, erklärte Naomi. »Weil ... also, ganz im Ernst: Die Sache heute Nachmittag war eine harte Nummer. Da wusste ich plötzlich gar nicht mehr, woran ich mit dir bin.«

»Tja«, meinte Lenka. »Ist ja nicht zu fassen, wie viel wir gemeinsam haben.«

»Ja«, sagte Naomi.

»Ja«, meinte Lenka.

Schweigen.

»Also dann«, sagte Lenka.

»Also dann«, meinte Naomi.

»Bis Freitag?«

»Bis Freitag. Brauchst du noch irgendwas? Soll ich was mitbringen? Oder kann ich dir beim Vorbereiten helfen?«

»Geht schon.« Lenka verschwieg lieber, dass Corinna sich bereits angeboten hatte, ihr zur Hand zu gehen. Sicher war sicher. »Ich komm schon klar«, erklärte sie. »Du bringst einfach nur dich selbst mit. Und gute Laune. Und wenn du willst, was Leckeres zu trinken. Einen Grundstock hab ich da, Sonderwünsche werden nicht berücksichtigt.«

»Nein? Wie schade. Dabei hab ich jede Menge Sonderwünsche.«

Lenka grinste. »Beziehen die sich auf Essen und harten Alkohol?«

»Nicht direkt ...«

»Dann können wir gern darüber reden.«

Naomi kicherte. »Tja, dann würde ich sagen: Bis Freitag, altes Mädchen.«

»Hey! Ein bisschen mehr Respekt, bitte!«

Grinsend legte Lenka auf.

Kapitel 15

Der erste Anruf an Lenkas Geburtstag ging exakt um sieben Sekunden nach Mitternacht ein.

»Hab ich dich geweckt?«, fragte Naomi.

»Nein«, sagte Lenka.

»Mist«, kommentierte Naomi. »Dabei dachte ich, diesmal könnte ich mich revanchieren und zur Abwechslung mal dich aus dem Schlaf reißen.«

»Dafür musst du schon früher aufstehen, Süße«, gab Lenka zurück.

»Vermutlich im wahrsten Sinne des Wortes, hm?«

»Wahrscheinlich.«

Naomi lachte leise. »Dreißig, wie?«

»Hmpf«, brummelte Lenka.

»Und? Wie fühlt sich das an?«

»Willst du mir gratulieren oder mich zum Heulen bringen?«

»Gratulieren. Eigentlich. Hab ich das etwa vergessen?«

»Sieht ganz so aus.«

»Ups.«

Lenka lachte. »Selbst ups.«

»Und?«, wechselte Naomi dann nicht allzu diskret das Thema. »Was machst du gerade?«

Lenka erzählte ihr ganz bewusst nicht, dass sie bis gerade eben noch halb resigniert, halb panisch auf den Sekundenzeiger ihres Weckers gestarrt und auf irgendein Wunder gehofft hatte, das dafür sorgte, dass entweder die Zeit stehen blieb oder der Erdboden sich auftat, sie mit Haut und Haaren verschlang und ihr diese große, hässliche und überhaupt gar nicht magische Dreißig ersparte.

»Ich arbeite«, wich sie stattdessen aus, und das war nicht mal eine Lüge. Sie hatte es sich mit ihrem Laptop auf dem Bett bequem gemacht.

»An einem Bild?«

»Hm-hm.«

»Und? Läuft es gut?«

»Schon ...« Lenka betrachtete ihr neustes Machwerk – ein hübsches Mädchen mit streichholzkurzen Haaren, das an einer Harley Davidson herumwerkelte. Ein bisschen klischeehaft vielleicht. Aber gelungen. Das könnte nicht einmal *Mia93* bestreiten.

»Dann bist du wohl gerade mitten im Flow, was?«, stellte Naomi fest. »Total inspiriert und so. Das heißt, ich störe.«

Lenka klappte den Laptop zu. »Du störst nie.«

»Sicher?«

»Ganz sicher.«

»Na, dann ...« Naomi senkte die Stimme. »Dann bist du vielleicht interessiert an meinem kleinen, aber feinen und vor allem ganz persönlichen Geschenk für dich?«

Lenka horchte auf. »Geschenk?«

»Hm-hm. Also, liegst du bequem?«

»Ob ich bequem liege?«

»Psst. Stell jetzt bitte keine blöden Fragen und mach einfach, was ich sage, okay?«

»Okay ...«

»Also, liegst du bequem?«

Lenka sah sich nach beiden Seiten um und rutschte dann etwas tiefer in die Kissen. »Denke schon, ja.«

»Was hast du an?«

»Wie bitte?«

»Psst! Beantworte die Frage. Was hast du an?«

Lenka sah an sich hinunter. »Einen Schlafanzug«, gestand sie dann verlegen.

Naomi lachte kurz. »Wie niedlich.«

»Hey! Mach dich nicht über mich lustig.«

»Tu ich doch gar nicht. Ich find's wirklich niedlich. Außerdem kann man durch den Stoff zwar nichts sehen, aber umso mehr fühlen.«

»Ja«, sagte Lenka und schluckte. Sie ahnte, worauf das hier hinauslaufen würde, und spürte plötzlich Erregung in sich aufsteigen – mit einer Heftigkeit, die sie fast beschämte. Doch gleichzeitig konnte sie kaum glauben, dass Naomi so etwas tatsächlich bringen würde. Nach all dem, was zwischen ihnen passiert, oder besser gesagt, zwischen ihnen schief gelaufen war …

Doch ihr blieb keine Zeit, weiter darüber nachzudenken.

»Okay«, flüsterte Naomi. »Dann wollen wir mal.« Es scharrte kurz am anderen Ende der Leitung, so als bringe Naomi sich selbst auch in eine entspannte Position. »Stell dir vor, ich bin bei dir. Stell dir vor, wie du dich in deinem niedlichen kleinen Schlafanzug ganz eng an mich schmiegst. – Oh, Augenblick: kurz oder lang?«

»Was?«, fragte Lenka, die sich eben hatte zurücklehnen wollen.

»Der Schlafanzug: kurze oder lange Beine? Ärmel oder keine Ärmel?«

»Kurz«, sagte Lenka. »Und keine Ärmel …«

»Wie praktisch.« Naomi verfiel wieder in eine ruhige Stimmlage. »Dann stell dir vor, wie ich dir unter dein kurzes Schlafanzughöschen greife. Ich lasse meine Hand unter den Stoff gleiten und taste mich ganz behutsam deinen Oberschenkel hinauf …«

Lenka lehnte sich nun tatsächlich zurück und schloss die Augen.

»Ich berühre die samtweiche Haut deiner Schenkel, hinauf und dann wieder hinunter …«

Lenkas Hand glitt unter ihr Hosenbein und fuhr dort sanft auf und ab.

»Derweil küsse ich deinen Hals«, flüsterte Naomi weiter, »und fange an, mit der freien Hand deinen Bauch zu streicheln. Ein ganz kleines bisschen nur, ganz züchtig. Nur den kleinen Streifen nackter Haut, der gerade freigelegt wurde, weil dir das Top passenderweise soeben nach oben gerutscht ist …«

Das war der Moment, in dem Lenka die Lautsprechertaste drückte, um nunmehr beide Hände frei zu haben. Sie griff sich unter ihr Shirt.

Nein, nicht darunter. Sie schob es nur ein kleines Stückchen weit hoch. Ganz züchtig ...

»... aber prompt werde ich ein bisschen frecher«, fuhr Naomi fort. »Tut mir aufrichtig leid, aber wenn ich in deiner Nähe bin, fällt es mir einfach verdammt schwer, meine Hände bei mir zu behalten. Ich drücke mich enger an dich, presse meine Schenkel gegen deine und taste mich unter deinem Shirt immer weiter hinauf ...«

Lenkas Hände glitten aufwärts.

»... und währenddessen wandert mein Mund immer weiter nach unten. Ich küsse deine Brustwarzen durch den Stoff hindurch. Ich fühle, wie sie hart werden ...«

Lenka wagte einen flüchtigen Blick nach unten und stellte fest, dass sich in der Tat zwei kleine, spitze Hügel deutlich unter dem Top abzeichneten.

»... aber dann reicht es mir plötzlich nicht mehr. Ich reiße dir das Top herunter und falle über deine Brüste her, berühre sie mit Fingern, Lippen, Zähnen und Zunge. Dabei umschlinge ich deinen Schenkel mit meinen und reibe mich an dir. Es ist mir egal, ob du protestierst, es ist mir egal, ob du dich wehrst. Ich halte einfach deine Hände fest und hole mir, was ich will. Und wo wir gerade dabei sind: Weg mit dem Höschen. Das brauchst du nicht mehr.«

Lenka schlüpfte aus ihren Sachen, so eilig, dass sie sich beinahe darin verhedderte.

»Und jetzt nehme ich mir einen Moment Zeit«, raunte Naomis Stimme. »Ich lasse von dir ab, um dich in Ruhe zu betrachten. Ich schaue dich an, wie du vor mir liegst. Du bist so wunderschön ...«

Lenka schauderte. Und sie widerstand dem Impuls, das Ganze ins Lächerliche zu ziehen: Sie und schön? Na, aber sicher ...

Denn sie spürte, dass Naomi es ernst meinte, dass sie jedes einzelne Wort ganz genauso meinte, wie sie es sagte.

»Und jetzt ziehe ich mich ebenfalls aus«, hauchte Naomi.

Lenka war sich nicht sicher, ob sie es wirklich tat. Allerdings glaubte sie, am anderen Ende der Leitung das Rascheln von Kleidern zu hören.

»Ich umarme dich. Und dann gleite ich immer tiefer, bis hinunter zu deiner Scham ...«

Lenka genoss das Bild, spürte förmlich Naomis Haare, wie sie über ihren Körper strichen. Dann jedoch rief sie sich ins Gedächtnis, dass es ja gar keine langen Haare mehr gab, die ihren Körper hätten streifen können.

»Du siehst, wie ich deine Schamlippen spreize«, flüsterte Naomi. »Du siehst, wie ich dabei selbst vor Erregung bebe. Aber jetzt bist du dran. Jetzt liege ich ganz nah vor dir und bin allein für dich da. Stell dir vor, wie ich meine Zunge hervorstrecke und dann, ganz sanft, anfange, dich zu lecken ...«

Von da an sprach Naomi nicht mehr viel. Doch Lenkas Hand hatte ganz von selbst den Weg zwischen ihre Beine gefunden und bewegte sich dort auf und ab.

Langsam zuerst.

Dann immer schneller.

»Stöhn etwas lauter«, kam Naomis Stimme drängend aus dem Lautsprecher. »Stöhne, damit ich es auch höre ...«

Lenka tat es. Sie gab sich ihren Fingern hin, den Bildern, die Naomi in ihrem Kopf hervorgerufen hatte. Sie stöhnte, erst leise, dann lauter und ohne Rücksicht darauf, dass es Nachbarn gab, die schlafen wollten und sich zu allem Überfluss ihren Teil denken würden.

»Ich ...«

»Ja ...?«

»Ich komme«, keuchte Lenka.

»Ich auch ...«, antwortete Naomi.

Allein die Vorstellung reichte, um Lenka förmlich bersten zu lassen. Der Orgasmus überrollte sie wie eine Woge. Sie öffnete den Mund, doch lange, sehr lange kam kein Ton. Und das, was danach kam, war laut genug, um nicht nur die nächsten Nachbarn, sondern das ganze Haus aufzuwecken.

Lenka sank in die Kissen zurück. Sie war verschwitzt, und sie zitterte – und plötzlich musste sie kichern.

»Ups«, sagte sie.

»War's schön?«, fragte Naomi.

»Und wie ...!«

»Na, das hört man gern.«

Eigentlich wollte Lenka fragen, ob Naomis Orgasmus auch so

gut gewesen war. Doch sie war zu erschöpft. Ihre Augenlider wurden schwer, und sie konnte regelrecht spüren, wie sie wegdämmerte.

»Herzlichen Glückwunsch zum Geburtstag, Lenka!«

»Danke«, murmelte Lenka träge.

»Ich leg jetzt auf, okay? Schlaf gut, meine Schöne.«

»Ja. Du auch ...«

»Vergiss nicht, die rote Taste zu drücken. Du weißt schon, die mit dem kleinen roten Telefon drauf.«

»Hm-hm ...«

»Bis nachher, Süße. Ich freu mich schon.«

»Ja ... ich mich auch.«

Kapitel 16

Die Party hatte wirklich gute Anlagen, eine gelungene Sache zu werden. Etwa zwanzig Leute drängten sich in Lenkas Wohnung. Jetzt, wo eine Person weniger hier lebte, führte das wenigstens nicht zu einem Platzproblem. Bekannte und Kollegen standen in Grüppchen zusammen, bedienten sich am Buffet und unterhielten sich: Leute aus dem Kino, ehemalige Kommilitoninnen und auch ein paar alte Freunde von Lenka und Corinna, die heilfroh waren, die beiden endlich mal wieder zusammen zu erleben, ohne dass die Stimmung dabei verkrampfte.

Corinna hatte in der Tat ihre neue Flamme dabei, eine hochgewachsene Frau um die dreißig: lang, dünn, mit raspelkurzen, schwarzen Haaren. Sie hieß Yvonne und arbeitete als Ergotherapeutin in einem der Altenheime, wo Corinna regelmäßig ein paar Bewohner betreute. Dort hatten sie sich kennengelernt.

Yvonne, Anfang dreißig, Ergotherapeutin.

Jemand, der mit alten Menschen arbeitete.

Soziale Sache, dachte Lenka. Das machte sie schon mal sympathisch.

Yvonnes Händedruck war fest, ihr Lächeln freundlich und offen, wenn auch ein wenig befangen. Klar, ein bisschen seltsam war die Situation schon. Doch selbst wenn Lenka gewollt hätte, so hätte sie keinen offensichtlichen Makel an ihr gefunden. Es gab eben Menschen, die man auf Anhieb gut leiden konnte. Und diese Yvonne gehörte definitiv dazu.

Natürlich wurde die Sache dennoch ein kleiner Spießrutenlauf: Jeder musterte Yvonne, dann Lenka, stellte Vergleiche an und tuschelte. Mehr als einmal wurde Lenka gefragt: »Kommst du damit klar?« Und als irgendjemand sich zu der Bemerkung verstieg: »Na, die sieht ja aus wie Lenka in dunkelhaarig«, bat Lenka die betreffenden Lästermäuler freundlich, aber bestimmt darum, sich solche Kommentare doch bitte einfach zu verkneifen.

Lenka, ganz die gute Gastgeberin, marschierte von Grüppchen zu Grüppchen, unterhielt sich, kontrollierte ab und zu das Buffet, schnitt mehr Baguette ab, stellte ein paar neue Käsewürfel her und stockte die Getränkevorräte auf. Außerdem musste sie mehr als einmal die Musik wieder in Ordnung bringen. Irgendein Spaßvogel hatte bereits zum zweiten Mal die Playlist auf ihrem PC bearbeitet und aus unerfindlichen Gründen 80er-Jahre-Tanzmusik eingestellt, die Lenka eigentlich überhaupt nicht leiden konnte. Lenka hatte Miles in Verdacht, doch als sie ihn darauf ansprach, grinste er nur und wusste angeblich von nichts. Als die Hits aus *Dirty Dancing* dann zum dritten Mal erschallten, zuckte Lenka bloß die Achseln und fügte sich dem Geschmack der Masse. Wenn die Leute unbedingt diesen Schmalz hören wollten – bitte schön.

Was ihr dagegen wirklich zu schaffen machte, war die Tatsache, dass Naomi immer noch nicht aufgetaucht war. Inzwischen ging es auf zehn Uhr zu. Lenka hatte für acht eingeladen. Beziehungsweise ab acht – da lag es in der Natur der Sache, dass ein kleiner, harter Kern pünktlich auf der Matte stand und der Rest erst später nach und nach eintrudelte. Inzwischen waren jedoch alle da, mit denen Lenka fest gerechnet hatte.

Nur eben Naomi nicht.

Lenka schielte gerade zum zehnten Mal nach der Uhr, als sie spürte, wie ihr Handy vibrierte.

NAOMI stand auf dem Display.

Na endlich.

»Hallo? Lenka ...?«

Naomis Stimme klang undeutlich und war durch den Partylärm kaum zu verstehen. Lenka steckte sich den Finger ins Ohr und versuchte Patrick Swayze, der gerade inbrünstig *She's like the wind* schmetterte, so weit wie möglich auszublenden.

»Naomi? Wo steckst du denn?«

»Zu Hause. Hör mal, Lenka, mir ist was dazwischengekommen. Ich schaff's heute nicht mehr.«

»Wie jetzt, du schaffst es nicht mehr? Ich hab fest mit dir gerechnet.«

»Ja, ich weiß. Tut mir auch leid. Aber ich hab total überraschend Besuch bekommen, und –«

»Ach so.« Lenka lachte erleichtert. Sie hatte schon befürchtet, mit einem unbefriedigenden »Erklär ich dir später« vertröstet zu werden und wieder einmal nicht zu wissen, woran sie war. »Kein Problem. Bring deinen Besuch einfach mit.«

»Ich weiß nicht ...« Naomi klang plötzlich unbehaglich. »Ich glaub, das ist keine so gute Idee ... warte mal! – Was?« Aus dem Hintergrund kam jetzt eine zweite Stimme. Augenscheinlich hatte Naomis ominöser Besuch mitbekommen, dass er (oder sie?) soeben zu einer Party eingeladen worden war, und hatte dabei eindeutig weniger Bedenken als Naomi. »Meinst du echt?«, fragte Naomi, und Lenka wusste, dass sie nicht gemeint war. »Na ja, okay. – Hey, Lenka?« Jetzt war Naomis Aufmerksamkeit wieder bei ihr. »Ist gut, wir kommen. Gib uns 'ne halbe Stunde, ja?«

»Super!«, strahlte Lenka. »Dann bis gleich!«

Als es an der Tür klingelte, öffnete Lenka gut gelaunt. Sie hatte gerade über einen Witz gekichert, den Miles erzählt hatte. Mit diesem breiten Grinsen im Gesicht und einem Glas Sekt in der Hand stand sie in der Tür.

»Hi!« Sie drückte Naomi an sich und wollte ihr eigentlich einen Kuss auf den Mund geben. Doch Naomi drehte sich rasch von ihr weg, so dass Lenkas Lippen nur ihre Wange streiften. Lenka war ein bisschen verdutzt, dachte sich aber nicht viel dabei – wahrscheinlich war es nur Zufall. »Kommt rein, kommt rein!« Damit trat sie beiseite, um die Tür freizugeben, und musterte neugierig Naomis Begleitung. Es war eine junge Frau in Naomis Alter, goldblond, mit einer schulterlangen, leicht naturgewellten Mähne. Sie war ziemlich mollig, aber die Pfunde verteilten sich gut über den ganzen Körper und ergaben attraktive Kurven an genau den richtigen Stellen. Außerdem hatte sie ein sehr hübsches Gesicht.

Nur ihr Lächeln war ein wenig merkwürdig: starr und irgendwie unecht.

Aber das täuschte bestimmt. Vermutlich war sie bloß schüchtern.

»Hallo«, sagte Lenka, nahm das Glas von der rechten in die linke Hand und hielt Naomis Begleitung die Hand hin. »Und du bist also unser Überraschungsgast, was?«

»Scheint so.« Der Händedruck war ein bisschen zu fest, und das Lächeln wurde noch breiter. Tiefe Grübchen erschienen in den niedlichen Pausbacken. Doch das Strahlen blieb auf die Mundpartie beschränkt. »Und du musst Lenka sein, hm?«

»Ja.«

»Ja ...« Wissendes Nicken. Eine honigblonde Haarsträhne fiel dabei in das reizende Gesicht. »Dreißig, wie? Meine Güte! Und? Wie geht's einem so, wenn man halb tot ist?«

Lenka lächelte dünn. Falls das ein Scherz sein sollte, so war er nicht besonders witzig, oder zumindest ziemlich ungeschickt vorgebracht. Dennoch blieb sie gelassen. »Da kommst du auch noch hin«, meinte sie. »Dann merkst du schon, wie das ist.«

Komisch. So sympathisch ihr Yvonne auf Anhieb gewesen war, so wenig sagte ihr Naomis Begleitung zu. Wie Naomi wohl an die geraten war? Und wer war sie eigentlich? Vielleicht eine alte Schulfreundin? Seltsam, mit was für Leuten Naomi sich umgab ...

»Und, ähm«, begann Lenka, »wie war doch gleich dein Name ...?«

»Oh, das hab ich ganz vergessen.« Die andere lachte, und für einen Moment dachte Lenka, dass sie sich womöglich doch getäuscht hatte. Vielleicht war sie doch ganz nett, und sie beide hatten lediglich einen schlechten Start gehabt ...?

Erneut wurde ihr die Hand hingehalten. »Also, noch mal: Hallo, Lenka. Freut mich, dich kennenzulernen. Ich bin Janine.«

Janine …?

In Lenkas Kopf drehte sich alles, und sie hatte plötzlich das Gefühl, als hätte ihr jemand den Boden unter den Füßen weggezogen.

Janine?

Das war Janine?

Janine aus Amsterdam?

Janine *in* Amsterdam!

Beziehungsweise jetzt eindeutig *nicht* mehr in Amsterdam!

Jetzt hatte Lenkas persönliche Nemesis also nicht mehr nur einen Namen, sondern auch ein Gesicht, eine Stimme und einen Körper …

»Hey!« Janines Augenbraue schoss in die Höhe. »Hat's dir jetzt die Sprache verschlagen, oder was?«

Lenka folgte Janines Blick und stellte fest, dass diese ihr immer noch die Hand hinhielt, während sie selbst, gerade im Begriff, besagte Hand zu schütteln, auf halbem Wege erstarrt war. So stand sie da, ein Sektglas in der einen Hand, die andere vorgestreckt, und glotzte Janine an, als sei diese ein Geist.

»Du musst nicht vor mir auf die Knie fallen«, lachte Janine jetzt. »Ein Handschlag tut's auch, ehrlich.«

Also, mal ganz im Ernst: Diese Frau hatte wirklich einen ganz besonders bescheuerten Humor. Lenka zog ihre Hand zurück, wohl wissend, wie kindisch das war. Aber sie konnte nicht anders. Ihr Blick glitt zu Naomi, zurück zu Janine und dann wieder zu Naomi.

Naomis Gesicht war angespannt.

»Ähm … vielleicht war das doch keine so gute Idee«, meinte sie mit einem leichten Unterton von Panik in der Stimme. »Vielleicht sollten wir lieber –«

»Aber nicht doch.« Lenka zauberte ein Lächeln auf ihr Gesicht. Honigsüß. Und genauso unecht wie das von Janine. »Keine falsche Scheu, immer nur rein in die gute Stube. Holt euch einen Drink, nehmt euch was zu essen! Fühlt euch wie zu Hause. Du kennst dich ja aus, Naomi, nicht wahr?«

Naomi zog unter Lenkas Blick den Kopf ein.

»Ja«, murmelte sie. Dann hakte sie Janine unter und zog sie in die Wohnung.

»Herrje, wo sind wir denn hier hingeraten?«, hörte Lenka Janine halblaut im Weggehen sagen. »Noch nicht mal zwölf, und die Gastgeberin ist schon sternhagelvoll?«

Lenka knallte die Wohnungstür zu, lehnte sich von innen dagegen und starrte den beiden nach.

Janine, dachte sie.

Nur hereinspaziert!

Immer herein in die Höhle des Löwen!

Und pass bloß auf, dass du nicht gefressen wirst ...!

Von da an war die Party gelaufen. Jedenfalls für Lenka. Ab jetzt stand sie die meiste Zeit nur noch frustriert in der Ecke, hielt sich an ihrem Getränk fest und hoffte, dass der Abend so schnell wie möglich vorübergehen würde.

Naomi und Janine dagegen kamen fast überall ziemlich gut an: zwei niedliche, junge Dinger, die sich problemlos unter die Gäste mischten und kein Problem damit hatten, ein Gespräch anzufangen.

Letzteres galt vor allem für Janine. Naomi stand eher scheu und meistens schweigend daneben und schaute etwas unglücklich drein. Janine dagegen redete in einem fort, lachte, lächelte und hatte schnell so etwas wie einen kleinen Fanclub.

Lenka fragte sich ernsthaft, woran das lag. Denn ganz ehrlich: So beeindruckend war Janine wirklich nicht. Sie hatte ein hübsches Gesicht, daran war nicht zu rütteln. Trotzdem, dachte Lenka, sah sie ein bisschen aus wie ein Puttenengel, dieses geflügelte Kroppzeugs, das die barocken Schlösser und die Deckenfresken in Renaissance-Kirchen bevölkerte: klein, fett und geradezu ekelhaft niedlich. Dabei wirkte Janine gar nicht, als würde sie zu viel essen. Ihr Körper war bloß auf seltsame Weise weich und nachgiebig, so als sei sie ihren Babyspeck nie richtig losgeworden.

Und ihr Lächeln ... ihr Lächeln war wirklich eigenartig, denn sie lächelte einfach *immer* – aber nur mit den Lippen, niemals mit den Augen. Ihr Puttengesicht war zwar schön, aber kalt. Dieses Lächeln war einfach durch und durch falsch.

Doch das schien der Großteil von Lenkas Partygästen nicht zu merken. Vielleicht war es ihnen auch egal, oder sie hielten es für

Offenheit. Und eines stand außer Frage: Janine verstand es, die Zuhörer zu fesseln. Sie hatte eine lebendige Art, zu gestikulieren, zu sprechen und pointiert zu erzählen.

Verdammt, dachte Lenka.

Auch wenn sie einmal ganz ehrlich mit sich selbst war und berücksichtigte, dass sie Janine regelrecht verbissen nach irgendwelchen Fehlern abtastete, ja, dass sie Janine einfach hassen *wollte,* so musste sie dennoch zugeben: Diese Frau hatte es einfach, das vielgerühmte gewisse Etwas.

Sofern man kleine, fette, falsche Puttenengel attraktiv findet, schmollte das Engelchen auf Lenkas Schulter. *Dann vielleicht.*

Wow, konterte das Teufelchen. *Und solche Töne ausgerechnet von dir?*

Sei doch still!, fauchte der Engel.

Jetzt werd mal nicht zickig, tadelte der Teufel. *Aber falls es dich tröstet: Ich kann diese Trulla auch nicht leiden.*

»Oh, Amsterdam ist schon eine tolle Stadt«, bemerkte Janine in diesem Moment. »Vor allem die Altstadt macht einiges her. So was kennt man in Deutschland gar nicht, hier ist ja nach dem Krieg kaum noch ein Stein auf dem anderen geblieben. In Amsterdam dagegen, da atmet einen das Mittelalter regelrecht aus jeder Pore an.«

Na super, dachte Lenka grimmig und schenkte sich einen Sekt nach. *Das Mittelalter atmet einen an, ja? Dann wollen wir mal hoffen, dass es keinen Mundgeruch hat, das ach so tolle Mittelalter.*

»Vor allem die Grachten«, fuhr Janine fort, »die sind echt sehenswert. Und die Häuser sehen ganz anders aus als bei uns. Richtig hoch und schmal. Außerdem sind einige total windschief. Das kommt übrigens davon, dass sie auf Holzpfählen gebaut wurden, wisst ihr? Und die sind im Laufe der Jahrhunderte allmählich vermodert.«

Oh, vermodert, ja? Lenka setzte das Glas an und trank es in einem Zug leer. *Ich wünschte, du würdest gleich mit vermodern, blöde Kuh ...*

»Und Niederländisch ist gar nicht so schwer«, erzählte Janine fröhlich weiter. »Wobei ich zugeben muss: Der Anfang ist ziemlich hart. Man wird da mehr oder weniger ins kalte Wasser geschmissen. Lesen geht ja noch, aber es selbst zu sprechen ist manchmal eine ziemliche Katastrophe. Okay, ein guter Teil der Vorlesungen ist auf Englisch, aber das macht es auch nicht unbedingt einfacher. Englisch mit niederländischem Akzent klingt mitunter schon recht ... eigenartig.« Sie zeigte ihr blutleeres Lächeln, und Lenka fühlte, wie sich ihr dabei fast der Magen umdrehte. »Na ja«, meinte Janine dann. »Inzwischen geht's einigermaßen. Ich hab mich da ganz gut reingehört.«

»Und die Niederländer?«, erkundigte sich jemand. »Wie sind die so?«

»Nett«, antwortete Janine nur. »Wenn auch ein bisschen speziell, aber hey: Jedes Volk hat so seine Marotten, stimmt's? – Aber ist ja auch egal. Das hat sich jetzt ohnehin erledigt. Ohne meine Naomi hier ist das alles einfach nicht dasselbe.« Mit diesen Worten legte sie den Arm um Naomis schmale Taille und zog sie besitzergreifend an sich. »Nicht wahr, meine Süße?«

Naomi nickte gequält.

Janine quasselte noch eine Weile weiter. Sie erzählte jedem, der es hören wollte, wie sie nach einem Semester gemerkt hatte, dass Amsterdam ohne Naomi nichts weiter als eine tote Ansammlung von Häusern war. Daran ändere auch das legale Haschisch nichts, fügte sie hinzu und brachte die Leute damit gekonnt zum Lachen. Und als sie dann auch noch so nebenbei einstreute, dass sie ihre einmalige Chance – Auslandsstudium mit echt guten Karrierechancen – nun zugunsten ihrer großen Liebe aufgab, hielt das natürlich jeder für wahnsinnig romantisch.

Kein Wunder, dachte Lenka. Den Teil, in dem Janine ihre Naomi einfach sitzen gelassen hatte, den hatte sie natürlich geflissentlich ausgespart. Denn das war, bei allem Wohlwollen, eindeutig nicht mehr romantisch.

Lenka schenkte sich erneut nach und trank.

»Würdest du mich bitte erschießen?«, murmelte Miles, der in diesem Moment an Lenkas Seite trat. Er und Corinna waren – mit Ausnahme von Naomi – die Einzigen, die nicht über Janines schlechte Witze gelacht oder angesichts ihrer verqueren Vorstellung von Romantik schmachtend geseufzt hatten. »Diese Ziege«, fuhr er fort, und seine hübschen Knopfaugen funkelten, »ertrage ich keine Minute länger.«

»Wem sagst du das«, murmelte Lenka.

»Du hast nicht gewusst, dass sie kommt, oder?«, erkundigte sich Miles.

Lenka lächelte dünn. »Mir dämmert so langsam, dass ich so einiges nicht gewusst habe.« Sie betrachtete Naomi und Janine.

Amsterdam hat sich erledigt. Das waren Naomis genaue Worte gewesen. Nur hatte sie irgendwie vergessen zu erwähnen, dass sich Amsterdam inzwischen auch für Janine erledigt hatte. Die hatte ja augenscheinlich vor, ihr Studium dort komplett hinzuschmeißen und in Deutschland neu durchzustarten.

Neues Spiel, neues Glück. Mit Naomi.

Und die spielte natürlich mit.

»Ich bin so eine Idiotin«, murmelte Lenka. »So eine verdammte Idiotin!«

»Oh nein!« Miles packte Lenka an der Schulter. Sein Griff war fest, fast schmerzhaft. »Jetzt mach dich bloß nicht selbst fertig. Du bist hier nicht die Idiotin, klar? Naomi ist eine! Ihre Beziehungskisten in allen Ehren – ich meine, wo die Liebe hinfällt ... daraus kann man ihr keinen Vorwurf machen. Auch wenn ihr Geschmack ziemlich zu wünschen übrig lässt, wenn du mich fragst.« Er musterte Janines kurvigen Körper und rümpfte die Nase. »Aber wie Naomi es aufgezogen hat ... Dazu fällt mir echt nichts mehr ein.« Sein Gesicht verzog sich zu einer harten Grimasse. »Wie konnte sie Janine bloß hierher mitbringen? Taktloser geht's ja wohl gar nicht. Also, die kriegt von mir einen Einlauf, der sich gewaschen hat!«

»Nein!« Lenka schüttelte heftig den Kopf. »Lass sie. Es *ist* meine Schuld. Ich hab sie eingeladen.«

»Wie, du hast sie eingeladen?« Miles bekam große Augen.

»Ach, das ist kompliziert«, winkte Lenka ab und seufzte. »Langer Rede kurzer Sinn: Ich hab mir die blöde Kuh selbst ins Haus geholt. Mein Gott, ich bin so dämlich, so dämlich ...« Sie ballte die Hand zur Faust und presste sie gegen ihre Schläfe.

»Okay, ich denke, du hast langsam genug, hm?« Miles nahm Lenka mit vielsagendem Blick das Glas aus der Hand. Dann legte er ihr beide Hände auf die Schultern, eine rechts und eine links. »Und jetzt noch einmal zum Mitschreiben: Du – bist – nicht – dämlich!«

»Doch«, rief Lenka. »Doch, bin ich! Weil ich dachte, sie mag mich. Ich hab mir sogar eingebildet, dass sie und ich ... vielleicht ... irgendwann ...« Ihre Unterlippe bebte. Dann fiel ihr Blick auf das Sektglas, das Miles ihr soeben entzogen hatte – und plötzlich wurde sie wütend. »Und überhaupt«, herrschte sie ihn an, »was glaubst du eigentlich, wer du bist? Willst du mir hier vorschreiben, was und wie viel ich trinke, oder was? Ich bin erwachsen. Ich bin dreißig Jahre alt, verdammt noch mal ...« Die erneute Erinnerung an ihr Alter trieb ihre Laune gänzlich gegen den Nullpunkt. »Lass mich in Ruhe!« Sie stieß Miles grob von sich. »Lasst mich doch alle in Ruhe ...!«

Eine gute Stunde und mehrere Gläser Sekt später baute sich Lenka vor Janine und Naomi auf.

»Habt ihr über mich gelacht?«

Janine war gerade dabei, Naomi mit ein paar Weintrauben von der Käseplatte zu füttern. Jetzt ließ sie die Früchte sinken und starrte Lenka perplex an. »Bitte was?«

»Ob ihr zwei über mich gelacht habt?«, wiederholte Lenka. Sie schwankte und hielt sich am Küchentisch fest. »Hat's euch Spaß gemacht, mich zu verarschen?«

»Lenka –«, begann Naomi, doch Janine hob die Hand und stellte sich vor ihre Freundin. »Lass gut sein, meine Kleine, ich mach das schon.«

»Habt ihr über mich gelacht?«, blaffte Lenka ein drittes Mal, und sie hörte selbst, wie ihre Stimme dabei entgleiste. »Habt ihr zwei euch die ganze Zeit über mich lustig gemacht, hä?«

»Lenka«, versuchte es Naomi erneut, »so war das nicht –«

»Kleines, jetzt lass mal«, mischte sich Janine erneut ein. »Ich hab doch gesagt, ich regle das.«

»Mit dir«, fauchte Lenka, »rede ich aber nicht!«

»Ach nein?« Janine lächelte schmallippig. »Aber weißt du was? Naomi schon.«

Lenka sah zu Naomi hinüber, die jedoch sofort die Augen niederschlug.

»Oh ja«, fuhr Janine fort. »Naomi hat mir alles über dich erzählt. Wusstest du das etwa nicht?« Als weder Naomi noch Lenka antworteten, fuhr Janine ungerührt fort: »Hör zu, Süße: Ich weiß genau, was zwischen Naomi und dir läuft. Beziehungsweise *gelaufen ist*«, korrigierte sie sich. »Und weißt du noch was? Es ist okay für mich. Echt! Also mach dir keinen Kopf, Lenka-Mäuschen! Und lass uns nicht streiten! Du hast doch heute Geburtstag, hm?« Sie klopfte Lenka gönnerhaft auf die Schulter wie einem kleinen, trotzigen Kind.

Lenka wischte die Hand weg, als sei es eine Giftspinne. Gleichzeitig konnte sie nicht glauben, was sie da gerade gehört hatte.

»Es war ... okay?«, keuchte sie. »Das mit Naomi und mir war in Ordnung für dich?«

Janine zuckte gleichgültig die Achseln. »Wir zwei waren offiziell nicht mehr zusammen. Demzufolge hat Naomi mich nicht betrogen. Technisch gesehen jedenfalls nicht.« Sie lächelte ihr kaltes Lächeln. »Und lass es mich einmal so formulieren: Es war auch nicht so, dass ich in Amsterdam wie eine Nonne gelebt hätte. Die eine oder andere hübsche Holländerin ist mir da schon über den Weg gelaufen. Also, wer bin ich, Naomi da einen Vorwurf zu machen? Jeder hat das Recht auf ein bisschen Spaß, oder?«

Technisch gesehen ... die eine oder andere hübsche Holländerin ... das Recht auf ein bisschen Spaß ... Großer Gott, wie diese Frau redete. Und das auch noch direkt vor Naomi.

»Na, jedenfalls«, fuhr Janine fort, »weiß ich nicht wirklich, was du von uns willst, Lenka. Mir scheint, du bist bloß auf Ärger aus, und dafür ist mir, wenn ich ehrlich bin, unsere Zeit zu schade. Also lass gut sein, okay? Schwamm drüber. Oh, und unter uns gesagt: Ich glaube, du solltest dich besser setzen. Du siehst nämlich gar nicht gut aus.« Sie ließ ihren Blick abfällig an Lenka hinauf- und wieder hinabgleiten und schließlich auf Lenkas Sektglas ruhen, um dann tadelnd den Kopf zu schütteln. »Ganz ehrlich: In deinem Alter sollte man wissen, wann Schluss ist.«

»Du ... du auch noch?« Lenka spürte, wie die Wut in ihr hochkochte. »Du wagst es, hier aufzutauchen und mir Vorschriften zu machen? Mir? In meinem Haus?« Sie versuchte Janine zu fixieren, doch so ganz wollte ihr das nicht mehr gelingen. Sie sah plötzlich zwei Janines vor sich, zwei kleine, fette Puttenengel, die immer wieder ineinander verwaberten, nur um dann erneut zu scheußlich falsch lächelnden Zwillingen zu werden. »Raus hier!«, fauchte Lenka und meinte damit nicht einmal Janine im Speziellen. »Raus!«, rief sie noch einmal, diesmal mit erhobener Stimme. Sie hob die Hände und klatschte lautstark. »Alles raus hier! Haut ab!«

Ihre Stimme übertönte die Musik kaum, nur wenige Leute drehten sich erstaunt zu ihr um, wie sie schwankend am Küchentisch stand und herumbrüllte. Janine legte den Arm um Naomis Taille, während diese Lenka verstört anstarrte.

»Raus!«, kreischte Lenka erneut und fegte mit einer ausladenden Handbewegung den Käseteller vom Tisch. Das war keine direkte Absicht gewesen, eher ein Kollateralschaden. Doch es erzielte genau die richtige Wirkung: Der Teller zersprang, Scherben flogen in alle Richtungen, die Käsestücke ebenso, und der Klumpen Frischkäse in der Tellermitte wurde zu einem weichen, ekligen Fladen auf dem Küchenboden. Lenka besah sich die Bescherung mit dem unkoordinierten Blick einer Betrunkenen. »Ups ...«, sagte sie. Dann wurde ihr plötzlich schwindelig, und sie kippte vornüber, mitten in den Scherben-Käse-Matsch hinein.

Irgendjemand stellte die Musik ab, so dass Lenkas Schrei laut durch die ganze Wohnung hallte. Sie spürte einen scharfen Schmerz an der rechten Handfläche und registrierte erstaunt, dass der Frischkäse am Boden plötzlich voller roter Flecken war.

»Lenka!« Naomi schrie auf und saß sofort neben ihr. »Du blutest ja!«

Im Nu hatte sich eine kleine Traube um sie herum gebildet, doch Lenka bemerkte das kaum, ebenso wenig wie sie begriff, warum ihre Hände plötzlich so wehtaten. Stattdessen sah sie durch einen Schleier aus Alkohol und Tränen zu Naomi hoch.

»Du hast mich verarscht«, lallte sie. »Total verarscht hast du mich!«

»Nein, Lenka, das stimmt nicht, ich –«

»Aus dem Weg!« Es war Miles, der sich einen Weg durch die glotzenden Leute bahnte. Er schob die nutzlosen Gaffer beiseite und riss dann Naomi grob in die Höhe. »Und du: Bleib weg von ihr! Du hast echt schon genug angerichtet!«

Naomi schluchzte. »Aber –«

»Halt die Klappe!«, fauchte Miles sie an. »Und zieh einfach Leine, klar? Dich braucht sie jetzt am allerwenigsten!« Damit ließ er Naomi stehen, ging hinter Lenka auf die Knie und hielt ihren gefährlich pendelnden Oberkörper fest, bevor noch ein Unglück passierte. »Alle mal herhören«, rief er dann laut. »Die Party ist vorbei! Geht besser nach Hause!«

Lenka bekam nur noch am Rande mit, dass sich die Gruppe murmelnd zerstreute. Sie sah, wie Janine die weinende Naomi am Arm nahm und aus dem Zimmer führte. Im Vorbeigehen warf sie noch einen verächtlichen Blick auf Lenka und sagte so laut, dass es alle hörten: »Wie peinlich.«

Lenkas Küchenboden sah zwar aus, als hätte darauf ein Kettensägenmassaker stattgefunden, doch die Wunden selbst waren vergleichsweise harmlos. Zwar hatten sie geblutet wie verrückt, aber das sei ganz normal, behauptete Yvonne. Das liege daran, dass die Hände und insbesondere die Fingerspitzen so gut durchblutet waren. Genäht werden müssten solche Schnitte in den wenigsten Fällen, wenn überhaupt, dann getackert, und selbst das könne man sich meistens sparen.

Miles und Corinna waren skeptisch und wollten Lenka sicherheitshalber zu einem Arzt bringen. Doch diese bekam allein bei den Worten »nähen« und »tackern« eine kleine, alkoholgenährte Panikattacke. Also entschlossen die drei sich vorerst nur zu ein paar Erste-Hilfe-Maßnahmen. Anschließend blieb immer einer von ihnen bei Lenka sitzen – nur für den Fall, dass sie kollabierte oder einen neuen Weinkrampf bekam –, während die anderen sich daran machten, die Sauerei zu beseitigen.

Lenka selbst merkte vom all dem nicht viel. Sie dämmerte halb bewusst vor sich hin, den Kopf wahlweise auf Miles', Corinnas oder Yvonnes Schulter gelehnt, und murmelte in regelmäßigen Abständen immer dasselbe: »Ihr seid so gut zu mir. Ihr seid ja alle so gut zu mir ...«

Am nächsten Morgen wusste sie vom Ende ihrer Geburtstagsparty kaum noch etwas. Lediglich die dick bandagierten Handflächen und das unangenehme Pochen unter den Verbänden erinnerten noch an die vergangene Nacht.

Und natürlich ein scharfer, unbestimmbarer Schmerz in ihrer Herzgegend. Wenn auch weniger durch körperliche Verletzungen bedingt.

Die Wohnung war picobello aufgeräumt, Scherben, Blut und Essensreste beseitigt. Das meiste davon ging auf Miles' Konto, erzählte Corinna später, als sie anrief, um sich nach Lenkas Befinden zu erkundigen. Der habe mit geradezu beängstigendem Eifer gewienert, geputzt und geschrubbt – und dabei geflucht wie ein Kesselflicker. Unnötig zu erwähnen, dass Naomi das Hauptziel seiner Verbalattacken gewesen war. Vielleicht, meinte Corinna, sollte Lenka ein bisschen aufpassen, wenn Miles und Naomi das nächste Mal aufeinandertrafen. Doch dann verbesserte sie sich hastig: »Sorry. Das ist ja nicht mehr dein Problem.«

Nicht mehr? Lenka lächelte schwach. Es war nie ihr Problem gewesen – so sah es doch aus. Und falls doch, dann war es damit spätestens mit der Aktion von gestern Nacht vorbei.

Für Naomi war der Fall Amsterdam erledigt.

Und für Lenka wiederum der Fall Naomi.

Mit anderen Worten: Es war aus. Genauer gesagt: Es hatte nie existiert.

Nur – wie konnte etwas, das nie existiert hatte, einen so tiefen Schmerz hinterlassen?

Kapitel 17

In einem Punkt behielt Corinna recht: Als Naomi drei Tage später zum ersten Mal wieder zur Arbeit erschien, warf Miles ihr einen Blick zu, als wolle er sie aufspießen, teeren, federn und anschließend vierteilen.

»Dass du dich noch hierher traust!«, zischte er.

»Jetzt lass sie doch«, schritt Lenka ein und verriet damit prompt den einzigen guten Vorsatz, den sie sich für die nächste Zeit gesetzt hatte: Naomi nach Möglichkeit zu ignorieren.

Sie hatte sich sehr ausführlich mit dem Gedanken auseinandergesetzt, wie sie Naomi in Zukunft begegnen sollte. Natürlich wollte sie sie am liebsten nie wiedersehen. Aber da die Methode »Ganz oder gar nicht« bei ihnen nicht funktionieren würde, zumindest nicht, solange keine von ihnen den Job kündigte, entschloss sich Lenka, einfach über den Dingen zu stehen – so gut es eben ging.

Sie würde mit Naomi zusammenarbeiten und sich dabei professionell verhalten. Sie würde mit ihr das Nötigste besprechen, sofern es mit der Arbeit zu tun hatte. Nur eben kein privates Wort.

Lenka ging davon aus, dass dieses Arrangement auch in Naomis Sinne wäre. Schließlich waren sie, um Corinnas Worte zu gebrauchen, beide erwachsene Menschen. Demonstratives Naserümpfen oder fiese Sticheleien, das war nicht Lenkas Stil. So was überließ sie Leuten wie Janine. Und sie hoffte, dass auch Miles sich bald wieder einkriegen würde.

Tja. Und da waren sie nun: Naomi und Lenka.

Sie standen sich mitten im Foyer gegenüber und versuchten beide, einander nicht anzusehen, aber gleichzeitig auch nicht allzu auffällig wegzusehen.

Sie wollten einander nicht ansprechen.

Und dennoch gab es noch so viel zu sagen ...

Naomi musterte die Pflaster, denen die dicken Verbände an Lenkas Schnittwunden mittlerweile gewichen waren. »Wie geht's deinen Händen?«

Lenka zuckte die Achseln. Das war zwar immerhin noch kein Privatgespräch, aber doch beinahe schon zu viel.

Oder zu wenig. Ganz wie man es nahm.

»Geht schon«, sagte sie. Und das stimmte. An den ersten zwei Tagen hatte sie ein paar leichte Ibuprofen-Tabletten eingeworfen, um das schmerzhafte Pochen unter den Pflastern leichter zu ertragen. Am dritten Tag – also heute – war sie dabei geblieben, auch wenn der Schmerz schon viel weniger geworden war.

Noch eine Tablette. Eine letzte.

Nur noch heute.

Nicht mehr unbedingt wegen der Hände. Sondern weil die Tabletten den angenehmen Nebeneffekt hatten, auch das undefinierbare Schmerzgefühl in ihrem Inneren zu betäuben. Sie ließen sie gleichgültig werden, fast so, als schwebe sie auf Watte oder weichem Nebel dahin. In diesem Zustand, dachte sie, in diesem samtigen Alles-egal-Feeling würde sie die erste Begegnung mit Naomi vielleicht etwas besser ertragen.

Nur noch heute ...

Lenka atmete tief durch, fügte in Naomis Richtung noch ein »Tut zwar noch weh, aber das wird wieder« hinzu und hoffte, dass Naomi die Doppeldeutigkeit dieser Worte begreifen würde. Anschließend warf sie Miles einen strengen Blick zu, dessen Botschaft umso eindeutiger war: *Zickenkrieg bitte vermeiden!*

Dann ging sie an die Arbeit. Kassendienst. Und das mit zerschnittenen Fingern und einer Konzentrationsfähigkeit, die auf Halbmast hing.

Na, das konnte ja heiter werden.

Der Tag verging mehr oder weniger routiniert – wenn man einmal davon absah, dass Lenka am liebsten in Tränen ausgebrochen wäre, sobald sie Naomi auch nur zu sehen bekam, und immer, wenn sie sie nicht sehen konnte, sich ihrer Präsenz doch umso schmerzhafter bewusst war.

Erstaunlicherweise wirkte auch Naomi nicht gerade wie die Glückseligkeit in Person. Das fand Lenka befremdlich, denn eigentlich hatte Naomi doch allen Grund für ein strahlendes Dauergrinsen: Sie hatte ihre Janine wieder. Sie musste kein Geld mehr für Amsterdam zurücklegen. Sie konnte sich die Lektüre von *Max en Moritz* sparen. Und die paar Brocken Niederländisch, die sie sich angeeignet hatte, konnte sie getrost wieder vergessen. Oder sie dafür nutzen, ihrer Janine unanständige Dinge zuzuflüstern: Schatz, mach es mir doch mal auf Niederländisch! Das brachte zumindest Abwechslung ins Liebesleben ...

Wieso in aller Welt machte Naomi dann ein Gesicht wie drei Tage Regenwetter?

Andererseits musste das ja nicht zwingend etwas mit Janine zu tun haben. Vermutlich hing Naomi die Sache mit der Party noch nach. Gut so, das war ja auch echt blöd gelaufen. Außerdem, vermutete Lenka weiter, machte es sicherlich auch keinen Spaß, von dem sonst so liebenswerten Miles mit Blicken durchbohrt zu werden, die selbst einen hartgesottenen Türsteher zum

Weinen gebracht hätten.

Und überhaupt: Eigentlich interessierte Lenka das ja alles nicht mehr.

Wenn es nur so einfach wäre, sich an die eigenen Vorsätze zu halten ...

Naomi brachte den Tag also mit genauso düsterer Miene hinter sich wie Lenka. Sie hatte sogar noch ein bisschen mehr Pech, denn ausgerechnet an ihrem Schalter lief zur Nachmittagsvorstellung ein ganzer Kindergeburtstag auf: Zehn kleine Nachwuchscineasten kamen lärmend und lachend in die Eingangshalle getobt, um sich den neuen Animationsfilm aus den Pixar-Studios anzusehen. Begleitet wurden sie von einer einzigen Aufsichtsperson, vermutlich der Mutter des Geburtstagskindes, die aussah, als sei sie schon nahe am Rande des Nervenzusammenbruchs.

Dummerweise war die Gruppe mehr als zwanzig Minuten zu spät dran, und was das anging, hatten Lenka und ihre Kollegen strenge Auflagen: Wer bis zu fünfzehn Minuten nach dem offiziellen Filmstart auftauchte, wurde noch in den Saal gelassen. Doch für alles darüber hinaus galt: Pech gehabt. Wer zu spät kam, den bestrafte das Leben. Beziehungsweise in diesem Fall die Platzanweiser, die dann in der Tür standen und streng den Kopf schüttelten.

Aus dem Schwarm lachender Kinder wurde im Nu eine Rotte plärrender Heulsusen – und aus der ohnehin schon gestressten Mutter eine wutschnaubende Harpyie. Wie das denn angehen könne, keifte sie Naomi an. Sie sei ja schließlich bereit, den vollen Preis zu zahlen. Ob man da nicht noch mal ein Auge zudrücken könne? Und überhaupt: Der Film lief doch erst seit ein paar Minuten, vielleicht sei der Werbeblock auch noch gar nicht vorbei. Ob sie denn nicht daran interessiert sei, Geld zu verdienen? Das sei doch ein Unternehmen hier, und ein Unternehmen lebe schließlich von zahlenden Kunden, oder etwa nicht? Sie würde auch einen Zehner Trinkgeld drauflegen, falls es darum ging.

Nein?

Dann eben einen Zwanziger, der ruhig in Naomis eigenem

Portemonnaie verschwinden könne, das müsse doch niemand erfahren ...

Auch nicht ...?

Dann bliebe ihr leider nichts anderes übrig, als sich bitter über Naomi zu beschweren. Der Service sei ja wohl eine Zumutung. Und wenn sie nach Hause kam, dann würde sie auf der Website des Kinos erst mal eine Kritik verfassen, die sich gewaschen hatte. Was solle sie denn jetzt bitte schön machen mit einem Haufen Kinder im Schlepptau und einem geplatzten Nachmittagsprogramm?

Naomi erklärte ihr ein ums andere Mal, dass es nun mal gewisse Vorschriften gebe, an die sich alle zu halten hätten. Das tat sie mit einer Engelsgeduld, doch es war nicht zu übersehen, dass sie am liebsten den Sicherheitsdienst gerufen und die Frau hätte hinauswerfen lassen.

Schließlich erbarmte sich Lenka. Nicht um Naomis willen, sondern weil das Gekeife der Frau und die immer unruhiger werdenden Kinder ihr allmählich selbst auf die Nerven gingen. Außerdem gab es sogar eine ganz einfache Lösung, die alle Beteiligten zufriedenstellen würde.

»Wenn ich einen Vorschlag machen darf«, sagte sie, »in Kino zwei läuft noch ein Animationsfilm. Der ist auch ganz nett – und er fängt erst in zehn Minuten an.«

Die Frau atmete sichtlich auf und zückte erneut ihr Portemonnaie. »Warum denn nicht gleich so?«

Naomi funkelte ihrerseits Lenka an. *Mischst du dich,* so schien ihr Blick zu sagen, *etwa schon wieder in meine Angelegenheiten ein?*

Lenka seufzte. Undankbares kleines Biest, dachte sie. Andererseits: Unter dieser Prämisse passten Janine und Naomi noch wesentlich besser zusammen. Gleich und gleich gesellte sich ja bekanntlich gern ...

Mit dieser ernüchternden Erkenntnis hatte der Fall sich erledigt.

Zumindest nahm Lenka das an.

Dass die Sache jedoch alles andere als erledigt war, zeigte sich am Ende des Tages. Nach der letzten Abrechnung rief der Schichtleiter das Personal zusammen und verkündete öffentlich, was einige von ihnen bereits wussten: Die Kasse stimmte nicht. Es fehlten zweihundert Euro.

Genauer gesagt: Es fehlten zweihundert Euro aus Kasse drei.

Der Chef blickte fragend in die Runde: »Nun? Hat jemand dazu etwas zu sagen?«

Lenka schaute sich um und sah in betretene Gesichter. Die Leute musterten einander verstohlen und wichen zugleich jedem Blick aus.

Natürlich kam es schon mal vor, dass am Ende des Tages ein bisschen zu viel oder ein bisschen zu wenig in der Kasse war. Jeder konnte sich mal verrechnen, wahlweise zugunsten der Kunden oder zugunsten des Kinos. Ein paar Euro mehr oder weniger waren wahrlich nicht tragisch. Aber ganze zweihundert Euro, das war mehr als ein kleiner Rechenfehler. Klar, dass der Chef dem nachgehen musste.

»Niemand?«, wiederholte der Schichtleiter jetzt. »Okay, dann fragen wir mal anders: Wer hatte denn Dienst an Kasse drei?«

Wieder nur beschämtes Schweigen. Natürlich wusste jeder, wer an Kasse drei gearbeitet hatte, doch niemand wollte einen Kollegen anschwärzen.

Der Chef hob die Brauen. »Okay, jetzt hört mal zu, Jungs und Mädels: Wenn derjenige sich jetzt freiwillig meldet, dann kommt er noch mal mit einem blauen Auge davon. Wenn nicht, dann werde ich ernsthaft sauer. Und ganz davon abgesehen: Wir kriegen das sowieso raus.«

Mit einem blauen Auge davonkommen, hm? Lenka verzog das Gesicht. Nein, in diesem Fall wohl kaum. Der Sündenbock mit dem Rechenproblem war nämlich niemand anderes als – Naomi.

Lenka konnte sich gut vorstellen, wie es passiert war: Diese bescheuerte Harpyie von Mutter mit ihrem schreienden Kinderzirkus hatte Naomi mit ihrem Gemecker einfach an ihre Grenzen gebracht. Als Lenka sich dann auch noch einmischte, musste das Naomis Konzentration den Rest gegeben haben. Jetzt war sie nur noch darauf aus, die Kundin möglichst schnell loszuwerden – und Lenka gleich mit.

Die Summe kam ebenfalls in etwa hin: Die Frau hatte Naomi das Geld in großen Scheinen in die Hand gedrückt. Und danach hatte Naomi ihr im Eifer des Gefechts, wütend und völlig entnervt, die gleiche Summe in kleinen Scheinen wieder herausgegeben. Daraufhin hatte die blöde Harpyie sich bestimmt ins Fäustchen gelacht, hatte es für absolut gerecht befunden, dass die in ihren Augen unfähige und unkooperative Kassiererin sich vertan hatte, und sich darüber gefreut, dass sie und ihre Bälger jetzt trotzdem noch zu ihrem Film kamen. Und das auch noch völlig umsonst.

So in etwa musste das gewesen sein. Naomi hatte also genau den Fehler begangen, vor dem Lenka sie seinerzeit hatte warnen wollen.

Ein solcher Irrtum konnte passieren, und in der Regel kam man in der Tat mit einem blauen Auge davon. Lenka hatte es ja schon selbst erlebt: Der Verlust wurde einem vom Lohn abgezogen, es gab eine Ermahnung, dass so etwas nicht wieder passieren dürfte, und damit war die Sache geklärt.

Aber nicht in Naomis Fall. Naomi war die neuste Aushilfskraft. Sie befand sich sozusagen noch in der Probezeit. Und wer sich in dieser Bewährungsphase so einen Fehltritt leistete, der war seinen Job los; da gab es kein Pardon. Denn in einem hatte die Harpyien-Mutter recht gehabt: Ein Kino war ein Unternehmen, und ein Unternehmen musste auch in Zahlen denken. Eine derart unzuverlässige Kassiererin konnte man da nun mal nicht gebrauchen, so kompetent und so beliebt sie ansonsten auch sein mochte.

Während Lenka diese Überlegungen durch den Kopf gingen, wanderte der Blick des Chefs erneut umher.

»Nun? Letzte Chance, Leute!«

Lenka traf ihre Entscheidung binnen weniger Augenblicke. Naomi richtete sich gerade auf und wollte die Sache aufklären.

Da sagte Lenka: »Ich! Ich war an Kasse drei.«

Alle Köpfe drehten sich in ihre Richtung. Naomi öffnete den Mund, klappte ihn aber wieder zu, als Lenka ihr einen scharfen Blick zuwarf.

»Lenka –!«, begann Miles, und prompt war er der Nächste, der zum Schweigen gebracht wurde.

»Ich war es«, sagte Lenka und sah dem Schichtleiter fest in die Augen. »Ich hab mich da wohl ganz übel verrechnet. Ehrlich, das war absolut keine Absicht. Da war so eine Trulla mit ihren Bälgern, und ...« Lenka schickte sich an, die Geschichte in knappen Worten zusammenzufassen – nur würde sie dabei Naomis Part übernehmen.

Doch der Chef schnitt ihr das Wort ab. »Schon klar, Lenka. Ist in Ordnung, ich glaube dir. Bist ja schließlich lange genug dabei.« Er lächelte in ihre Richtung. »Allerdings wundert es mich umso mehr, dass so was ausgerechnet dir passiert. Na ja, aber wir sind alle nur Menschen, stimmt's?«

Lenka schielte in die Runde. Naomi starrte auf die Tischplatte, und Miles sah aus, als wolle er gleich explodieren.

Doch beide hielten den Mund.

»Tja, Lenka«, setzte der Chef erneut an und hob bedauernd die Schultern. »Nichtsdestotrotz wirst du den Schaden ersetzen müssen. Das heißt, du musst ein paar Schichten umsonst arbeiten. Tut mir echt leid.«

Lenka nickte. Klar. So waren nun mal die Regeln. Aber immerhin behielt sie ihren Job.

Ihren Job ...

Lenka dachte nach.

... du bist ja lange genug dabei ...

... dass so was ausgerechnet dir passiert ...

... den Schaden ersetzen ...

... ein paar Schichten umsonst ...

Lenka begann zu lächeln.

Nein.

Keine Schichten mehr.

Weder umsonst noch bezahlt.

»Klar ersetze ich den Schaden«, erklärte sie in Richtung des Chefs. »Und wo wir schon mal dabei sind: Ich kündige!«

»Was?« Es war nicht nur der Chef, dem die Kinnlade herunterfiel. Miles sprang auf, Naomis Finger verkrampften sich, und alle anderen glotzten nur ungläubig.

»Ich kündige«, wiederholte Lenka gelassen und spürte dabei jeder einzelnen Silbe nach. Die Worte fühlten sich gut an. »Zieh mir die zweihundert einfach von meinem nächsten Monatscheck ab«, schlug sie ihrem Chef vor. »Der ...«, sie stockte, lächelte dann, »... demnach wohl auch mein letzter Monatsscheck sein wird.« Sie stand auf, sah sich noch einmal um und winkte in die Runde. »Macht's gut, liebe Leute! War 'ne schöne Zeit mit euch!«

Damit verließ sie das Zimmer.

Sie verließ das Foyer.

Verließ das Kino.

Draußen pfiff ihr ein kalter Wind ins Gesicht und zerzauste ihr die Haare.

Lenka atmete tief durch, klappte den Kragen hoch, schob die Hände in die Taschen und marschierte lächelnd in die Nacht hinaus.

Kapitel 18

Die folgenden Tage verbrachte Lenka in einem Zustand, in dem sich Lethargie und Euphorie mit schöner Regelmäßigkeit abwechselten. Sie hatte jegliches Zeitgefühl verloren, unterschied kaum noch in Tagen und Wochen und auch nicht mehr zwischen Tag und Nacht. Am ehesten konnte man ihre Zeitrechnung unterteilen in Einheiten, in denen der Kühlschrank voll war – und solche, in denen es allmählich Zeit wurde, wieder einmal einkaufen zu gehen.

Sie erhielt einige Besuche und Anrufe in dieser Zeit.

Witzigerweise war Miles der Erste, der bei ihr auf der Matte stand, und zwar nur eine knappe Stunde nachdem Lenka dem Kino so dramatisch den Rücken gekehrt hatte. Er stand vor ihrer Wohnungstür, das Gesicht mit einem dicken Schal gegen die Kälte draußen geschützt, und die dunklen Knopfaugen funkelten wütend darüber hinweg.

»Das kann nicht dein Ernst sein, Lenka! Du kannst doch nicht einen Job hinschmeißen, den du seit zehn Jahren machst, nur weil diese kleine Schnepfe –«

»Weißt du was, Miles?«, fuhr Lenka dazwischen. »Tu einfach uns allen einen Gefallen und halt dich da raus, okay?«

Sie knallte ihm die Tür vor der Nase zu.

In derselben Nacht kamen einige Anrufe von Naomi, die Lenka jedoch geflissentlich ignorierte. Daraufhin erreichten sie weitere Anrufe von unbekannten Teilnehmern, die aber garantiert ebenfalls auf Naomis Konto gingen, nur dass sie diesmal ein fremdes Handy benutzte. Vielleicht sogar das von Janine ... Allein bei diesem Gedanken drehte sich Lenka der Magen um.

Anschließend verlegte Naomi sich darauf, Lenkas Mailbox und ihren Anrufbeantworter zu bequatschen. Band und Speicher waren voller verheulter Entschuldigungen, flehentlicher Bitten, ans Telefon zu gehen, und schließlich hagelte es Schimpftiraden, weil Lenka genau das nicht tat.

Lenka drückte einfach auf die Löschtaste.

Nur einen Tag später rief sie ihr Schichtleiter an. Naomi habe ihm alles gebeichtet, erklärte er. Dementsprechend bestand keine Veranlassung mehr, dass Lenka den entstandenen Schaden begleichen müsste. Das sei jetzt Naomis Sache. Übrigens: Noch bevor der Chef Naomi achtkantig hinauswerfen konnte – was er in Anbetracht der Tatsachen zweifellos getan hätte –, war Naomi dem zuvorgekommen. Sie hatte ihren Job geschmissen – jedoch nicht, ohne zuvor noch darauf zu bestehen, dass Lenka den ihren wiederbekam. Und natürlich sei er, so versicherte ihr Chef, mehr als geneigt, Lenka erneut willkommen zu heißen. Wann sie denn wieder anfangen wolle?

»Gar nicht«, sagte Lenka schlicht.

Der Chef stutzte verblüfft. »Pass auf, Lenka ... falls es um eine Lohnerhöhung geht, werden wir zwei uns da sicher –«

»Es geht nicht um eine Lohnerhöhung.«

»Okay, wenn du eine Weile frei haben möchtest, dann –«

»Es geht auch nicht um mehr Freizeit«, unterbrach Lenka, um die Sache abzukürzen.

Schweigen am anderen Ende. Lenka hörte ihren Ex-Chef tief durchatmen. »Jetzt hör mir mal zu, Lenka. Du kannst nicht von heute auf morgen einfach alles hinschmeißen. So läuft das nicht. Es gibt so etwas wie eine gesetzliche Kündigungsfrist.«

»Und es gibt so etwas wie Resturlaub sowie Überstunden, die man abbummeln kann«, konterte Lenka. »Beides sollte bei mir zur Genüge vorhanden sein. Damit dürfte ich meine Schuldigkeit getan haben, meinst du nicht?«

»Doch«, gab der Chef nach einer kurzen Pause zu, in der er die Sache wahrscheinlich im Kopf überschlagen hatte. »Rein rechnerisch müsste das hinkommen.«

»Na, siehst du.«

Erneutes Schweigen. Dann verlegte sich der Chef auf eine neue, eine letzte, verzweifelte Strategie: Jammern. »Mensch, Lenka! Das kannst du mir doch nicht antun!«

»Kann ich wohl«, sagte Lenka.

Sie drückte die Auflegetaste.

Einen weiteren Tag später rief Corinna an. Vermutlich war sie von Miles dazu angestiftet worden und sollte Lenka nun ins Gewissen reden.

»Du hast deinen Job geschmissen?«, fragte sie fassungslos.

»Ja«, sagte Lenka.

»Wegen Naomi, stimmt's?«

»Nein«, sagte Lenka.

Schweigen.

»Na, herzlichen Glückwunsch!«, murmelte Corinna dann. »Und wovon willst du jetzt leben?«

»Keine Ahnung«, sagte Lenka.

»Ach, Lenka.« Corinna seufzte. »Dir ist wirklich, wirklich, *wirklich* nicht zu helfen.«

»Ich weiß«, sagte Lenka. »Und übrigens: Schöne Grüße an Yvonne.«

Etwa eine Woche und gefühlte tausend Stunden Mailbox-Terror später stand Naomi persönlich vor Lenkas Haustür. In einem Fall wie diesem lobte Lenka sich die vier Stockwerke dazwischen und vor allem die Gegensprechanlage.

»Lenka, bitte!«, quengelte Naomi. »Lass mich rein! Lass uns reden.«

All das kam Lenka ziemlich bekannt vor, das hatte sie in hundert verschiedenen Variationen schon auf ihrem Anrufbeantworter gehört.

»Nein«, sagte sie nur.

»Ach, leck mich, du blöde –«, zeterte Naomi noch, bevor

Lenka die Verbindung unterbrach.

Als sie dann am nächsten Tag die Post kontrollierte, fand sie ein Kuvert, auf dem einfach bloß LENKA stand, in großen, fahrigen Druckbuchstaben hingeworfen. Der Umschlag enthielt zweihundert Euro in kleinen Scheinen. Schadensersatz, dachte Lenka bitter. Sie überlegte kurz, ob sie den Umschlag postwendend frankieren und an den Absender – Naomi, wer sonst? – zurückschicken sollte. Denn eigentlich war die Geste ja überflüssig. Es gab keinen finanziellen Schaden mehr, den Lenka hätte ersetzen müssen. Und was sonst noch an Kollateralschäden entstanden war, das ließ sich nicht mit Geld wiedergutmachen.

Dann jedoch entschied sich Lenka dafür, das Geld zu behalten. Wenn Naomi glaubte, sich damit von ihrem schlechten Gewissen freikaufen zu können: Sei's drum.

Zweihundert Euro.

Naomis Abschiedsgruß. Für ein reines Gewissen.

Keine Summe, mit der man große Sprünge machen konnte. Aber so ganz unrecht hatte Corinna ja nicht: Lenka musste von irgendwas leben.

Zweihundert Euro. Das war immerhin besser als nichts.

Im Grunde ihres Herzens war Lenka richtig froh darüber, den Kinojob los zu sein. Selbst ohne die Gefahr, Naomi ständig über den Weg zu laufen: Auch zu besseren Konditionen – mehr Geld für weniger Arbeit – wollte sie ihn nicht mehr wiederhaben.

Zehn Jahre waren eine lange Zeit. Und es war eine gute Zeit gewesen. Sie würde sicherlich einiges vermissen, vor allem das Feierabendbierchen mit Miles. Aber alles Gute im Leben hatte einmal ein Ende. Das galt offensichtlich nicht nur für Beziehungen.

Vielleicht war es ganz gut, dass es so gekommen war. Vielleicht hatte Lenka einfach diesen Impuls gebraucht. Einen Tritt in den Hintern, der sie dazu zwang, ein paar Dinge zu ändern. Wäre mit Naomi alles super gelaufen, dann hätte Lenka einfach so weitergemacht wie bisher. Dann säße sie vermutlich auch an ihrem vierzigsten Geburtstag noch an der Kinokasse. Es sei denn, Naomi hätte bis dahin ihr BWL-Studium abgeschlossen, einen Superjob ergattert und Lenka als Sugar Mommy aushalten können. Aber ob das so eine tolle Idee wäre – das wagte Lenka zu bezweifeln. Der Künstler an sich brauchte zwar beides, Muse und Mäzen; nur war das in der Regel nicht ein und dieselbe Person.

Das leidige Geld war natürlich in der Tat ein Problem. Lenka hatte ein paar Euro angespart, so dass sie nicht bereits zum nächsten Ersten die Räumungsklage befürchten musste. Doch ihr Barvermögen – plus die zweihundert Euro von Naomi – würde nicht ewig reichen. Beizeiten würde sie sich etwas einfallen lassen müssen. Allerdings klappte es erstaunlich gut, den Begriff »beizeiten« ziemlich lange auszudehnen. Lenka sah keinerlei Sinn darin, sich schnellstmöglich wieder in den nächstbesten Job zu stürzen, der sie kein bisschen ausfüllte. Wenn sie schon eine Arbeitspause machen musste, dann sollte es auch eine echte Pause sein.

Zum Nachdenken. Darüber, was sie wirklich wollte.

Denn was sie nicht wollte, das wusste sie inzwischen ja zur Genüge.

Und weil einem die Ideen nun einmal nicht auf Kommando zufielen, machte Lenka sich da keinen Stress. Solche Sachen konnte man nicht erzwingen. Die Muse schaute vorbei, wenn sie Lust dazu hatte – aber eben auch nur dann.

Wenn man dieses Prinzip erst einmal verstanden hatte, war alles plötzlich erstaunlich einfach. Lenka vertrödelte oft den halben Tag, hatte aber aufgrund der neu erworbenen Freizeit trotzdem genug Zeit und Muße, sich ihrer wirklichen Arbeit zu widmen. Sie verbrachte Stunden über ihrem Skizzenblock und mit dem Photoshop-Programm. Man konnte ohne Übertreibung sagen: Sie durchlebte völlig unerwartet – aber natürlich sehr zu ihrer Freude – wieder einmal eine verdammt kreative Phase.

Und nach wie vor stellte ein guter Teil ihrer Bilder zerbrechlich wirkende Mädchen mit kurzen Haaren dar. Verfremdet, aber doch eindeutig zu erkennen.

Lenka hatte versucht, Naomi nicht mehr zu porträtieren. Doch auf Dauer widerstrebte es ihr, sich mit Gewalt der Inspiration zu verweigern. Das, was sie faszinierte, ging ihr immer noch am leichtesten von der Hand.

Ja – Naomi faszinierte sie noch. Wahrscheinlich liebte ein Teil von Lenka sie auch immer noch, nicht nur jener Teil, der die Künstlerin in ihr ausmachte. Aber das war in Ordnung. Es tat zwar immer noch verflucht weh, an Naomi zu denken; doch auch das war okay. Liebe musste wehtun, ein bisschen jedenfalls. Wenn nicht, dann war es keine Liebe gewesen. Und Lenka brachte es nicht über sich, ihre Gefühle für Naomi in Hass umzuwandeln. Das wäre natürlich das einfachste, so kam man nach einer großen Enttäuschung am besten von einem einst geliebten Menschen los. Aber das hatte Lenka schon bei Corinna nicht geschafft, und bei Naomi klappte es genauso wenig.

Also beschloss Lenka, die Gefühle zuzulassen und den Schmerz zu kanalisieren. All ihre Wut, all ihre Frustration flossen in ihre Bilder ein. Und es kamen ein paar wirklich gute Sachen dabei heraus. Vielleicht waren Künstler ja wirklich am besten, wenn sie litten. An diesem Klischee, dachte Lenka jetzt, konnte durchaus etwas dran sein.

Das mit der Veröffentlichung war natürlich ein Problem. Lenka verstand Naomis Bedenken, was das anging. Doch etwas wirklich Gutes gar nicht erst zu erschaffen, nur weil es nicht für fremde Augen bestimmt war – das war kompletter Blödsinn und widersprach so ziemlich allen künstlerischen Idealen. Schließlich hatte man als Künstlerin auch eine Art Identität; und die würde Lenka nicht verraten, nur weil ihre heimliche Muse herumzickte und es ihr an Publikum mangelte. Also erschuf sie die Bilder allein für sich selbst. Sie dienten keinem besonderen Zweck. Und trotzdem war Lenka stolz darauf.

Dennoch war es nicht so, als würde Lenka gar nichts mehr veröffentlichen. Im Gegenteil: Sie war in letzter Zeit wieder öfter bei *you.and.meART* unterwegs, sei es, um neue Arbeiten (ohne Naomi-Motive) einzustellen, sei es, um alte Bilder noch einmal zu perfektionieren.

Sie gewann sogar einen Wettbewerb. Es war keine große Sache, nur ein kleines, internes Ausschreiben für registrierte Mitglieder der *you.and.meART*-Community, bei dem per Publikumsvotum ein Gewinner ermittelt wurde. Der Contest lief unter dem Titel »Sehnsucht«, was für Lenka natürlich ziemlich ideal war, aus künstlerischer Perspektive zumindest.

Also hatte sie sich hingesetzt, die Gedanken fließen lassen, und zwischen Idee und fertigem Werk lagen nur ein paar Stunden. Lenka hatte sich keine ernsthaften Chancen ausgerechnet und war daher mehr als nur positiv überrascht, als sie am Ende zur Siegerin gekürt wurde. Der Preis bestand zwar bloß aus einem Artbook und einem Gutschein von einem Versandhandel für Künstlerbedarf – aber es war ein erster, echter Erfolg. Ein Motivationsschub, der Lenka anspornte, weiterzumachen.

Und das tat sie, mit noch mehr Eifer als zuvor. Sie arbeitete Tag, Nacht und wann immer ihr danach war. Sie entwarf, verwarf, löschte, veröffentlichte oder hielt die Werke unter Verschluss, je nach Lust und Laune. Sie bekam Kritiken, gute wie schlechte. Mal ärgerte sie sich, mal nahm sie es locker. Aber kein noch so böswilliger Kommentar hätte jetzt noch die Macht gehabt, sie in eine tiefe Existenzkrise zu treiben, in der sie keinen anderen Ausweg mehr sah als ein sinnloses Besäufnis.

Gute vier Wochen nach Lenkas dreißigstem Geburtstag meldete sich über den *you.and.meART*- Mailaccount jemand, der sich *Steph77* nannte, ihre Arbeiten wortreich lobte und auch nicht vergaß, ihr zum gewonnenen Wettbewerb zu gratulieren. Er sei, behauptete er weiter, Betreiber einer kleinen Werbeagentur und suche Talente, die ein geschicktes Händchen hatten und etwas von Bildbearbeitung verstünden. Ob Lenka nicht Lust hätte, ab und zu mal für ihn zu arbeiten?

Lenka antwortete höflich, nahm dieses Angebot aber nicht ganz ernst. Wahrscheinlich schickte dieser Steph seine Nachricht an alle halbwegs talentierten Mitglieder bei *you.and.meART.* Derartige Komplimente waren eine bewährte Masche zum Flirten. Und selbst wenn das mit der Agentur stimmte, so war noch lange nicht gesagt, dass für Lenka jemals ein bezahlter Auftrag abfallen würde.

Dennoch schmeichelte ihr die Sache mehr, als sie zugeben wollte. Also begann sie, alle paar Stunden ihren *you.and.meART*-Account abzurufen, in der Hoffnung auf weitere Nachrichten.

Und in der Tat – kaum zwei Tage später flatterte zu ihrer eigenen Überraschung das erste Jobangebot in den Postkasten. Nichts Großartiges, aber immerhin: die Gestaltung eines Werbeflyers für eine Firma, die Shampoo produzierte. Ökoshampoo, um ganz genau zu sein; umweltverträglich und zu hundert Prozent biologisch abbaubar, prima geeignet für den Campingurlaub. Bereits während Lenka sich die Auftragsbeschreibung durchlas, kamen ihr die ersten Ideen. Und weil sie gerade ohnehin nichts Besseres vorhatte, warf sie ihr bevorzugtes Arbeitsprogramm an und setzte diese Ideen in konkrete Bilder um.

Sie schickte das fertige Produkt noch am selben Tag ab – und tigerte anschließend mehrere Stunden nervös durch die Wohnung, so gespannt war sie auf die Reaktion. Sie wartete bis zum späten Abend, doch *Steph77* hüllte sich in Schweigen. Erst weit nach Mitternacht klappte Lenka ihren Laptop zu und verkroch sich enttäuscht ins Bett.

Morgen vielleicht, sagte sie sich vor dem Einschlafen. Ja, morgen ganz bestimmt ...

Und tatsächlich: Als sie am nächsten Vormittag aufstand und schlaftrunken den PC hochfuhr, wartete die ersehnte Antwort bereits in ihrem E-Mail-Postfach. Lenka war schlagartig hellwach und atmete tief durch, bevor sie mit zitterndem Finger auf »Öffnen« drückte.

Super, lobte *Steph77, ich wusste, du hast Talent.*

Lenka strahlte stolz und genehmigte sich zur Feier des Tages erst mal einen großen Kaffee und eine extralange Dusche.

Es folgte ein ausführliches Telefonat mit ihrem neuen Jobkontakt, in dem einige Details besprochen wurden. Unter anderem erfuhr Lenka dabei, dass Steph in Wirklichkeit Stephan Neubauer hieß, Mitte dreißig und wirklich und wahrhaftig Werbeagenturinhaber war. Er erklärte ihr, dass er sie in Zukunft gern öfter mit dem einen oder anderen Auftrag betrauen würde. Fürs Erste auf freiberuflicher Basis, und für die Zukunft könne man weitersehen. Schließlich unterbreitete er ihr einen Honorarvorschlag, dessen Höhe Lenka beinahe rückwärts vom Stuhl fallen ließ.

»Okay«, stieß sie hervor, nachdem sie sich mehrmals hatte räuspern müssen. »Das klingt ... ziemlich fair.«

»Also sind wir uns einig?«, hakte Stephan alias *Steph77* nach.

»Definitiv«, sagte Lenka.

Als sie diesmal die Auflegetaste drückte, grinste sie über das ganze Gesicht.

Bereits kurze Zeit später blinkte bereits eine neue Nachricht in ihrem Postkasten auf. Lenka öffnete sie eilig. Vielleicht hatte Stephan am Telefon noch etwas vergessen? Oder gar schon einen neuen Auftrag für sie ...?

Doch weit gefehlt. Der Absender war so ziemlich die letzte Person auf der Welt, mit der Lenka gerechnet hätte.

»Glückwunsch zum wohlverdienten ersten Platz! Und viel Spaß mit dem Artbook«, prangte es in großen, freundlichen Buchstaben auf ihrem Monitor. Und die Verfasserin dieser Gratulation war niemand Geringeres als – *Mia93.*

Lenka starrte den Bildschirm an, blinzelte, starrte noch einmal, vergewisserte sich, dass hier eindeutig kein Fehler vorlag. Ja, tatsächlich – die Nachricht kam von ihrer alten Feindin. Oder vielleicht musste es jetzt eher »Exfeindin« heißen ...? Lenka schmunzelte. Dann tippte sie rasch eine Antwort.

»Danke für die Blumen«, lautete der Text. *»Von dir hätte ich so ein Lob am allerwenigsten erwartet.«*

Erst als sie die Hände wieder von der Tastatur hob, zögerte sie kurz. Wahrscheinlich war das hier reine Zeitverschwendung, und in Wahrheit heckte *Mia93* nur wieder irgendeine Gemeinheit aus und würde ihr als Reaktion auf ihre Antwort einen richtig krassen Spruch reindrücken. Das musste sie sich nicht wirklich geben ... Doch dann drückte sie entschlossen auf den »Senden«-Button.

Nur Sekunden später landete wiederum eine Antwort in ihrem Postkasten. *»Gern geschehen. Gute Kunst muss man schließlich würdigen.«*

Lenka schluckte nervös, denn nach wie vor traute sie dem Braten nicht. Wenn das tatsächlich ein Sinneswandel war, so kam er ziemlich plötzlich.

Herausfordernd tippte sie: *»Ich dachte, du magst meine Bilder nicht?«*

»Tu ich auch nicht«, lautete die ebenso gnadenlose wie ehrliche, aber auch irgendwie entwaffnende Antwort. *»Zumindest die alten Sachen nicht. Aber seit neuestem bist du ... wie soll ich sagen – richtig gut. So als wäre bei dir ein Knoten geplatzt oder so. Hast deinen persönlichen Stil gefunden, was?«*

»Ähm ... ja«, tippte Lenka zurück. *»Kann sein.«*

»Tja, man muss auch mal zugeben können, wenn man sich geirrt hat«, erklärte Mia. *»Also – du hast definitiv Talent. Es war nur anscheinend … unter einem Haufen Ballast verborgen. Oder wurdest du urplötzlich von der Muse geküsst?«*

Damit hatte sie nun, wissentlich oder unwissentlich, den Nagel auf den Kopf getroffen. Offenbar hatte sie mehr Ahnung von zwischenmenschlichen Beziehungen als von Kunst.

»Ja«, tippte Lenka zögernd zurück. *»Irgendwie schon …«*

Von der Muse geküsst, dachte sie.

Von der Muse gevögelt.

Von der Muse inspiriert …

Und dann von der Muse sitzen gelassen.

Aber das ging Mia nun wirklich nichts an.

»Also dann«, meinte Mia, die augenscheinlich auch nicht weiter auf persönliche Details eingehen wollte. *»Jetzt muss ich mir wohl jemand anderen suchen, an dessen Machwerken ich nach Herzenslust herummäkeln kann. Bei dir bringt das nichts mehr, da würde ich mich nur lächerlich machen. Ich wünsche dir ein schönes Leben, eine erfolgreiche Karriere – und ich bin sicher, man wird noch von dir hören. Bis vielleicht irgendwann mal.«*

»Ja«, tippte Lenka. *»Danke. Oder so ähnlich …«*

Sie schickte die Nachricht ab – und hatte das Gefühl, dass auch *Mia93* damit irgendwo im Nirwana des Internets verschwand.

Man wird von dir hören … Das klang in Lenkas Ohren wie Musik.

Gleichzeitig war sie ziemlich sicher, dass sie von *Mia93* nie wieder etwas hören würde. Und seltsamerweise stellte sie fest, dass ihr das auch ziemlich egal war.

Mias neueste Äußerungen waren ja ziemlich wohlwollend gewesen. Ja, sogar mehr als das: positiv gefärbt. Fast schon fangirlmäßig.

Und – fair. Seinen eigenen Irrtum einzugestehen und jemandem zu gratulieren, den man zuvor auf ziemlich boshafte Weise in Grund und Boden kritisiert hatte, dazu gehörte schon so einiges.

Dennoch erkannte Lenka, dass Mias Lob sie bei weitem nicht so berührte, wie die Kritik ihr seinerzeit wehgetan hatte. Während sie noch vor wenigen Wochen auf jede negativ angehauchte Bemerkung über ihre Werke entweder wütend, traurig oder fassungslos reagiert hatte, keinen Schlaf gefunden und sich verzweifelt gefragt hatte, ob Leute wie *Mia93* – die kritische *Mia93* – vielleicht recht hatten, war ihr das mittlerweile ziemlich egal.

Jetzt, so stellte sie fest, prallten derartige Rückmeldungen mehr oder weniger von ihr ab. Inzwischen wusste sie einfach auch ohne schmeichelhafte Kommentare von anderen, dass ihre Bilder gut waren: handwerklich solide und kreativ gut durchdacht.

Der Rest war Geschmackssache. Dem einen gefielen sie und dem anderen nicht.

Basta.

Nichtsdestotrotz: Wäre Mia nicht gewesen, hätte Mias unqualifizierte – oder seinerzeit möglicherweise sogar ein bisschen berechtigte? – Kritik Lenka damals nicht vollkommen fertiggemacht, so fertig, dass sie völlig frustriert im *Touchdown* abgestiegen war ... dann wäre sie auch nie Naomi begegnet.

Ihrer Muse.

Das war sie von diesem Tag an immer gewesen.

Und würde es in gewisser Weise auch immer sein. Zumindest hatte sie den Grundstein für Lenkas ersten kleinen Erfolg gelegt.

Naomi.

Lenka lächelte traurig.

Und Mia ...

Jede von beiden hatte ihren Platz in ihrer sogenannten »Karriere«. Falls Lenka jemals berühmt werden sollte, so würden ihre Biographen sich wie die Geier darauf stürzen.

Und diese Prominenz wider Willen – die würde Naomi garantiert genauso wenig gefallen wie die Veröffentlichung ihrer Porträts. Damit es da keine Konflikte gab, müsste man im Zweifelsfalle ein Pseudonym für sie erfinden. So viel war mal sicher.

Damit es für potentielle Biographen irgendwann auch wirklich etwas zu tun geben würde, musste Lenka sich natürlich ein bisschen mehr anstrengen als nur mit Überlegungen zur Namensnennung. Und trotz der suboptimalen Situation im privaten Bereich gelang es ihr, ihre Motivation in Bezug auf die Arbeit aufrechtzuerhalten. Nach wie vor produzierte sie mindestens ein neues Werk pro Tag. Außerdem ließ sie *you.and.meART* beinahe dauerhaft auf ihrem PC im Hintergrund laufen. Sie freute sich über jeden Kommentar auf ihrer Pinnwand und jede neue Mail in ihrem Postkasten, und diese Interaktionen trugen mit dazu bei, dass sie ihren neuen Arbeitsalltag als bereichernd, ja, als erfüllend empfand.

Und wer weiß? Möglicherweise waren Stephan und Mia ja nicht die Einzigen, die ihr Talent erkannten …?

Gute zwei Wochen, nachdem Lenka im Kino gekündigt und ihren ersten Auftrag für Stephan erledigt hatte, fand sie wieder einmal eine neue Nachricht in ihrem *you.and.meART*-Account. Sie führte inzwischen halbwegs regelmäßige Mailwechsel mit ein paar anderen Mitgliedern der Community, deshalb war eine neue Mail an sich nichts mehr, was ihr Herz schneller schlagen ließ. Doch die Verfasserin dieser Nachricht war ihr unbekannt: eine gewisse *Joyce.*

»Tolle Bilder!«, lautete die knappe Botschaft.

»Danke«, textete Lenka zurück. Eigentlich hatte sie sich ebenso kurz fassen wollen wie die Person, die sich Joyce nannte. Doch dann interessierte sie plötzlich, was für ein Mensch sich hinter diesem Nickname verbarg. Also fügte sie noch etwas hinzu, das nach einer Antwort verlangte: *»Freut mich echt, dass sie dir gefallen. Malst du auch?«*

Sie musste eine Weile auf eine Reaktion warten, die dann allerdings gleich mit einer Einladung in den privaten Chatraum verbunden war. Die Texterei über den Postkasten dauere ihr zu lange, erklärte die unbekannte Schreiberin. Zumindest ging Lenka davon aus, dass es eine Frau war – welcher Kerl nannte sich schon Joyce?

Sie selbst male nicht, erklärte *Joyce,* als Lenka ihre Frage wiederholte. Im Gegenteil. Sie sei zwar ganz begeistert von Kunst, aber leider vollkommen talentfrei. Was irgendwie eine ziemlich bittere Ironie sei. Aber was wollte man machen?

»Dann musst du dir eben einen Künstler suchen«, schlug Lenka vor. *»Den kannst du bewundern, bist ständig von Kunst und Genie umgeben*

und musst selbst nichts tun. Ist doch praktisch.«

Wieder dauerte es eine Weile, bis sie von *Joyce* eine Antwort bekam.

»Ja, schon ...«, erschien schließlich im Textfenster, und durch die drei Punkte wirkte es irgendwie zögerlich. *»Da war auch mal was ... mit jemandem, der in Kunst macht, meine ich.«*

»Und?«, fragte Lenka. *»Wie war's?«*

Diesmal kam die Antwort sofort. *»Kompliziert. Aber schön. Total schön.«*

»Ihr seid auseinander?«

»Ja.«

»Und wieso?«

»Weil ich«, antwortete *Joyce*, *»eine Idiotin bin.«*

Darauf fiel Lenka nichts Schlaues ein. Sie hätte gern etwas Aufmunterndes gesagt, wusste aber nicht, wie. Immerhin kannte sie diese *Joyce* gar nicht.

»Ich hab mich total bescheuert benommen«, fuhr *Joyce* da bereits fort. *»Und ich gäbe einiges darum, es wiedergutmachen zu können.«*

»Hm«, schrieb Lenka bloß. Diese Wendung des Gesprächs behagte ihr nicht. Es wurde ihr viel zu nah, zu persönlich. Schon wieder eine verkorkste Beziehung, hm? Dieses Thema verfolgte sie ja regelrecht.

Joyce schien zu merken, dass Lenka sich plötzlich sehr zurückhielt. Jedenfalls schrieb sie nun von etwas anderem.

»Ich beobachte dein Profil übrigens schon eine ganze Weile.«

»Wow«, meinte Lenka. *»Ein Fan.«* Sie setzte einen Smiley dahinter, um darauf hinzuweisen, dass es als Scherz gedacht war.

»Ja, genau«, bestätigte *Joyce*. *»Aber sag mal: Hattest du nicht bis vor kurzem noch viel mehr Bilder hier? Wohin sind die denn alle verschwunden?«*

»Rausgenommen«, schrieb Lenka knapp. *»Das Ganze war ... sagen wir, es gab gewisse unüberbrückbare Differenzen mit meinem Modell.«*

»Differenzen?«

»Ja, weil ... das ist jetzt etwas schwer zu erklären.«

»Dann versuch's.«

Lenka überlegte. Normalerweise hätte sie diese Bitte mit irgendeinem dummen Witz abgewimmelt. Doch dann dachte sie:

Was soll's? Es konnte wohl kaum schaden, sich die Sache einmal kurz von der Seele zu schreiben. Sie hatte ihre Prinzipien ja schon verraten, indem sie seinerzeit mit Corinna darüber geredet hatte – und es hatte ihr gutgetan. Und davon abgesehen: Das hier war bloß ein anonymer Chat. Im richtigen Leben würde sie ihrer Gesprächspartnerin höchstwahrscheinlich nie über den Weg laufen. Was sollte da schon passieren? Also tippte sie: *»Sie hat sich bloßgestellt gefühlt. Weil ich die Bilder einfach hier eingestellt habe, ohne sie vorher zu fragen. Und im Nachhinein finde ich, dass sie recht hat. Ich habe ja nicht nur sie selbst abgebildet. Sondern auch für sie typische Gesichtsausdrücke. Ihre Gefühle und … na ja, du weißt schon. Das, was sie eben ausmacht.«*

»Ich finde nicht, dass sie recht hat«, antwortete *Joyce* überraschenderweise.

»Inwiefern?«

»Na ja.« Eine kleine Pause – *Joyce* schien ihre Gedanken zu ordnen. Dann erschien auf Lenkas Bildschirm: *»Ich bin kein Experte und auch kein Künstler. Trotzdem würde ich, natürlich nur mit meinem laienhaften Verständnis, das Ganze komplett anders sehen. Darf ich dazu etwas weiter ausholen?«*

»Aber bitte.«

»Okay. Also, pass auf: Du hast sie gemalt. So, wie du sie siehst. Richtig? Und du hast sie nicht nur einmal gemalt. Vielleicht war sie einfach ein bisschen erschlagen davon. Es gehört einiges an Faszination dazu, wenn man einen anderen Menschen so oft verewigt. Vielleicht hat ihr das ein bisschen Angst gemacht. Vielleicht, weil sie es gar nicht so kennt, dass jemand ihr so viel Aufmerksamkeit widmet. Vor allem nicht mit so einer Intensität. Das waren sie nämlich, die Bilder, meine ich: intensiv.«

»Findest du?«

»Finde ich. Und was die Sache mit ihren Gefühlen angeht, wenn ich mir dazu eine bescheidene Meinung erlauben darf: Ich glaube, dass du nicht ihre, sondern deine eigenen Gefühle in diesen Bildern dargestellt hast. Du hast sie so gemalt, wie du sie siehst. Und damit hast du niemanden bloßgestellt oder vorgeführt. Du hast deine eigenen Gefühle dargelegt und dich damit verletzlich gemacht. Dich selbst – und niemand anderen. Und sie – hatte nichts Besseres zu tun, als diese Verletzlichkeit mit Füßen zu treten. Nicht nur, was die Bilder anging.«

Lenka sog heftig die Luft ein. Das Ganze wurde ihr plötzlich mehr als unheimlich – und zugleich erschien diese *Joyce* ihr durch und durch vertraut. Jedenfalls viel vertrauter, als es bei einer anonymen Internetbekanntschaft der Fall sein dürfte.

Eine Ahnung keimte in ihr auf ...

»Woher weißt du –?«, begann sie.

»Ich weiß es eben. Ich bin inzwischen um einiges schlauer. Und ich kann dir nur sagen: Es tut mir leid, Lenka. Es tut mir so verdammt leid!«

Lenka starrte die Buchstaben auf dem Monitor an. Ihr Puls raste, und ihre Handflächen waren plötzlich ganz verschwitzt. Mit feuchten Fingerspitzen tippte sie ein einziges Wort in die Tasten. Sie tippte ein, was sie ohnehin schon wusste:

»NAOMI?????!!!«

»Erraten«, schrieb Naomi alias *Joyce.*

Danach schwiegen beide. Was in diesem Fall bedeutete, dass beide reglos vor ihren Bildschirmen saßen.

Natürlich. Es war Lenka selbst gewesen, die Naomi die *you.and.meART*-Seite gezeigt hatte und sie dann auch noch auf ihre persönliche Seite verwiesen hatte. Und nachdem Lenka Naomis Anrufe, Besuchsversuche und Mailboxnachrichten so konsequent ignoriert hatte, da hatte Naomi sich etwas Neues einfallen lassen, um Kontakt herzustellen. Sie hatte das einzige noch verfügbare Schlupfloch gefunden und Lenka ausgetrickst.

»Hartnäckig bist du«, schrieb Lenka, nachdem sie sich einigermaßen wieder in der Gewalt und die feuchten Hände an ihrer Hose abgewischt hatte. *»Das muss man dir lassen.«*

»Tja, wenn die Sache es wert ist, dann kann ich sehr hartnäckig sein«, bestätigte Naomi. *»Dafür hab ich mir eine Belohnung verdient, meinst du nicht?«*

Belohnung? Nach allem, was Naomi angestellt hatte, erwartete sie auch noch eine Belohnung?

»Lass uns reden«, bat Naomi. *»Okay? Nur reden. Und wenn du willst, dann lasse ich dich hinterher für immer im Ruhe. Aber gib mir eine Chance. Lass es mich wenigstens erklären, bitte.«*

Lenka zögerte. *»Okay«,* schrieb sie dann. *»Wann?«*

»Jetzt gleich?«

»Bestens.«

»Kommst du zur mir?«

»Und Janine?«

»Ach die!« Das kam nun sehr, sehr spontan. *»Mach dir um die mal keine Sorgen.«*

So ganz wohl war es Lenka nicht, als sie an Naomis Tür klingelte. Halb erwartete sie, dass Janine wie ein fetter, fieser Taschenteufel hinter der Tür hervorgesprungen kam und rief: »Haha! Schon wieder verarscht!«

Doch entgegen aller bösen Erwartungen war es Naomi, die ihr die Tür öffnete. Sie war barfuß, trug eine enge Leggings und darüber ein überlanges, ärmelloses Top. Sie sah übernächtigt aus, aber dennoch bezaubernd. Naomi schaute Lenka kurz an, wich dann aber sofort wieder ihrem Blick aus und trat von einem Fuß auf den anderen.

»Komm rein«, sagte sie schließlich leise.

Lenka tat es – und spähte natürlich ganz automatisch nach Janine aus. Aber die schien außer Haus zu sein.

»Kaffee?«, fragte Naomi.

»Nein, danke. Ich hasse dein Instantzeugs.«

Naomi schüttelte schnell den Kopf. »Ich hab echten Bohnenkaffee gekauft. Extra für dich.«

»Na, wenn das so ist, dann nehme ich gern eine Tasse.«

Naomi verschwand in der Küchennische. Lenka nutzte derweil die Gelegenheit, um sich im Zimmer umzusehen. Es wirkte sehr ordentlich – noch aufgeräumter als Lenka die Wohnung in Erinnerung hatte, was ihr angesichts der Tatsache, dass nun zwei Personen hier leben mussten, eigenartig vorkam. Neben dem Regal standen ein paar Kartons, in denen sich Bücher und Papiere stapelten.

Als Naomi mit zwei dampfenden Tassen zurückkam, deutete Lenka auf die Kisten. »Ziehst du um?«

Naomi schaute verwirrt. »Wieso sollte ich umziehen?«

Lenka zuckte die Achseln. »Ich meine ja nur. Die Bude ist ganz schön klein für zwei Leute, oder?«

»Zwei ...?« Nur allmählich fiel bei Naomi der Groschen. »Ach so, du meinst mich und Janine? Nein, nein, ich ziehe nicht um. Ich miste nur etwas aus. Ich ... musste einfach mal Ordnung schaffen. Nicht nur im wörtlichen Sinne, wenn du verstehst, was ich meine ...« Sie druckste herum. »Und Janine ...

also ... die – ist weg.« Sie atmete tief durch, so als habe sie jetzt bereits das Schlimmste überstanden.

»Weg?«, echote Lenka. »Wie, weg? Zurück in Amsterdam oder was?«

»Nein, nicht in Amsterdam. Sie ist hier in Deutschland. Und sie bleibt auch hier. Denke ich jedenfalls. Nur bleibt sie ... eben nicht bei mir, und –« Sie unterbrach sich und sah Lenka etwas hilflos an. »Darf ich die Sache der Reihe nach erzählen? Das würde es erheblich einfacher machen.«

Eigentlich hatte Lenka nicht vor, Naomi irgendwas einfach zu machen. Aber in diesem Fall war es wohl in ihrer beider Interesse.

»Okay.« Lenka nahm einen Schluck Kaffee. Er schmeckte hervorragend. »Schieß los.«

Und Naomi erzählte. Von Anfang bis Ende. Sie begann mit jenem Abend, als sie und Lenka sich zum ersten Mal begegnet waren, damals im Café *Touchdown*.

»Da war ich fertig«, gestand sie. »Aber so was von fertig. Janine und ich waren seit einigen Monaten getrennt. Sie war in Amsterdam. Ich hier. Und ich bekam nichts geregelt. Eigentlich dämmerte ich mehr oder weniger nur vor mich hin, war wie betäubt. Die eine Hälfte des Tages verschlief ich, die andere Hälfte heulte ich. Und an besagtem Abend, tja, da sagte ich mir, dass es so nicht weitergehen kann. Also bin ich aufgestanden, hab mich ein bisschen aufgehübscht und bin ausgegangen. Und dann – traf ich dich.«

»Wobei wir einen verdammt schlechten Start hingelegt haben«, konstatierte Lenka. So ehrlich musste man sein.

»Genau.« Naomi grinste schwach. »Trotzdem hat mir die Begegnung mit dir richtig gutgetan. Jedenfalls nachdem ich erst mal ausgenüchtert und wieder bei Verstand war. Zum ersten Mal seit einer gefühlten Ewigkeit hatte ich überhaupt wieder Lust, aufzustehen und etwas mit dem Tag anzufangen. Na ja, und als du mir dann auch noch einen Job verschafft hast, da –«

»– da«, vollendete Lenka den Satz, »hattest du plötzlich neue Hoffnung, doch noch nach Amsterdam zu kommen und die Sache mit Janine wieder hinbiegen zu können, stimmt's?«

»Nein!«, widersprach Naomi energisch. »Und ja ... Ach, du

verstehst alles falsch, Lenka! Wie wär's, wenn du mich jetzt einfach mal reden lässt und mich nicht andauernd unterbrichst?«

»In Ordnung.«

»Im Grunde«, fuhr Naomi fort, »war das nämlich genau der Punkt, an dem ich beschloss, *nicht* nach Amsterdam zu gehen. Wobei ich das damals noch nicht wusste, das hab ich mir erst später zusammengereimt. Jedenfalls hab ich irgendwann gemerkt, dass ich überhaupt nicht mehr an meine Auslandspläne gedacht habe. Ich hab nicht mehr gerechnet und kalkuliert, hab mich nicht mehr gefragt, wie viel ich wohl schon verdient habe und wie viel mir noch fehlt, um das Projekt Amsterdam ernsthaft in Angriff zu nehmen. Ja, so seltsam es klingt: Ich hab auch kaum noch an Janine gedacht. Eher sporadisch und wenn, dann nur so am Rande. Stattdessen hab ich einfach nur gearbeitet, und die Arbeit hat mir Spaß gemacht. Ich hab mich vor jeder Schicht gefreut wie ein Schneekönig. Und weißt du warum? Deinetwegen, Lenka! Das war alles nur deinetwegen!« Das Letzte sagte sie beinahe trotzig, als sei es etwas Schlimmes, etwas, wofür Lenka sich rechtfertigen müsste. »Aber als ich das kapiert hatte, konnte ich damit überhaupt nicht umgehen. Zum einen wegen Janine. Da will ich nicht lügen: So ganz egal war sie mir nach wie vor nicht. Und außerdem wusste ich ja von Corinna. Wir waren beide zwei frisch Verlassene, die ihre alte Beziehung irgendwie noch im Handgepäck mit sich herumschleppten. Mal ganz ehrlich, Lenka: Das mit uns *konnte* doch nicht funktionieren.« Dieses Mal war die Pause kürzer. Naomi lächelte etwas verzweifelt. »Aber ich *wollte,* dass es funktioniert. Ich wollte mit dir zusammen sein. Ich wusste aber nicht, wie ich dir das zeigen sollte. Ich wusste nicht, ob du mich wolltest. Ob du überhaupt imstande wärst, etwas anderes in mir zu sehen als ein kleines Betthäschen. Eine Zeitlang hab ich sogar angenommen, du willst mich nur als so eine Art Muse.« Sie legte den Kopf schief und hob die Schultern. »Ziemlich dumm, was?«

»Den Punkt haben wir ja schon geklärt«, meinte Lenka. »Genau genommen hat *Joyce* mich aufgeklärt.«

»Trotzdem«, beharrte Naomi. »Ich geb's zu: Ich hab dich ganz bewusst nicht zu nah an mich herangelassen. Aber du warst ja auch immer so distanziert.«

Wie bitte? Naomi hatte Lenka als distanziert wahrgenommen?

»Hm ... vielleicht ein bisschen«, überlegte Lenka. »Möglicherweise hab ich tatsächlich immer so eine Art Sicherheitsabstand eingehalten. Weil ich wiederum dachte, dass ich ohnehin keine Chance bei dir hätte. So hat sich vermutlich jede von uns ein bisschen selbst im Weg gestanden. Und wir beide uns gegenseitig.«

»Ja«, gab Naomi zu. »Und irgendwann kam ich an den Punkt, an dem ich erkannte, dass ich überhaupt nicht mehr wusste, was ich will. Oder wen. Also musste ich mir Klarheit verschaffen. Und deshalb, *nur deshalb* wollte ich nach Amsterdam fahren. Um Janine wiederzusehen. Um mir die Stadt anzuschauen. Um zu sehen, was ich dabei empfinde. Einfach, um zu überprüfen, ob all das überhaupt noch eine Option für mich ist. Und«, setzte sie hinzu, »ein ganz kleines bisschen auch, um dich zu testen. Ich wollte sehen, wie du reagierst, wenn ich in Sachen Amsterdam plötzlich konkrete Schritte einleite.«

»Ein Test also?«, echote Lenka. »Verstehe. Und ich bin mit Pauken und Trompeten durchgefallen, stimmt's?«

»Na ja, eine Eins mit Sternchen war's jedenfalls nicht gerade. Du warst ja bloß sauer, weil du meine Schichten übernehmen solltest. Der Rest hat dich gar nicht mehr interessiert.«

»Das stimmt so aber auch nicht.«

»Für mich sah es aber so aus.« Naomi zuckte die Schultern. »Wie auch immer: Ich hatte jedenfalls wirklich vor, wegzufahren. Ganz ehrlich. Doch dann, im Laufe des Abends, hab ich es mir dann anders überlegt. Ich musste gar nicht mehr nach Amsterdam reisen, um meine Entscheidung zu treffen. In Wahrheit hatte ich mich nämlich schon längst entschieden. Also bin ich geblieben. Und stattdessen zum Friseur gegangen.« Sie fummelte an ihren Haaren herum.

»Ich weiß«, sagte Lenka.

»Klar weißt du das. Ich hab's dir ja erzählt.«

»Nein, ich wusste es schon vorher. Ich hab dich nämlich gesehen.«

Jetzt war Naomi baff. »Du hast mich gesehen? Wann denn? Wo denn?«

»In der Stadt. Noch bevor du zum Friseur gegangen bist. Zumindest hattest du da noch deine langen Haare.«

»Ja, aber, aber –« Naomi blinzelte verwirrt. »Wieso hast du denn nichts gesagt?«

»Was hätte ich denn sagen sollen?« Lenka dachte einen Moment ernsthaft über diese Frage nach. »Vielleicht«, räumte sie dann ein, »war ich einfach ausnahmsweise geduldig genug, um darauf zu warten, ob *du* etwas sagst. Was du dann ja auch getan hast. Nur ... hab ich dann leider wieder völlig bescheuert reagiert. Mein Gott, du erzählst mir, dass du in Deutschland bleibst – und von mir kommt einfach gar nichts. Du musst ja gedacht haben«, damit griff sie den Rückschluss auf, den bereits Corinna gezogen hatte, »ich wollte dich loswerden.«

Naomi deutete ein kleines Grinsen an. »Ja, der Gedanke ist mir durch den Kopf gegangen. Aber auch das konnten wir ja klären.«

»Ja, das konnten wir klären.«

Sie schwiegen und lächelten sich unbehaglich an. Denn der größte Knaller stand ihnen ja noch bevor.

»Und dann kam Janine«, sagte Naomi.

»Ja. Dann kam Janine.«

Wie Naomi nun zögernd berichtete, hatte sie selbst nicht schlecht gestaunt, als Janine plötzlich unangekündigt und auch völlig unerwartet vor ihrer Tür stand, ihr einen Riesenstrauß Rosen in die Hand drückte und »Überraschung!« rief. Als Nächstes bemerkte sie: »Was ist denn mit deinen Haaren passiert?«

Janines überfallartige Rückkehr hatte Naomi total durcheinandergebracht. Denn Janine kam nicht nur auf Besuch, sondern sie kam, um zu bleiben. Amsterdam gäbe ihr nichts, behauptete sie, ohne Naomi mache es keinen Spaß. Ohne Naomi mache überhaupt gar nichts mehr Spaß.

Aber jetzt sei sie wieder da. Und alles würde gut werden.

So einfach war das.

Dachte Janine.

Und sie ahnte nicht einmal, dass es für Naomi schon lange nicht mehr so simpel war.

»Das alles passierte ausgerechnet an deinem Geburtstag. Ich

hatte keine Gelegenheit, Janine irgendetwas zu erklären. Im Grunde genommen ließ sie mich gar nicht zu Wort kommen. Ich war total verwirrt, und – dann kriegte sie das von deiner Party mit und wollte da unbedingt mit mir hin. Was hätte ich denn machen sollen?« Naomi sah Lenka an. »Obwohl – nein. Das stimmt so nicht. In Wirklichkeit war ich nur feige. Ich hätte es ihr sagen müssen. Ich hätte ihr die Tür vor der Nase zuknallen müssen, hätte ihr sagen müssen, dass sie sich verpissen soll. Aber irgendwie ... hab ich's nicht hingekriegt.«

»Sie hat gesagt, sie wüsste von mir«, bemerkte Lenka. »Sie sagte, du hättest ihr von mir erzählt.« Nun war sie sehr gespannt, was Naomi wohl dazu zu sagen hätte.

»Ja«, gab Naomi zu. »Sie wusste von dir. In etwa so viel wie du auch von ihr. Wir hatten immer noch sporadisch Kontakt. Da hab ich dich eben immer wieder mal erwähnt. So seltsam das klingt, aber irgendwie hatte ich das Gefühl, ihr das schuldig zu sein. Wobei sie sich nie sonderlich für dich interessiert hat. Und ich – ach, verdammt!« Sie schüttelte heftig den Kopf. »Das war wohl mein Versuch, mit offenen Karten zu spielen. Und anfangs – ganz am Anfang – war es vielleicht auch der heimliche Wunsch, Janine eifersüchtig zu machen. Was übrigens nicht funktioniert hat. Weißt du, ich habe mir eingeredet, zu euch beiden offen zu sein. Aber vielleicht wollte ich euch in Wirklichkeit einfach nur beide warmhalten. Darauf bin ich nicht stolz, Lenka. Ehrlich nicht. Und man sieht ja, wohin das geführt hat: Dieser verquere Versuch, zu euch beiden offen und ehrlich zu sein, hat nur dafür gesorgt, dass ich euch am Ende beide verloren habe. Aber«, setzte sie trotzig hinzu, »in Janines Fall bedauere ich das kein bisschen.« Sie sah zu Lenka auf und lächelte, schwach und sehr traurig. »Bei dir schon.«

Lenka nickte langsam, doch sie ging ganz bewusst nicht auf diese letzte Bemerkung ein. »Und wo ist Janine jetzt?«

»Keine Ahnung«, versetzte Naomi. »Interessiert mich auch nicht. Ich hab sie nach der Party abserviert. Hab ihr gesagt, dass ich nichts mehr von ihr wissen will. Hab ihr klargemacht, wie daneben ihr Auftritt war, wie daneben so ziemlich alles war, was sie in der letzten Zeit abgezogen hat. Dann hab ich sie stehen lassen. Bin einfach weggegangen und hab dann ihre Koffer vor die Tür gestellt. Ich hab keinen Schimmer, wo sie jetzt steckt. Ja, ich weiß nicht mal, ob ihre Geschichte überhaupt stimmt. Ob sie mich wirklich so sehr vermisst hat, meine ich. Vielleicht hat sie auch bloß alle ihre Prüfungen verbockt und wollte sich jetzt bei mir durchschnorren. Wollte zu mir zurück, weil sie dachte, hier gibt's noch ein warmes, gemachtes Nest, in das sie sich gemütlich setzen kann. Als hätte ich nichts Besseres zu tun, als hier zu sitzen und auf sie zu warten.« Tränen stiegen ihr in die Augen, doch es schienen Tränen der Wut zu sein. In einer trotzigen Bewegung wischte sie sich mit dem Handrücken übers Gesicht. »Jedenfalls ist sie weg, und sie kommt auch nicht wieder. Die bin ich los. Nur eben ... ein paar Stunden zu spät. Das Ironische daran ist nämlich, dass sie ausgerechnet zu einem Zeitpunkt zurückkam, *nachdem* ich mich bereits gegen sie entschieden hatte. Ich hatte mich für dich entschieden. Ich wollte um dich kämpfen. Aber«, sie zuckte die Achseln, »mein Timing war einfach beschissen. Durch und durch beschissen.« Und jetzt weinte Naomi wirklich. »Ich hab's versaut, Lenka. Total versaut!«

Lenka sah ihr eine Weile dabei zu, wie sie schluchzte. Irgendwann ging das Weinen in leises, klägliches Wimmern über. So wie damals, in jener Nacht, als sie sich zum ersten Mal gesehen hatten.

Und sofort war er wieder da: der Wunsch, Naomi zu beschützen. In Wahrheit, erkannte Lenka, war dieses Gefühl auch niemals weg gewesen.

Langsam, beinahe vorsichtig, streckte Lenka die Hand aus und zog Naomi an sich. Naomi versteifte sich zuerst, und Lenka hatte das Gefühl, eine Schaufensterpuppe zu umarmen. Doch dann kam Leben in den starren Körper. Ein Zittern durchlief Naomi, dann drängte sie sich an Lenka, schniefend und schutzsuchend wie ein kleines Kind. Und jetzt brach der Damm endgültig: Alles, was sich in Naomi aufgestaut hatte, bahnte sich wie ein Sturzbach den Weg nach draußen. Sie weinte laut und lange, schmiegte sich zeitweise an Lenka, nur um ihr im nächsten Augenblick mit den Fäusten auf den Rücken zu trommeln.

»Ich hab dich doch lieb, Lenka«, schluchzte sie. »Ich hab dich so lieb ...!«

Lenka wiegte sie hin und her, drückte sie ganz fest an sich und küsste sie auf die Haare. »Ich dich doch auch, du kleine Idiotin! Ich dich auch ...«

Dann musste sie selbst ein bisschen weinen.

»So«, sagte sie nach einer Weile, auch als Zeichen dafür, dass nun Schluss mit dem Geheule sein sollte. Denn jetzt hatten sie ja nun wirklich keinen Grund mehr zu weinen – allerhöchstens vor Freude. »Nachdem wir beide unabhängig voneinander festgestellt haben, dass wir zwei Idiotinnen sind und dass unser Timing einfach immer völlig daneben war, wird es jetzt höchste Zeit.«

Naomi sah zu ihr hoch. »Wofür?«

»Dafür«, sagte Lenka, packte Naomi am Nacken, zog sie wieder zu sich heran und küsste sie.

Naomi keuchte, als Lenka sie wieder losließ. Der Griff in den Nacken war fordernd gewesen und der Kuss ebenso. Naomi rang nach Atem, drängte sich dann aber gleich wieder an Lenka. Ihre Hände tasteten sich über die Schultern hinunter zu Lenkas Brüsten. Dort zuckte sie zurück, als sie den Fleck berührte, den sie in Lenkas Shirt geweint hatte.

»Du bist ja ganz nass«, stellte sie fest.

»Stimmt«, meinte Lenka und begann zu grinsen. »Dann müssen wir das wohl ausziehen, was?«

»Ja, allerdings«, bestätigte Naomi. »Und wenn wir schon mal dabei sind«, ihr Knie schob sich behutsam zwischen Lenkas Schenkel, »sollten wir vorsichtshalber mal nachsehen, ob du vielleicht auch noch anderswo nass bist.«

»Ja«, murmelte Lenka und schloss die Augen. »Ja, das ist ein sehr vernünftiger Vorschlag ...«

Ihr Liebesspiel war anders gewesen als sonst.

Wilder.

Verlangender.

Leidenschaftlicher.

Naomi hatte hart zugegriffen, hatte ihre Fingernägel tief in Lenkas Rücken gebohrt, ihre Zähne in Lenkas Haut geschlagen, ihr Gesicht in Lenkas Haaren und ihrem Schoß vergraben. Sie hatte gleichzeitig gelacht und geweint und sich zwischendurch immer wieder an Lenka geklammert, so als müsse sie sich vergewissern, dass Lenka wirklich noch da war, als wolle sie sie festhalten, um sie niemals wieder gehen zu lassen. Und als sie beide gemeinsam den Höhepunkt erreichten, hatte Naomis Orgasmus sich wie ein Jubelschrei angehört.

Hinterher lagen sie friedlich nebeneinander. Naomis Kopf ruhte an Lenkas Schulter, während sie ihre Finger gedankenverloren mit Lenkas Brustwarze spielen ließ. Dann rollte sie sich unvermittelt auf den Bauch, stützte den Kopf in die Hände und schlenkerte mit den Beinen.

»Und jetzt?«, fragte sie.

Ihr Tonfall machte Lenka unmissverständlich klar, dass es mit der Ruhe vorbei war. Also verwarf sie schweren Herzens den Gedanken, von der Entspannung nach dem Orgasmus – mehreren, um genau zu sein – einfach in den Schlaf der Erschöpfung hinüberzudämmern.

»Was, und jetzt?«

»Na, was machen wir jetzt?«

Lenka witterte ihre Chance. »Schlafen«, sagte sie lakonisch und vergrub den Kopf in den Kissen.

Naomi rüttelte an ihrer Schulter. »Nein, ich meine, so ganz allgemein?«

Lenka richtete sich stöhnend wieder auf. »Wie, allgemein?«

»Na ja, mit unserer Zukunft und so. Mit unserem Leben. Ich meine: Wir sind zwei scharfe, junge Mädels ohne Geld, ohne Job und ohne richtige Ausbildung. Nicht gerade die besten Aussichten, wenn du mich fragst. Tja, aber andererseits –«, sie legte den Kopf schief, »haben wir zwei ganz wesentliche Dinge: die Liebe und die Kunst. Hach, ist das nicht total romantisch?« Naomi drehte sich auf den Rücken und strahlte versonnen vor sich hin. »Das ist wie eine Oper von Puccini. Wie *La Bohème.*«

»La Bohème«, wiederholte Lenka und sank träge wieder in die Kissen. »Das klingt gut. Wir werden einfach Bohemiens. Kein Geld, kein Job, keine Sorgen. Nur Kunst und Luft und Liebe.« Damit war der Fall fürs Erste erledigt. Den Rest würde sie sich überlegen, wenn sie sich ausgeschlafen hatte.

Naomi schwieg. Vielleicht eine halbe Minute lang.

»Aber, Lenka?«

»Was ist denn jetzt schon wieder ...?«

»Stirbt die Muse in *La Bohème* nicht ganz am Ende an Schwindsucht?«

»Echt?« Lenka runzelte die Stirn. »Na, das wirst du jedenfalls mal schön bleiben lassen, klar?«

»Aber«, wandte Naomi ein, »ich dachte, alle wirklich guten Liebesgeschichten haben ein tragisches Ende.«

Lenka winkte ab. »Wer hat dir denn bloß diesen Quatsch erzählt?«

Naomi zuckte die Achseln und grinste. »Weiß nicht. Muss irgendein Depp gewesen sein, der keine Ahnung hat.«

»Na, siehst du.«

Wo sie nun schon einmal dabei waren, dachte Lenka tatsächlich über mögliche Zukunftsperspektiven nach. Und ihr fiel sogar ein ganzer Strauß von Möglichkeiten ein, die sie Naomi dann ausführlich darlegte: Sie, Lenka, würde weiter an ihren Projekten arbeiten. Würde weiter Kontakte knüpfen. Wie immer das gehen mochte ... aber auf *you.and.meART* funktionierte es ja mittlerweile schon ganz gut. Und einen gewonnenen Wettbewerb hatte sie immerhin auch vorzuweisen; das war vielleicht gar keine so schlechte Basis.

Außerdem war da auch noch Stephan mit seiner Werbeagentur. Der zahlte eigentlich mehr als anständig, und Lenka sah keinen Grund, warum dem erfolgreichen Erstauftrag nicht weitere folgen sollten. Neue Werbung gab es schließlich immer. Wenn Lenka sich ein bisschen ins Zeug legte, würden ihr die Honorare zumindest ein gewisses Grundauskommen sichern. Der gleiche Verdienst wie im Kino war auf jeden Fall drin. Langfristig vielleicht sogar eine Festanstellung.

Und während Lenka ihre Künstlerkarriere mit neuem Elan vorantrieb und zwecks Broterwerb Werbeflyer für Ökoshampoo herstellte oder bei Bedarf auch gern für biologisch abbaubare Enthaarungscreme oder vegetarische Grillwürstchen, würde Naomi einfach brav an die Uni zurückkehren. Es musste ja nicht zwingend BWL sein, südostasiatische Kunstgeschichte oder Philosophie tat es zur Not auch.

»Oder«, schlug Naomi eifrig vor, »wir vermarkten einfach unsere Geschichte. Im Comicstil. Ich schreibe, du malst.«

Lenka grinste und fand den Vorschlag verführerisch absurd. »Ja, oder das.« Die Idee, dachte sie, war so bescheuert, dass sie beinahe funktionieren konnte. »So oder so«, brachte sie den Gedanken lächelnd zum Abschluss, »eines Tages sind wir reich und berühmt.«

»Reich und berühmt«, wiederholte Naomi. »Klingt gut. Aber ein bisschen sind wir dann trotzdem auch noch Bohemiens, oder? Und eine Sache musst du mir versprechen: Der Erfolg wird uns nicht zu Kopf steigen. Weder Geld noch Ruhm werden uns je auseinanderbringen, ja?«

Lenka lachte und zog Naomi an sich. »Uns wird nie wieder etwas auseinanderbringen! Nichts und niemand! Habe ich mich da klar ausgedrückt?«

»Genau das wollte ich hören.«

Lenka überlegte. »Da wäre nur noch eine Sache. Ein kleiner Gefallen, den du mir tun könntest.«

Naomi strahlte. »Ja! Was immer du willst!«

Lenka zerzauste Naomis Haare. »Kannst du die hier bitte wieder wachsen lassen? So ganz der Hit ist der Kurzhaarschnitt nämlich nicht.«

Naomi zog die Nase kraus, war aber kein bisschen beleidigt. »Ja, ich denke, das lässt sich einrichten. Ganz im Vertrauen«, fügte sie mit gesenkter Stimme hinzu, »das hab ich auch schon gedacht.«

Wieder lagen sie eine Weile ruhig nebeneinander. Und diesmal war es Lenka, die als Erste wieder das Wort ergriff.

»Übrigens: Was machst du jetzt eigentlich mit dem ganzen Geld? Das, was du dir im Kino verdient hast und fürs Ausland ansparen wolltest. Das brauchst du ja jetzt nicht mehr.«

»Ach, das. Hm, daran hab ich noch gar nicht gedacht.« Naomi überlegte. »Weißt du was? Wir gönnen uns einfach etwas Schönes damit. Vielleicht einen Urlaub?«

»Und wohin?«

»Schlag was vor.«

»Amsterdam?«, stichelte Lenka. »Soll eine sehr hübsche Stadt sein, hab ich gehört. Mit Grachten und so ...«

Naomi warf sich quietschend auf sie. »Bloß nicht! Niemals! Nie wieder! Damit bin ich ein für alle Mal fertig. Damit du's weißt: Mit allem, was mit Amsterdam und den Niederlanden zusammenhängt, will ich nie, nie wieder etwas zu tun haben! Obwohl …« Sie ließ von Lenka ab und legte den Kopf schief. »Eine Sache gibt es da doch, für die ich durchaus Verwendung habe.« Sie räusperte sich, warf sich in Pose und sagte sehr betont: »Ik hou van jou.«

»Was?«

»Ik hou van jou.«

Lenka hob die Brauen. »Und das heißt …?«

»Ich liebe dich«, sagte Naomi. »Auf Niederländisch. Für irgendwas musste der verdammte Sprachkurs ja gut sein …«

Lenka schluckte. »Sag's bitte noch mal.«

Naomi lachte. »Ik hou van jou.«

»Noch mal!«

»Ik hou van jou!«

»Noch mal«, jubelte Lenka. »Noch mal, noch mal …!«

ENDE

Weitere Titel bei édition el!es

Manuela Kühn: Verborgene Liebe

Roman

Nach der Trennung von ihrer großen Liebe fällt Leonie in ein tiefes Loch der Trauer. Die Qual scheint endlos, bis ihr bester Freund Tobias einen Unfall hat. Denn im Krankenhaus entflammen leidenschaftliche Gefühle für die große, starke Krankenschwester Irene. Aber im Verborgenen wächst in Leonie eine Liebe für eine ganz andere Frau heran ...

Maren Frank: Liebe an Bord

Roman

Krankenschwester auf einem Kreuzfahrtschiff: Das klingt zu gut, um wahr zu sein. Diana wagt das Abenteuer und verliebt sich prompt in die große, dunkelhaarige Kapitänin Valerie. Viel Zeit, um herauszufinden, ob die Gefühle erwidert werden könnten, bleibt allerdings nicht: Das Schiff wird vom Ersten Offizier mit Hilfe fremder Seeleute gekapert, Diana und Valerie in einem Ruderboot auf See ausgesetzt – der gemeinsame Überlebenskampf beginnt ...

Ruth Gogoll: Widerstand ist zwecklos

Drei galaktische Geschichten in einem Band

Ein Handyroman, eine Fanfiction und ein utopisches Experiment – in diesem *el!es-Spezial* sind drei Geschichten von Ruth Gogoll zusammengefasst, die sich bereits als eBooks großer Beliebtheit erfreuen.
Widerstand ist zwecklos stellt eine Professorin fest, als sie sich erfolglos gegen die erotische Anziehung ihrer Assistentin wehrt;
Galaktische Gefühle hegt Captain Alyson McGuire für eine zur perfekten Frau umgewandelten Cyborg;
Neue Welt ist ein Planet voller Frauen, auf dem die von der Erde gesandte Corey ganz neue Erfahrungen macht ...

Claudia Westphal: Zeig, mir was Liebe ist

Roman

Äußerlich die Vorzeige-Lipsticklesbe, innerlich die größte Butch: Jefferson Fynn passt in keine Schublade. Im Beruf erfolgreich, das Privatleben in einen Schrank gesperrt. Doch eines Tages werden die Sehnsucht nach Liebe und der Wunsch nach Familie groß genug, so dass Jefferson ihre Karriere an den Nagel hängt und in ihre Heimat zurückkehrt. Wo neben neuen familiären Herausforderungen auch tatsächlich die große Liebe auf sie wartet ...

Anne Wall: Nur ein Blick von dir

Roman

Silke, frisch getrennt, lernt die Sozialpädagogin Marina kennen. Obwohl Silke immer wieder betont, dass Marina nicht ihr Typ ist, lässt sie sich nach einer Weile doch auf eine Beziehung ein, ohne Verpflichtungen, ganz locker, jederzeit kündbar. Aber die Idylle wird jäh unterbrochen, als Marina plötzlich verschwindet und Silke sich ihrer wahren Gefühle endlich bewusst wird.

Toni Lucas: Gefährliche Sehnsucht

Roman

Aufstiegschance Katze! In einer Welt, die von der Furcht vor Seuchen beherrscht wird, ist Anais Munroe froh, einen gutbezahlten Job als Katze in einem reichen Haushalt erhalten zu haben. Sumati Divari, eine einflussreiche Managerin eines Pharmakonzerns, bringt ihr jedoch zunächst nur wenig Sympathie entgegen. Erst, als Anais schwer verletzt wird, entspinnt sich zwischen ihnen ein Liebesverhältnis. Bald jedoch müssen beide feststellen, dass nicht nur ihre Beziehung, sondern auch das Leben vieler Menschen bedroht ist. Nur gemeinsam kann es ihnen gelingen, eine Katastrophe zu verhindern.

Jenny Green: Die Nacht, die es niemals gab

Liebesroman

Bevor Lena mit der Journalistin Meike nach Schweden zu einer Geschäftsreise aufbricht, kommt es zwischen ihr und ihrer besten Freundin Jacky zu einem Kuss – der Anfang einer schier endlosen Reihe von Verwicklungen. Während Lena sich auf der Reise auf Meike einlässt und jegliche Gedanken an Jacky zu verdrängen versucht, verzehrt sich Jacky wegen neu entfachter Gefühle nach ihr. Doch als Lena merkt, welches falsche Spiel Meike spielt, ist es fast schon zu spät. Im Gewirr von Missverständnissen scheint es unmöglich, dass Lena und Jacky endlich glücklich werden.

Julia Schöning: Klassentreffen

Liebesroman

Ein Klassentreffen führt Meike und Franziska, die sich in der Schule einmal geküsst hatten, wieder zusammen. Während Franziska seither offen lesbisch lebt, hat Meike einen Studienkollegen geheiratet. Romantische Gefühle flammen auf, bringen beide jedoch in Schwierigkeiten: Meike kann sich nicht eingestehen, lesbisch zu sein, und Franziska meint, ihre seit zwei Jahren tote Lebensgefährtin zu betrügen. Ein Hin und Her mit ungewissem Ausgang beginnt.

Toni Lucas: Geliebte Fremde

Liebesroman

Paula verschwindet aus Susannes Leben genauso plötzlich, wie sie erschienen war. Wütend, verletzt aber auch voller Sehnsucht macht sich Susanne auf die Suche nach ihr. Doch je länger diese Reise ins Ungewisse dauert, desto fremder und faszinierender erscheint ihr diese Frau, mit der sie einmal den Rest ihres Lebens verbringen wollte. Als sich die Spur zu verlieren droht, ändert ein unerwarteter Anruf alles …

Julia Arden: Partnerin wider Willen

Liebesroman

Eine nicht ganz freiwillige Versetzung in die Provinz entwickelt sich zum Desaster für Kriminalkommissarin Ellen. Gleich beim ersten Fall kommt ihr die Journalistin Dana in die Quere und stört die Ermittlungen. Auch privat nervt Störfaktor Dana mit Schnüffeleien durch Ellens jüngste Vergangenheit – kein Wunder, dass zwischen beiden ständig die Fetzen fliegen. Doch schon bald springt auch der eine oder andere Funke über …

Christine Volkmer: Entgleisungen

Liebesroman

Als Zugbegleiterin sieht Doreen täglich viele Menschen – und so trifft sie bei einer Fahrscheinkontrolle auf die Theaterschauspielerin Melina, deren graublaue Augen sie nicht mehr loslassen. Mit Doreens Partnerin Carmen liegt schon länger einiges im argen, so dass Doreen sich immer mehr zu Melina hingezogen fühlt, während sie sämtliche Aufführungen im Theater besucht …

Verena Darms: Und dann kamst du

Liebesroman

Investmentbankerin auf dem Bauernhof: Als Maren Hoffmann vor Erschöpfung zusammenbricht, wird sie zu Zwangsurlaub auf dem Land verdonnert. Eine der Betreiberinnen des kurz vorm Ruin stehenden Hofes entwickelt trotz heftiger Differenzen Gefühle für die Geschäftsfrau, aber so leicht zusammen kommen beide nicht – eifersüchtige Frauen und andere Probleme kommen ihnen ständig in die Quere.

Kay Rivers: Küsse unter Palmen

Liebesroman

Dale Richards, ehemalige Offizierin der US-Army, rettet Kelly Bennett auf einem Supermarktparkplatz vor Rowdys, die sie überfallen wollen – und verschwindet sogleich in der Dunkelheit. Es scheint, als würden sich beide nicht mehr wiedersehen. Kelly, die gerade erst nach Miami gezogen und noch immer auf Jobsuche ist, macht sich keine großen Hoffnungen. Da erhält sie plötzlich eine Einladung für ein Vorstellungsgespräch ...

Ruth Gogoll: Nachts, wenn du schläfst

Liebesroman

Braungebrannt auf einem Segelschiff – Jachtunternehmerin Val scheint die Personifizierung ihres Berufes zu sein. Als Kira die große, dunkle Frau in einer Bar kennenlernt, fühlt sie sich sofort von ihr angezogen. Kiras Liebe ist jedoch für eine andere Frau reserviert.
Als Kira bei Val einzieht, stellt sie fest, dass Val nachts oft abwesend ist. Warum, bleibt ihr Geheimnis. Schließlich sind sie beide ja kein Liebespaar ... Statt dessen gehen sie getrennte Wege – Kira versucht ihre Jugendliebe Melanie zurückzuerobern, Val scheint hundert Geliebte zu haben.
Aber sind es wirklich nur andere Frauen, die Val nachts so oft von Kira fernhalten? Und ist Liebe zwischen Kira und Val tatsächlich kein Thema?

Jenny Green: Milchkaffee in New York

Liebesroman

Von Liebeskummer geplagt erhält Sophia die Chance, ein Praktikum in New York zu absolvieren. Begeistert stürzt sie sich ins Abenteuer: als Co-Trainerin einer aufstrebenden Frauenfußballmannschaft. Doch das Chaos läßt nicht lange auf sich warten. Fußballerin Nina verliebt sich in Sophia, während Sophia Gefühle für Flo entwickelt ... Wird Nina tatenlos zusehen, wie die Beziehung zwischen Sophia und Flo immer leidenschaftlicher wird?

Heike Fremmer: Herz verschenkt

Liebesroman

Verliebt in eine verheiratete Frau – aber Sarahs Hoffnung, Isabel würde Doris für sie verlassen, erfüllt sich nicht. Ein paar Liebesnächte, dann beendet Isabel die Affäre. Mit gebrochenem Herzen bleibt Sarah am Boden zerstört zurück. Doch eines Tages erreicht sie ein Anruf aus dem Krankenhaus, Isabel ist etwas Furchtbares zugestoßen. Sarah ist sofort zur Stelle, um Isabel zu pflegen und zu hoffen, daß ihre Gefühle diesmal erwidert werden – aber wird Isabel jemals *Ich liebe dich* zu Sarah sagen?

Verena Schall: Scherben bringen Liebesglück

Liebesroman

Nelly wird jäh aus ihrem idyllischen Leben gerissen, als ein Schuß sie nur knapp verfehlt. Ihre Retterin Sascha bietet sich als Leibwächterin an, denn Nellys treusorgender Vater hat krumme Geschäfte gemacht und damit ihr Leben in Gefahr gebracht. Die Nähe zu Sascha entfacht in Nelly ganz neue Gefühle. Immer stärker fühlt sie sich von Sascha angezogen, und als sie sich endlich ihren Gefühlen stellt, kommt Sascha in Schwierigkeiten: Das Rätsel um den Mordanschlag auf Nelly ist noch immer ungeklärt, und wie ist Sascha eigentlich in die ganze Sache verwickelt?

Juliette Bensch: Last Minute Liebe

Liebesroman

Die Trennung von Anne hat Teresa noch nicht so recht überwunden, da gelangt sie durch einen Zufall an ein Flugticket nach London. Teresa ergreift die Chance und stürzt sich in die Londoner Frauenszene. Bei der Schauspielstudentin Raphaela funkt es, leidenschaftliche Nächte folgen ... aber zurück in Deutschland macht sich Ernüchterung breit. War das nur ein Urlaubsflirt? Das erneute Auftauchen Annes und deren Versuche, Teresa zurückzugewinnen, festigen nur die Gewißheit: Teresa kann nur mit Raphaela glücklich werden.

Ruth Gogoll: In der Hitze der Nacht

Erotischer Liebesroman

Ein heißes Abenteuer im Rhein in einer schwülen Sommernacht ... mehr sollte es gar nicht sein. Doch als Tina eine Anwältin braucht, fällt ihr niemand außer Mar ein. Dabei kommen unerwartet auch noch andere Gefühle ins Spiel als nur die für die Suche nach den richtigen Paragraphen.
Tina will davon jedoch nichts wissen, denn noch immer steht *»Es war nur Sex, keine Liebe«* wie eine Wand zwischen ihnen. Können sie diese Mauer irgendwann niederreißen?

Mehr Bücher von el!es?

Besuchen Sie unseren Webshop:

www.elles-shop.de

www.elles.de